火狩りの王

〈一〉春ノ火

日向理恵子

角川文庫
23411

闇を裂く弧は　収穫の鎌なり
犬を連れ　狩人がゆく

かく暗き世は　人の罪がため
いまわの星に　めぐみを求めて
火狩りが駆ける　黒き森を

目次

第一部　春の送り火

第二部　けもの道

第一部

春の送り火

〈序章〉

金色の弧が、ねばりつく闇を切り裂いた。

一瞬に千もの火花が光の矢をえがき、森の夜気をあざやかに焦がし、消えた。

静まる。

夜の闇がもどり、ふたたび虫の音が空気を満たした。いつからとだえていたのか、またなにを思ってうたいだしたのか、虫たちはそ知らぬ軽やかさで音色を響かせている。

灯子(とうこ)はしりもちをついた恰好(かっこう)のまま、目の前に立つその人の背を見あげていた。知らない人だった。いま、出くわしたばかりの。狩りの衣をまとった背中が、はげしく上下している。鎌をふりおろした姿勢のまま、その人は動かない。

かたわらの犬が舌を出して、鎌を持つ主(あるじ)を見あげる。金色の鎌の刃先には、べっとりと黒いしずくがしたたっている。炎魔(えんま)の血液だ。たったいま鎌に切り裂かれた炎魔は、一瞬のうちに息の根を止められ、急所をとらえた傷口から、とろとろと金色に光る液体を垂れ流していた。

「……かなた」

ぜえぜえと荒い息を一つ、すう、と長く吐き、灯子を背に立つ男が言った。こちらをふりむく。胸から下は炎魔の爪にえぐられて、どくどくと血が流れ出していた。

「こいつは、かなたというんだ」

その言葉にこたえるように、ひと声、犬が吠(ほ)えた。甘えのにじまないその声に、ひげにおおわれた顔がつかのま笑みを浮かべる。そして、男は撃たれた鹿のように土にたおれた。もう息はなかった。

犬は熱心に主(あるじ)の顔をなめ、ずいぶんと時間をかけてその仕事をおえると、男の手から金の鎌をくわえとり、灯子のほうをむいた。犬もまた横腹に傷をおっていたのだが、そんなものなどまるで無視して、黒い目がじっと灯子を見つめる。

火狩(ひか)りと呼ばれる男が、狩り犬と鎌を残して、死んだ。

一　紙漉きの村

　丘にのぼると、森を見わたすことができる。樹々の海。黒々とただれた色の樹冠がどこまでもつらなる、灯子が生まれたときから見てきた景色だ。

世界のほとんどを埋めつくすという、黒い森。山であろうと、谷であろうと、黒い木々が埋めつくさない場所はない。その樹海の中に、はなれ小島のようにして、結界に守られた人の暮らす村が、ぽつりぽつりと顔をのぞかせている。

「かなた、あのあたりよ」

灯子はかたわらに立つ犬に、森のひとすみを指さしてみせる。灰色の毛並みをした犬は、背すじをすっと伸ばし、風の気配に耳をすましている。なだらかな山の斜面に村はあり、その中にこんもりと丘がつき出している。そのため村には坂ばかりだったが、丘のあるおかげでいろんな種類の植物が自生し、それはこの村で作る紙を彩るのに、大いに役立っていた。

　この丘のふもと、村の結界を、わずかにはなれただけの場所。あのあたりが、この犬の主だった火狩りの死んだ場所だ。炎魔に襲われた灯子をたすけてくれた、どこのだれともわからない火狩りは、村の者たちによって手厚く葬られた。遺体に鬼火よけの薬剤をかけ、棺桶（かんおけ）に入れて。

灯子は犬を連れて、毎日その墓に参る。火狩りにたくされたこのかなたという犬は、片時も灯子のそばをはなれずにいた。灯子にしかなつかず、傷の手当てをしようとほかの者が手を出すと、咬（か）みつこうとする。そのせいで、灯子はほかの子どもといっしょにする畑仕事ができない。

子どもだからといって、働けないままではこまる。灯子ははじめ、かなたを縄でつないで、家のそばに生えた栗の木の根もとにくくりつけておいた。が、畑へむかう林道を半分も行かないうちに、犬が走って追いついてきた。自分で縄を咬みちぎったのだ。三度試して三度とも、同じことになった。しまいに縄を無駄にするだけだと大人たちから叱られ、灯子は始終、犬といっしょにいることになった。

灰色のごわつく毛におおわれた体と、鋭い鼻、よく動く耳。見るからに賢いこの犬は、それでも主人を失った痛手からか、炎魔によってうけたけがが治ってからも、幼子のように灯子のあとをついてまわった。

丘の上の花を摘み、灯子は犬といっしょに坂道をくだる。村の門の反対側、守り神（もりがみ）の祠（ほこら）のそばが、村の墓地だ。大人の背を頭二つはゆうにこえる、白く塗られた結界の柵（さく）が、森と村とをへだてている。

五つの石を組んだ墓に花を供え、土についたひざが痛くなるのを無視して、じっと目をつむって頭をさげていた。

人が死ぬところを、またも見るとは思わなかった。

白い柵のむこう、黒い森へ出ることは禁じられている。禁を破った灯子をたすけて、この土の下に埋まる人は死んだのだ。

染め紙の飾りを吊るした守り神の祠から、こちらを見ている目があった。小さな祠の中にすっぽりとおさまる、小さな小さな人。かむろにそろえた髪も、頬も着物も雪のように白い。目だけがぽちりぽちりと若葉の色をしている。人ではないあの子どもは、この村の守り神――この国を統べる姫神の、小さな分身だった。

「童さま、お邪魔いたします」

灯子はこちらを見つめる稚児すがたの守り神に、丁寧に頭をさげた。口をきかない守り神は、ただじっと灯子と犬を見つめ、そして祠の暗がりに、ぼやりと溶けこんですがたを消した。

夕方の風が一つ吹き、それにはじかれるように、灯子は立ちあがる。駆け足で家へむかった。村人の住む家はみな斜面の反対側、丘の西側に建てられている。

墓地から、古い橋をわたる。下を流れる川の水は清澄で、いつでもつめたい。川ばたにはあわせて六棟の紙漉き小屋がならんでいて、そのむこうの楮林を越えれば、家まで林道をたどるばかりだ。

「ただいま」

戸を開けると、おばさんと燐が夕飯のしたくをおえていた。家の中は、出汁とよく煮えた野菜のいいにおいがする。薄い木戸を開ければ、すぐに土間。炊事をする土間のむこうに、一段高く板の間がある。そこで食事をとり、床をのべて眠る。村の家はどこも同じ、二間きりの造りだ。

もどってきた灯子に目もくれず、おばさんたちは粗末な膳の上に箸をそろえ、雑炊を椀によそう。天井から吊るされた卵型の、ごく小さな照明の奥、陰の中にすっかりなじんで座っているのが、灯子の祖母だ。

「フン」

ふいに燐が、穴の開きかけて使えない小鍋を、こちらへつき出してきた。もうさめた雑炊のうわずみが入れられている。

「犬の飯」

灯子に鍋を持たせると、燐は無言で土間を指さした。そこで食わせろ、という合図だ。言われなくとも、灯子はいつもそうしている。最初は家に入れることにも渋い顔をしていたおばさんと燐だったが、けがをおった犬が灯子から決してはなれないのがわかると、しかたなしに土間のひとすみをあたえたのだった。

かなたは自分の居場所をよく心得ていて、火をあつかう炊事場から遠い、土間のすみの敷き藁の上に行儀よく座って待っていた。

戸を閉め、かなたに餌をやる。これっぽっちの餌では腹のふくれないかなたは、灯子と墓参りに行く道々、ネズミやモグラを自分で見つけては捕まえていた。

　四人の人間が食事を口に運ぶ音より、かなたの立てる音のほうが大きい。それでも、わずかな野菜くずしか入っていない餌を犬があっというまにたいらげると、箸を持つ四人の食事は、いっそう静かなものになった。

　もともとこの家では、だれもあまりしゃべらないのだ。

　まっ先に食べおわった燐が、大きな足音をさせて箸と椀を流しにさげる。痩せっぽちのくせに、燐が動くといつも大きな音がする。灯子と同じに頭のうしろで縛っただけの髪も、燐のそれは獣の尾のようによく動くのだった。

　おばさんも箸を置き、灯子のばあちゃんがぼそぼそと食事をとるのを、横目でうかがっていた。

　と、雑炊の半分ほど残った椀をかたりと置いて、ばあちゃんがふいに口をきいた。

「灯子よ。犬を、そろそろかえさねばいかんじゃろう」

　薄暗がりの奥、ずっと以前から準備されていたような声に、灯子は思わず、食べかけの椀をとり落としそうになった。

「犬のけがは、もうええのじゃろうが？」

　まぶたをぎゅうと閉じあわせたばあちゃんの顔は、まるで、しわばかりでできているように見える。その中に口が動いて、色のあせた舌がときおりのぞく。

　うんともすんともこたえずにいても、灯子がかすかにうなずいたのが、ばあちゃんには見透かされている。土間から燐が切れ長の目で、じろりとこちらをうかがっている。

「守り石と、火の鎌と、あの犬と。おかえししに行かずばなるまい」

　ばあちゃんの言う守り石とは、炎魔から灯子を救った火狩りの遺品の中にあった石だ。てのひらにつつみこめるほどの石を、故郷をはなれる者はかならず懐に持ち歩く。遠くへ行く者に、家族や親しい者が、守り神の庭からいただいた石を持たせるのだ。火狩りが持っていた守り石のなめらかな表面には、国を治める姫神のそれとはちがう、聞いたことのない神さまの名が彫ってあった。

　そして――

　灯子はばあちゃんのうしろの神棚の上、無垢紙に丁重につつまれた火狩りの鎌を見あげた。金色をした鎌は、狂いなく弧をえがき、三日月の形をしている。柄の部分には裂いた粗布がきつく巻きつけられ、手垢と血が染みついていた。火狩りの鎌は革でこしらえた入れ物にさしてたずさえるのだというが、灯子をたすけた火狩りはそれを身につけていなかった。むき出しの刃を、たずさえていたのだ。村で作るいちばん上等の紙につつまれ、いまその刃は見えないが、灯子は鎌の形を克明に思いえがくことができた。黒い森の闇をあざやかに裂いた、黄金の一閃も。

「工場のかね」

　ぽつりと言葉を投げかけたのは、おばさんだった。不機嫌さによって刻まれたしわと頬のたるんだ顔は、娘の燐とはちっとも似ていない。垂れたまぶたで、ほとんどふさがりそうな目の光は、それでも、思いがけず鋭い。

「あの守り石の文字、手で彫ったもんじゃなかろう。ああいうのは、工場でこさえよるんだ。あの火狩りは、首都者かもしれん。そしたら、犬をかえすに首都まで行くことになるわいね」

　おばさんは、ばあちゃんが話をおえてから食事を再開するつもりなのを読みとって、先に薬の準備をはじめる。

　灯子は固唾を呑んで、箸を持ちあげたままの手をこわばらせていた。土間のかなたがうしろ脚で耳をかき、寝床の具合をもぞもぞと整えてから体をまるめた。

「灯子が行くかいな、首都に」

　おばさんの目が、灯子をとらえた。いつでもなにかをにらみつけるような目は、赤く充血している。その目が、疑わしげにこちらを見ている。それは、灯子とばあちゃんが、この家に住むことになったときと同じものだった。お前は、ちゃんと働けるのか。邪魔にならずにいられるか。灯子のことを重荷に感じている、あの目だ。

「首都？　灯子が？」

　ゆすぎおわった椀を流しにほうり出して、燐が居間へいざりあがった。細い眉がつりあがり、その声には、ずるい、という非難の響きがありありと混じっている。村に生まれた子どもなら、だれでも一度は首都に憧れるものだ。そこには巨大な工場都市があり、見たこともないほど大勢の人間が住んでいるのだという。森の中に点在する村の結界の内側に閉じこもり、身を寄せあって暮らす生活からは、想像もできないほどの華やかさなのだと。

おばさんにも燐にも返事をできないで、灯子は目を白黒させていた。雑炊は、もうすっかりさめきっている。

「そんな、わたし……行かれん」

箸を置き、正座であとじさりながら、灯子はうつむいた。あの火狩りには、命をたすけてもらった恩がある。そうはいっても、灯子のような子どもが首都へ行って、また無事に帰ってこられる保証はない。黒い森には炎魔が棲み、大の大人でも踏み入ることなどない——炎魔を狩る火狩りや、森に暮らす木々人をのぞいては。

「灯子よ」

ばあちゃんの声だった。家中の空気をぴしりと天へ引きのばすようなその声に、かなたまでもが耳を動かした。

「火狩りさまは、尊い仕事ぞ。何十ぺん聞かしたか、昔は人にあつかわれる火がなかったために、このばばのように、赤子のときに目をつぶされて、暗闇の中、働けるよう訓練された者が山とおった。森の下で這いずる暮らしをまぬかれて、結界を張り、村を作られるようになったのは、ほんの六十年ほど前からのことじゃ。火狩りさまのおかげぞ、森を逃れ、目を開いて、煮炊きした飯を食うて暮らされるのは。お前は川も魚も、草も虫も人の顔も見えようが、ばばは、一度かぎりも見たことがない。お前たちが、目を開いて暮らされるのは、危険を冒して火を採ってきてくださる、火狩りさまのおかげぞ」

灯子は、自分のひざに目を落として口ごもる。ばあちゃんに幾度も聞かされた昔の話……ばあちゃんが生まれる前、炎魔を狩ることのできる火狩りが現れるまで、人々は森の地下に穴を掘り、あるいは廃墟の地下にこもって、暗闇の中で息をひそめて暮らしていたのだという。柵を作っても、罠をしかけても、炎魔は襲ってくる。火狩りの鎌でしとめなければ、黒い獣たちはなかなか死なない。そのために、まっ暗な地下に身をひそめるしかなかったのだと。

いまこの国を治める神族と呼ばれる者たちが、火狩りに鎌をさずけ、土地をならし、川の水を呼んで、結界に守られた村を作ってくれた……祠の童さまは、その神族の姫神さまの分身なのだ。

「火狩りさまは、守り神さまからご加護をうけて、危険な狩りをしなさるのじゃという。その火狩りさまが、灯子、お前を救うてくださったのじゃ。その犬は、火狩りの仕事をたすけよと、特別に馴らされた犬ぞ。おかえしせずばならん。犬が動けるようになったのなら、家族じゃった者のもとに、形見とともにおかえしせずばならん」

ほとんど歯のないばあちゃんの声は、それでも一つ一つの音がよく通る。かすれかかった声は床の上を這い、家の中を流れる空気そのものになってしまう。

「もうじき、回収の車がまわってくるころじゃしね。上等紙を多めに持たせれば、娘っ子と犬一匹、乗せてくれんこともなかろ。紙漉き衆に相談してみるかね」

おばさんは一人うなずきながら、手は休ませることなく、ごく小さな匙で缶に入った薬を湯呑みへ量り入れてゆく。燐が、ドンドンと足音を立てながら土間からやかんを持ってきて、湯呑みに湯をそそいだ。

ばあちゃんの飲む薬湯のにおいが、ぷぅんと甘く立つ。甘みと渋みの混じった、灯子がそのにおいにいつまでも慣れずにいるこの薬は、森から木々人が持ってくるものだ。

「ねえ、灯子がいやなら、あたしがかわりに行ったげようか」

切れ長の目を大きく見開いて、燐がひざを乗り出す。おばさんが軽い舌打ちの音で娘のでしゃばりをたしなめた。

「たわけたことを。できるわけなかろう、灯子でなけりゃあ咬みつこうとする犬を連れてなんぞ」

そうして、お前はずっとこの家にいるのだと言いわたすかわりに、ばあちゃんとおばさんの食べおえた椀を燐に押しつけた。燐は痩せた頬をあからさまにふくらまし、灯子をねめつけた。その目がうっすら赤くうるんでいるのを、灯子はうつむいて、見ないふりをした。

食事がおわれば、照明は落とされる。貴重な明かりは、だいじに使わなければ暮らしがつづかない。村で使う燃料も照明も、およそ半年に一度まわってくる首都の車から買いとるのだ。首都には専属の火狩りたちがいて、工場で使うもの、各地の村に提供するもの、大量の火を集めているのだという。

（あの人も、そうじゃったのかな……）

寝静まった家の中、灯子は勘だけをたよりに、神棚から火狩りの遺品をそっとおろした。吊るし紐から卵型の照明をはずし、両方をかかえて外へ出る。灯子の動く気配に、かなたがあっさりと目をさまし、物音を立てずについてきた。

家の裏へまわって、卵型の照明をふって明かりをともし、ひざの上の無垢紙を開く。

金色の三日月……火狩りの鎌は、農作業で使うものとはちがい、鉤状の形をしている。錆びも刃こぼれもない、完璧な弧だ。そして――

灯子は、鎌といっしょにつつまれていた小石を手にとり、明かりを近づけた。すべらかな小石の表面には、たしかに文字が刻印されている。

〈常花比命〉

彫刻したのでも、染料で書いたのでもない、石に自然と浮かびあがってきたかのような文字が、知らない姫神さまの名前を記している。かなたが顔を寄せてきて、熱心に遺品のにおいを嗅いだ。

「……帰りたい？」

声をひそめて、灯子は訊いた。訊くまでもないことだと、すぐに自分でかぶりをふった。

家族がいるのなら、会いたいに決まっている。会えるものなら、なにをしてでも。……

「明かり、もどさんかね。もったいない」

突然うしろから叱られ、灯子は飛びあがりそうになった。悲鳴すらあげられずにふりむくと、そこには燐が立っていた。

「あんたはほんとうに、疫病神じゃ」

燐の目が、うなりかけたかなたをものともせずに、ひたすら灯子をにらみおろしている。

「あんたのせいで人が死んだ。あんたのせいで、あたしと母さんは、せまい家がもっとせまくなった。今度は、あんたのばあちゃんの世話を押しつけて、出てくんじゃという。あんたなんか、ほんとに――」

灯子はただ、燐を見あげていることしかできなかった。恨みの言葉をつらねる、姉でも従姉（いとこ）でもない少女を。ちっぽけな結界にかこまれた、せまい村の中で、いつもいらだっているこの子を。

「ほんとに、大きらい」

ぱっと伸びてきた燐の手が、灯子から照明をとりあげた。たばねた髪を尾のように揺らし、燐は家の中へ駆けこんでしまった。灯子とかなたは、まっ暗闇にとり残される。

無言で、犬の首すじをなで、そこから手をはなさないまま、灯子はひと足ひと足、家の戸口をめざした。手にかかえた無垢紙（むくし）が、すら、とささやかな紙ずれの音を立てた。

今夜は月もなく、ばあちゃんの目と同じに、なにも見えない。暗闇の中、灯子は幾度も、あのときの鎌の軌跡と飛び散る火花をまぼろしに見た。

翌朝、おばさんにともなわれて、灯子は紙漉き小屋へむかった。手には、朝からおばさんが大急ぎでこしらえた甘だれの団子がつまった桶をさげている。うしろからは、もちろんかなたの脚が規則正しく林道を踏む音がついてきていた。

ばあちゃんが一人で待つ家と、集落があるのは丘の西側。紙漉き小屋までは林の中の坂を、きのうと逆にたどる。桶の持ち手が指に食いこんで痛かったが、灯子は黙って、おばさんのうしろを歩いた。

村の共同の畑では、野菜がこんもりと若い葉を萌やしている。豆のつるもよく伸びてきた。灯子と同じ、村の子どもたちが十人ばかり、水をまき、雑草とりをしている。はだしで畑に入り、野菜の世話をするのは、紙漉きの見習いができる年になるまで、村の子どもがあたりまえにする仕事だった。

森でのできごとがあってから、灯子は畑仕事にくわわれない。はじめ、森でなにがあったのかと好奇心いっぱいの目をむけてきた子どもたちも、仕事にくわわらなくなった灯子にすっかりしらけきって、無視するようになった。ほかの人間にはなつきもしないかなたも、異様な警戒心をあおっていた。

畑のあいだをぬけきるまで、灯子はじっと自分の足だけを見つめた。草とりをしていた燐が立ちあがり、となりにいた小紅と茜に耳打ちをしているのが、それでも目のはしに入った。

畑のむこうは楮林(こうぞばやし)。ひこばえや無駄な枝を落とされ、細く整列する木々が、春の空気に奇妙に美しい紋様をえがきだしている。この林をくぐるときは、どこか異国の建物の中を通ってゆくようだ。林をぬければ、川べりの紙漉き小屋に、今朝も水車がよどみなくまわっている。

「ごめんよ」

おばさんが小屋の戸をたたく。中から返事はないが、それは、入ってもよいという意味だ。がらりと戸が開くと、春の暖かさとは打って変わって、しんと澄みとおった空気が、訪れた者を軽くはじいた。紙漉き小屋へ入るとき、いつも、かすかな空気の膜をくぐってゆくような気がする。薄い木戸をへだてたむこうは、べつな世界だった。

巨大な漉き槽(ぶね)。いつでも清冽(せいれつ)な水がめぐっている石桶。白木で作られた抄(す)き網。大人が寝そべられるほどもある簀(す)の上には、花びらが漉きこまれ、色とりどりに染められた紙が濡(ぬ)れ濡れと光って整列している。これから板に張りつけ、天日で干されるのだ。

「犬は入れるなよ」

小屋で働く紙漉き衆の一人、朱一(しゅいち)が横目にこちらを見て言った。くずとり、紙たたき、漉いた紙の圧搾と、ほかの紙漉きたちはそれぞれの仕事に集中して、顔をあげることはない。

「相談ごとだが」

おばさんが呼びかけると、朱一がしかたなしというふうに、持ち場をはなれた。小屋から出ると頭に巻いた手ぬぐいをはずし、日のあたらない水車の陰へ灯子たちをいざなった。

朱一は年のころが三十になる、もうじき手練れにとどこうという紙漉き（かみす）だ。とりたてて大柄なわけではないが、身長のわりに幅のあるがっちりとした肩が、紙漉きを居丈高に見せていた。おばさんは灯子に、軽くあごをしゃくって合図を送る。

「……こ、これ、みなさんで」

おばさんから言われていたとおり、灯子は手桶をさし出した。甘団子の手桶を、朱一はとくになにを言うこともなしにうけとる。灯子はすぐさま、おばさんのうしろへ引っこんだ。かなたがかすかに耳をたおし、背すじを緊張させている。

「この犬と火の鎌を、火狩りの身内の者にかえそうと、ばあさまと相談になった。知ってかと思うが、この犬は、灯子にでないとなつかん。どうもあの火狩りは首都もんだったようで、灯子を首都へ行かそうと思うが、今度の車にこの子と犬を乗せてもらわれんじゃろうか」

腹の中でいやな虫がうずうず動いている気がして、灯子はやたらに草履の先で土をいじくった。自分がこれからどうなるのかが相談されているのに、灯子にはなにも決める余地がない。かなたはじっとそばで聞き耳を立て、そのたたずまいは灯子とちがい、この先の運命がどうなろうとも、うけ入れる準備ができているように見えた。

「それでな、無垢紙をいくらか、持たしてやってほしいんじゃ」

おばさんの要求に、紙漉きの表情が明らかに変わった。

「無垢紙をォ？」

朱一の眉間（みけん）に寄ったしわが、灯子のひざをすくませる。川の音。灯子はすぐわきを流れてゆく澄んだ川の水音に、自分の耳を集中させようとする。真冬には氷よりなおつめたく暗くなり、春には瞳（ひとみ）に拾いきれないほどの陽光の粒をたたえて、流れやむことのない川の音。

紙漉きは乱暴に自分の頭をかいて、聞こえよがしのため息を吐き捨てた。

「おい、燈（あかり）のかかぁ。いくらなんでも、そこまでしてやる余裕はないぞ。ただでさえ、人の手がたりん。そっちこそ知ってかと思うが、無垢紙はな、真冬の、いっとう水が冴（さ）えきった時季でないと作れん。いまから作れちゅうて、まにあうもんとちがうわい。ええか、無垢紙一枚で、半年は夜を暗闇ですごさずにすむんじゃ。雷瓶（らいびん）とでも交換がきく。献上物じゃからの。それをお前、こんな——そういや何年か前、川にさらしよった白皮をだいなしにしかけよったのも、こいつじゃろが」

自分の影の中へ隠れられるなら、灯子はいますぐそうしたかった。

「この際はっきり言うが、自分から森へなんぞ入ったうえに、火狩りを犠牲にしよったのやぞ、こいつは。いまはその犬のせいで、働けもせんわい。犬と鎌をかえそうというなら、回収車に泣きついて行きゃあええ。したが、おれたちが、こいつのしりをぬぐってやることはできん。小娘の一人、首都でさまようことになろうがよ、そんなガキ、むこうにゃごろごろおるじゃろうがよ」

「だからだろうよ」

おばさんが、ふいに語気を強めた。胸を張ると、小柄なその背が、一瞬朱一とならんだかに見えた。

「この村は小さいが、特別だわな。あちこちの村で、工場へ買わすいろんなものを作っちゃおるが、献上物をこさえよる村は数えるほどしかないと聞く。しかも無垢紙じゃ、神さまが字を書きなさる紙じゃ。それを作りよる村の娘が、うけた恩に報いようというんじゃ。それなりのしたくもさせずに、送り出すが恥じゃわいな。仮に森の中で行きだおれるならまだしも、首都で路頭に迷うようなことがあっては、姫神さまはこの村を、穢(けが)らわしいと思(おぼ)されるぞ」

朱一の眉(まゆ)が、いよいよ苦々しげにゆがむ。灯子は目を見開いて、大人たちを見あげていた。おばさんはなにを言っているのだろうと混乱した。

「……しかたがない」

しばらく目を閉じて考えをめぐらせていた朱一が、言葉をしぼり出した。

「半束だ。半束、五枚持たしてやる。かわりに、ふだんの回収のもんとはべつに、染(そ)め紙(かみ)を二倍、回収車には引きとらせる。ええか、それでもおれたちが寝る間を惜しまねば、まにあわんのやぞ。半束以上は無理じゃ。おい灯子」

急に自分に声をむけられ、灯子はびくりと飛びあがりそうになった。

「お前、苦労かけくさるかわりに、工場から新しいコバルト華をもらってこいや」

たのみごとをされたと、一拍置いてから理解して、灯子の心臓はねじれそうだった。もらってこいと言われたものがなんなのか、耳が追いつかない。灯子のようすにしびれを切らして、朱一が人さし指をつきつける。

「コバルト華、じゃ。染め色に使うんじゃ。ここんとこの回収車じゃ手に入らん。ええか、工場で手に入るはずじゃから、なにと引きかえにでももらってくるのやぞ」

それから朱一は、もう仕事にもどると合図するために体を反転させながら、ぶっきらぼうにつけたした。

「車がまわってくるのは、いつものとおりなら再来週じゃからな。それまでに準備しとけ。こっちはなんとかまにあわす」

「すまないね」

おばさんの礼に、返事はなかった。

目の前が、すうと暗くなる。同時に、視界に白い光がちらちらとはぜる。灯子のこの先は、いまの会話で決まってしまった。ひざがふるえているのに気がついたのは、「帰るよ」とおばさんが歩きだし、あわててついていこうとしたときだった。

風が吹いて、丘の上から、薄桃色の花びらが降ってきた。

前を行くおばさんを、灯子はおぼつかない足どりで追った。紙漉き小屋でのおばさんと朱一の会話が、何年もくりかえし見る夢の一場面のように、頭の中で揺れつづけていた。畑仕事をしている燐たちのすがたも、急に暗くなった視界には映らない。かなたはちゃんととなりを歩いている、いまはそれしか見えなかった。

（ほんとうに、わたしが、行くんじゃろか）

　自分の声が頭の中でそう問うたとたん、心臓が一気にはねた。息すらままならなくなって、灯子はすがるように声をしぼり出した。

「あ、あの、おばさん……」

　おばさんは前をむいたまま、変わらない速度で歩きつづける。林道の木洩れ日が、さみどりの影を落とす。

「だれも、知らないからね。お前がどうして、森へなんぞ入ったか」

「えっ」

　おばさんの声が、灯子の顔をあげさせた。紙漉きと話していたときより、うんと縮んで見える背中が、ため息のために上下する。

「薬を採りに行こうとしたんじゃろう？　木々人が、くれん薬を」

　てのひらに、汗がにじんだ。どうして知っているのだろう？　このことは、だれにも話していないのに。ばあちゃんにだって。

　おばさんが足を止め、灯子のほうへふりかえった。その顔には、灯子がいままでに見たことのない表情が刻まれていた。悲しそうな、あきらめきった、そのくせ、なにかへの抵抗をやめようとしない顔。

「灯子。木々人たちがくれん薬、目を開く薬はな、使えんからくれんのじゃ。使うては、体の毒になるからじゃ。あほうな子。ばばさまにと思うたわけじゃなかろ。わたしにと思うたのじゃろうが」

わずかに、うなずくことしかできなかった。おばさんの目がだんだん見えにくくなってきているのは、灯子も、それにもちろん燐も、気づいていた。

おばさんが目を傷めたのは、あのとき――灯子の両親と燐の父親、それに村の者総勢で十九人が焼け死んだときだ。あのときの火種はなんだったのか、おそらくは、風に梢がこすれるかしたのだろう。いつも空気の乾く季節には、村の木という木に念を入れて水薬を吹きかけるのだが……だれも気づかない、運が悪くなければ問題でなかったほどの、乾いたままの枝があったのだろう。強い風が吹いて、ほんの小さな、火がはぜたのだ。たったそれだけで、十九人が死んだ。

体の内側から、発火して。

「まだこの目は、見えておるわ。連れあいの死んだあとの世界なんぞ、見とうもなかったが。……昔の人間というのは、のんきだったんじゃろ。自分らのすることが、のちのちになってからどういうことを引き起こすのか、考えもせんと」

声の調子から、おばさんも火事のときの光景を目に浮かべているのがわかった。畑にいた灯子は、遠目に見ただけだったが……

斜面のなかば、集落があるよりさらに高いあたりで、つぎつぎ光がつらなった。最初は、星でも落ちてきたかと思った。あんなに明るい光を、太陽のほかに見たことがなかったから。その光がのたうちまわり、悲鳴が聞こえてやっと、大人たちが染め草を採りに行っているあたりだと気がついた。ぽつぽつと昼日中に明るくともり、燃えているあれは、灯子や燐の親たちだった。発火はまぬがれたものの、おばさんもそのときに目を傷め、高熱で十日以上も寝ついた。

ずっとずっと昔……世界は、こんなふうではなかったのだという。人は、自分で火をおこし、自由にあつかうことができたのだと。しかしあるとき、それができないようにしてしまった。わずかでも、天然の火がそばで燃えれば、人の体は内側から発火してしまう。だれかが、そんなふうに人を作り変えてしまった。

昔の人間がくりかえしていたのだという戦争の、その最後のときに。

以来、世界は黒い森におおわれ、そこはさまざまなすがた形の炎魔が闊歩する領域となった。天然の火によってたやすく死んでしまう体をかかえた人間たちは、それでも失われた火の恵みを手ばなすまいと、あるいは火による災いが降りかからぬようにと願いをこめて、生まれた子どもに炎や明かり、赤い色を連想させる名をつける。そうして星が幾度もめぐるあいだ、人間は暗闇と火の両方におびえてすごすこととなった。――火狩りが現れるまでは。

「灯子」

おばさんが肩に手をあてて、その感触で灯子ははじめて、自分が泣いているのに気がついた。しゃくりあげる灯子を、かなたの黒い目が見あげている。

「心配するな。ばばさまのことはちゃんと看る。ああ見えて、燐もしっかり働きよるわ。お前は、自分のしでかしたことを、きちんと償ってこい。この犬も、お前のことを守るじゃろ。そうしてなあ」

泣いているせいで、つぎになにが起きたのか、灯子にはなかなかわからなかった。日なたと草と汗のにおいが押しつけられる。おばさんが、泣きじゃくる自分を抱きしめている。風が、葉擦れの音が、なぜか一気に耳を刺しつらぬいた。自分の息も、風も、止まれと思った。おばさんの声が、聞こえなくなってしまう。

「そうして、灯子、きっと帰ってこい。朱一が言うとったものを、もらって。もらわれんでも、帰ってこい。待っておるから。かならず、待っておるからな」

それからの十日あまりを、灯子は旅のしたくについやし、そして予定どおりに、村に車が到着した。

およそ半年に一度、回収の車がまわってくると、小さな村はとたんににぎわう。車は、村で作るものを買いとってゆくだけでなく、滞在する二日のあいだは店も出すので、しぜん村人が集まり、生活に入用なものばかりかめずらしい品も行き交って、祭りのようになるのだ。

　工場から来る車は大きい。炎魔の棲む森の中を走るため、窓も車体もまっ黒に塗りこめられている。森の中から車体がすがたを現すさまは、まるで巨牛がさまよい出てくるかのようだ。頑丈な装甲におおわれた箱型の車体は、村の者が暮らす家を二つあわせたよりなお大きく、いたずらっ子がよじのぼろうと試みるのがつねだったが、ごつごつとした車輪をのぞいては、手がかり足がかりはどこにもなかった。

　この頑丈な車は、多少の木ならば踏みたおして進むことができるという。半年ごとに村をめぐって回収車が同じ行程を走るために、森の中には道が切り開かれているらしい。それでも、悪路を行く車体は、近づいてみればあちこちが傷だらけだ。

　そんな車が二台。村の門の内側に停まって、赤白縞の天幕を張り、店を出している。村の女たちが炊き出しをふるまい、揚げ菓子も作られて、そこいら中においしそうなにおいがあふれていた。

　丹塗りの櫛、碾き臼、手鏡、刃物、作物の種、布地、箒……

　回収の車が開く二日目の店を、犬のかたわらで遠目にながめながら、灯子はいつだかに、両親に手を引かれて買い物に来たときのことを思い出していた。おそらくこれと同じ回収車が、同じように店を開いて。村の者がいっぺんに集まって、空気までもが浮き立って。灯子はあのとき、赤い花をかたどった髪留めを買ってもらったのだった。両親になにかを買ってもらったことなど、そのとき限りだったのに、いつのまにかなくしてしまった。あの赤い髪留めは、どこへ行っただろう。

丘の上から、花びらが降ってくる。なごやかな午後の日ざしがうっすらとまばたきをくりかえすのは、もうじき花をなぶりに雨雲がやってくるからだろう。花の盛りに雨が降るのは、毎年のことだ。

夕刻になると、祭りはおわる。夜に大勢のための照明を焚くことはできないからだ。村人たちは家へもどり、回収車の乗員たちは黒い車の中で眠る。

空がどんどん暗くなり、広場から人がいなくなってゆくのを、灯子と犬はずっとすみっこに座って見ていた。まだ花びらが降っている。宙を舞って、ためらうようにゆっくりと、地面に落ちる。

とうとう、広場から村の者のすがたはなくなった。

「あの子でしょう？」

聞き慣れない声が、自分のほうをむいているのを察して、灯子は立ちあがろうとした。が、足がこわばって、力が入らない。かなたの首に腕を巻きつけた。そうしたからといって、足はやはり骨ぬけのままだ。動かずにいたせいばかりではなく、体がすくんで、動かなかった。犬が「ぐう」とかすかな抗議の声をもらすほど、灯子は抱きつく腕に力をこめた。

靴をはいた足が近づいてくる。首都の人間しかはかない、重そうな黒い革靴。灰色の作業着すがたで歩いてきたのは、二人。眼鏡をかけた若い男と、背の低い老人だ。

「お前さんだな」

老人に声をかけられる。よく使いこまれた靴のつま先が、すぐそこにある。

灯子は、こくりとうなずいた。

大人二人は、灯子のうんと頭上で目と目を見交わした。若いほうが、灯子に視線をあわせようとしゃがみこんだ。とたんに、かなたが低くうなる。くちびるをめくりあげ、牙（きば）を見せて威嚇した。男はとっさに身をのけぞらせたが、犬がそれ以上動かないのを見てとると、てのひらを下にしてなだめるように笑いかけた。

「怖い顔すんなよ。しばらくは、いっしょにいることになるんだ」

人間を相手にするような話し方だった。男が、灯子に顔をむけた。

「紙漉（かみす）き師から、話は聞いたよ。首都へ行きたいんだってな。乗せていくことはできるが、この車は、ほかの村をぐるっとまわってから首都へもどる。なにごともなければ、首都へ着くのは五か月後だ。首都へもどってからも、整備や手続きが山ほどあって、またすぐ出発するわけじゃない。入れかわりに首都を発（た）つべつの車に乗れればいいが、きみがこの村へ帰ってこられるのは、首尾よくいって一年か二年後だろう」

それに、と男は背後の黒い車を指さす。車は二台とも闇に沈みかけて、森とほとんど見わけがつかない。

「それにな、この車も頑丈そうに見えるが、森を行くのは決して安全じゃあない。われわれ乗員にとっても、まあなんというか、命のかかった道中ではあるんだ」

「おいこら、煙二。ガキだからってなめていないで、はっきり言え。このでかい車に乗ってようが、森に入れば死ぬかもしれんと」

老人が、ぴしゃりと声をたたきつけた。

すぅっと、手の先がしびれて、自分の体が砂粒になって消えてゆく感覚に、灯子は奥歯を食いしばって耐えた。顔をあげると、まるい眼鏡をかけた、いまごろにとれるジャガイモじみた顔があった。

「行く」

そうこたえる以外、灯子は、自分に許すものかと決めていた。旅のしたくをするあいだじゅう。かなたの世話をするあいだじゅう。ばあちゃんに、さよならを告げるあいだじゅう。

「もう、準備はしてきました。家のことも、片づけてきました。親の墓にも、参ってきました。邪魔にならんよう、一生懸命気をつけます。首都まで、乗せてってください」

怖気づいている足に、力をこめる。灯子は立ちあがって、回収車の乗員たちに、深々と頭をさげた。頭の中で、白い光がちらついて、目がまわりそうだ。吐き気がこみあげる。立っていろ、立っていろ、自分の足に必死に命じる。

しゃがんでいた男が立ちあがる。頭をさげたままの灯子に、思いのほかやわらかい声が降ってきた。

「わたしは、煙二という。この人は、乗員頭の炸六さん。はじめはわけがわからないだろうが、まあ、道のりは長い。ほかの乗員の顔と名もおぼえて、そのうちきみにもいろいろと手伝ってもらうかもしれない。安全な道のりとは言いがたいが、いっしょに首都をめざそう」

　煙二と名のった若いほうの乗員は、眼鏡の奥からやわらかいまなざしを灯子に送った。その目の中に、おばさんや村の大人たちの目にあるものと同じ、ぬぐいようのないかげりが居座っていた。

「チビすけ、名前は」

　老人、炸六が、刈りそろえた灰色の髪をかきながらたずねた。

「と、灯子。そいでこの犬は、かなたです」

「自分の犬みたいに言うんじゃねえ」

　吐き捨てるなり、炸六はくるりときびすをかえす。それにならいながら、煙二が軽く手まねきをした。灯子は、背後に置いていた風呂敷（ふろしき）づつみをせおい、あわててあとを追う。かなたはなんのためらいもなく、灯子についてくる。黒い森と見わけがつかない、まっ黒な車のほうへ。

「ここから乗るんだ」

　声がする。もうあたりは完全に暗くなって、すがたが見えない。闇の中に、明かりがある。夜に顔をとられた影が、灯子を呼んでいる。昇降用の足場が用意してあり、二つの影につづいて、灯子とかなたは鉄の足場をのぼる。

すぐそこにあるように見えた明かりは、車体のもっと奥にともされているらしく、機械のかたまりの中はやはり暗かった。

一度だけ、灯子はうしろをふりかえった。もうもどってこられないかもしれない、とっぷりと暗闇に沈んだ村を。

なにかが光っていた。あれは、祭りの残り火だろうか、それとも集落のどこかの。……卵型の照明。村の家々に吊るされている貴重な明かりが、闇の中、一つっきりともっていた。灯子を、見送るように。

それをだれがかかげ持っているのかを、たしかめることはできなかった。いまくぐってきた入り口が、背後で閉じる。金属の重いきしみが、灯子を生まれ育った村から、すっかり見えなくしてしまった。

二　花嫁たち

いやなにおいが、へばりついていたまぶたを開けさせた。地面が揺れている。青緑色をした光が上方からさし、灯子は、自分が川床にでも横たわっているのかと思った。金くさく、ぎとついたにおい。体中が痛い。どこにいて、なぜ揺れているのだろう。濡れた黒い鼻が、灯子の頬をぐいとつつき、頭から眠りを押しやった。

「かなた……」

呼ぼうとした声が、かすれきって自分でも聞きとれない。

起きあがると、粗布が敷かれた簡素な寝台の上にいた。かたい布の上に寝転がっていたせいで、片方の腕には布のしわと同じ模様がびっしりと型押しされている。持ってきた風呂敷づつみをかかえこみ、灯子はごうごうとうなりながら揺れる車の中にいた。──回収車の中だ。

「あ、起きた」

声といっしょに、気弱そうな顔がこちらをのぞいた。人がいることにおどろいて、灯子ははね起きざま、わっと声をあげてしまった。その灯子の声におどろいて、のぞきこんだ顔もまた、「ひゃあっ」とさけぶ。

「ほたるさん、ほたるさん。いきなり声かけたらいかんよ、その子おどろかすと、犬が怒るから」

べつの声が、笑いをふくめながら言った。

「ご、ごめんねえ、おどろかして。心配しとったものだから。具合はどうね？」

ほたると呼ばれた人物が、口もとをそでで隠しながら、気遣わしげに灯子の顔をのぞきこむ。ひょろりと細面の、若い女の人だった。女の人、といっても、色白のその顔にはまだ、あどけなさが残って見えた。

灯子はまだ、頭の中の整理がつかない。寝台のそば、かなたがほとんど体を灯子にくっつけて、座っている。犬がいる。そのことに、灯子は胸の底からほっとした。もしかすると、車の中ではかなたとはなされてしまうかもしれないと思っていたのだ。カチカチと牙のふれあう音をさせながら、かなたが灯子の口や頬をなめる。犬のにおいだけがほんとうらしく感じられ、灯子はまだ半分、眠りの中に沈んだままのようだった。

ほたるのうしろから、あっけらかんとした笑い声があがった。

「たまげたもんねえ、車に乗ってくるなり、げえげえ吐いてたおれるのやもん。病人入れられちゃかなわんって、乗員に文句の一つも言おうかと思ったけども、まあ、あんたもうちらとたいして変わらん身の上じゃろうしねえ」

そう言って白い歯を見せるのは、こちらも若い女だ。ほたると呼ばれたほうとは対照的に、あごの張った顔は浅黒く焼け、太い眉の下に目が生き生きと動いている。

「ほら、お水飲みな」

ほたるが、竹筒に入った水をさし出してくれた。礼を言うのも忘れて、灯子はごくごくとそれを飲んだ。水の甘さにおどろく。吐いてひりついていたのどが、洗い清められてゆくようだった。

「その水筒、うちの作ったんよ」

水を飲んで息をつく灯子に、日焼けしたほうが得意げに言った。

そこは、せまい部屋だった。床も壁も天井も、金属でできている。ごく小さな窓があって、加工されたガラス越しに、青緑に変色した日光が入りこんでいる。灯子とかなたは、どうやら乗員ではないこの人たちと同じ小部屋へ入れられていたようだ。簡素な寝台がならび、壁際にはいささか多いとも思える荷物が積んである。この人たちの荷物だろうか。

「あ、あの……」

おぼつかない体をまっすぐに起こし、寝台の上に正座すると、灯子は二人の女たちにむきあった。

「こ、ここは、どういう……」

たずねようとして、もう一人、部屋の中に人がいるのに気づいた。壁側の寝台に、こちらを見むきもせずに座っている。ほかの二人よりもずいぶん幼い少女だ。灯子とあまり変わらない、燐と同じくらいの年ではないかと思われた。

最初に声をかけてきたほたるが、色の白い顔に自信のなさそうな表情を浮かべて、灯子のわきへ腰かけた。

「わたしはほたるで、この人は紅緒ちゃん。そっちにおるのは、火穂ちゃん。わたしたち、みな、べつの村へ行くのに、乗せてもらっとるの。お嫁に行くのに」

ほたるが、一つに結わえた長い髪にくくりつけた、白い結い紐を持ちあげてしめす。髪を結ぶのには長すぎる、襷のような細い紐だ。紅緒も、うねうねとくせのある髪のくくり目に、同じく白い結い紐をつけていた。そして、奥に座って口をきかないもう一人、火穂と呼ばれた少女もだった。

「か、回収の車で？」

灯子は、目をしばたたいた。結界に暮らす人間たちは、年ごろの娘をべつの村へ嫁に出すことがある。よその村から嫁いでくることもあれば、生まれた村の仕事が性にあわないという若者が、ほかの村で作るものを学びに移り住んでくるということも、まれにだがあった。あったが、その移動は、森に住む木々人が手伝うものだった。工場の回収車は、あくまで、村々で作る品物を運ぶだけで……首都をめざすのでなしに人が運ばれるなど、灯子はこれまで聞いたことがない。

怪訝そうな表情を読みとって、ほたるがつづけた。

「わたしの村では、陶物を作っておったの。皿やら湯呑みやら。けど、ここんとこ、ど

うにも土がいかんって。陶物と交換に火をもらわねば、売り物がこさえられんのに、土がおかしいって。ずるずると、手ですくうにも炎魔の血のようで。禍事じゃ、って、年寄りたちがさわいでね。急いで卜占をして、それで決まった村へ、わたしは厄払いで嫁に出された。木々人につきそってもらえる距離じゃまにあわんって、この車に乗せてもらって」

　苦々しげに、口の片はしを持ちあげて、紅緒が相槌を打つ。

「いっしょ、いっしょ。うちじゃ、竹細工。村中ほとんど竹林でね、伐って割って細くに裂いて、籠じゃろが箸じゃろが、椅子じゃろが桶じゃろが、なんでも自在にこしらえる。それが、そのだいじな竹が、今年は育たんと。あんなもん、ほっときゃいくらでも生えるがね。なんの手入れもいらずに、伸びるがね。今年はどうしたわけか、生えるそばから、腐りよる。ほたるさんといっしょよ、うちは厄払い。うちなんぞを嫁に出したところで、厄が払えるもんかよ。つまらん占いなんぞ信じて、ほんっと、年寄りどもはあほうじゃ。うちを置いときゃ、男五人にも負けん働きをしたものを」

　勇ましく肩をいからせながら、紅緒は目のはしに浮かんできたものを、荒れた指で乱暴にぬぐった。

　灯子の目は、自然ともう一人へ移っていった。背を伸ばし、壁をじっとにらんでいる火穂。切りそろえた前髪の下の顔は小さく、嫁に行くには明らかに幼すぎるはずだ。それなのに、火穂の髪にもやっぱり、白い結い紐が垂れさがっている。

「……火穂ちゃんの村はねえ、きれいな石の採れるって。透きとおっとって、なんでも、火力を通すのに使ったりできるって。そいでも、やっぱりいっしょ、土が悪くなって、採れる石がうんとへって」

「…………」

灯子は、自分とかなたを迎えに来た乗員、煙二の目に、深いかげりがひそんでいたのを思い出した。

「だけどあんたは、嫁にやられるのとちがうんね」

無遠慮に、紅緒が灯子を指さした。花嫁のしるしである結い紐をしていないので、厄払いに出されたのでないのはすぐわかる。そればかりか、片時もはなれないたくましい犬を連れているのだから、興味を引かないわけはなかった。

「わたしは……」

灯子は、ひざ丈のちょうちん袴を、ぎゅっとにぎった。

「首都に、行くんです」

とたんに、ほたると紅緒の顔つきが変わった。息を吞んで、灯子のほうへ身を乗り出す。

「首都へ？　いったいまた、なんで？」

灯子は袴をにぎる手にますます力をこめ、声をしぼり出した。

「わ、わたしのせいで、人が死になさって。そん人の形見を、かえしに行くんです」

なかば、希望のある話を期待して見開かれていたほたると紅緒の目が、あっというまにしゅんとうつむいた。

「……あんた、名前は？　いくつじゃ？」

紅緒がたずねる。

「灯子。……年は、十一」

かなたの名は、言わないでおいた。この犬とわかれるために、灯子は村を出たのだ。

おずおずと、ほたるが顔をあげる。

「灯子ちゃん、あんたの村じゃ、おかしなことはなかった？　この車の乗員さんたちが、あんたの村へ近づくときに、さわいどったよ。なんでも、炎魔がやたらに多いとかって」

「え？」

灯子の心臓が、ずくんとはねた。目の奥に、こちらへ襲いかかってきた炎魔と、息絶える火狩りのその瞬間のすがたがよみがえる。

「炎魔が？　村のまわりに？」

「そうそう。出発を急いとったもんね」

紅緒が宙をにらみ、腕を組む。

と、そのとき、金属でできた小部屋の戸が、外からどんどんとたたかれた。

「きのうのチビすけ、起きたか。こっちに来い」

引き戸から顔をのぞかせたのは、ゆうべの老人、炸六だった。たしか、乗員頭の。炸六はほたるたちには一瞥もくれず、鋭いまなざしで灯子を呼ぶ。

「は……はい」

風呂敷づつみをかかえて、とびはねるように立ちあがった。とたんに、老人がひげの奥で舌打ちをする。

「荷物は置いてけ。犬ははなれんのなら、来てもかまわん」

灯子は、うろたえながらほたるたちをふりかえった。この荷の中には、たいせつな無垢紙と火狩りの形見が入っているのだ。置いてゆくのは、ためらわれた。しかし、そんなひまもあたえずに、炸六がきびすをかえして行ってしまうので、灯子は「お願いします」と花嫁たちに頭をさげ、寝かされていた敷布の上に荷物を置いていった。かなたはもう立ちあがり、部屋から出かかってこちらを見ている。このおかしなにおいのする車の中で、かなたはなぜか、村にいたときよりも生気がもどっているように見えた。

小部屋を出ると、また金属の廊下だった。黒く塗装された金網で足もとはおおわれ、壁は配管やつまみや計器、朱や黄色の照明がとりつけられて、見ているだけで目がまわりそうだ。配管の交差する天井には、村で使っていたのとはまるでちがう、細長い棒の形をした照明が等間隔にならんでいる。

小柄な老人は、背をまっすぐに伸ばしたまま、機敏な足どりで歩いてゆく。あんな重そうな靴をはいていて、どうしてあんなに速く歩けるのだろう。通路はせまく、あちらこちらへ分岐し、まがっているため、うしろすがたを見失えば、簡単に迷ってしまいそうだ。じじつ灯子は、ほたるたちのいた先ほどの小部屋へのもどり方が、もうわからなくなっていた。

どこへ連れてゆかれるのか、たずねてみようかと何度も思った。が、革靴をはいた炸六の足どりは、灯子がついてくるのを当然ととらえてよどみなく、一度もこちらをふりむかないので、灯子も老人にならって、なにもしゃべらないでいた。金網でできた床に犬の爪があたって、チャカチャカと音を立てる。

変なにおいだ。おそらく、機械の。村ではこんなにおいを嗅いだことなどなかった。木のにおいも、土のにおいもしない。

（でも、いま、森の中におるんだ……）

灯子たちを入れた金属の箱は、ごうごうと揺れつづけている。回収車は、黒い森の中を走っているはずだった。炎魔のほかには木々人しか住まず、世界をおおいつくしている黒い森……森には、四つ脚の野の生き物と同じすがたをしたものたちが、炎魔となって棲んでいる。その種類はさまざまだが、どれも一様に黒い被毛を持ち、眼窩には赤々と火をやどしている。黒い森に呑まれる前には、いま回収車の走っているここも、街道や集落であったのかもしれない……

「ここだ。入れ」

ぴたと立ち止まった炸六が、わきにあった扉を開けた。両開きの扉は、壁にとりつけられたてこを引くと開く。ほたるたちといた小部屋より、うんとひろい空間があった。

そして、部屋いっぱいの機械を前に、工具を手にした二人の人間が働いている。

ごうごうという車体のうなりが、一気に近くなったように感じられた。筒やら管やら、灯子にはわけのわからないものがぐねぐねと配置され、むっとするにおいと熱さが顔を襲った。

「エンジン室だ」

炸六が、ごく短く言った。が、そう言われても、灯子にはなんのことやらわからない。

「おい、お前。照三(しょうぞう)」

「へ？」

声をかけられ、まのぬけた返事をしたのは、仕事をしている二人とはべつに、部屋のすみの椅子にかけてブリキの湯呑みをかたむけていた男だ。作業着すがたなので、乗員とわかる。見たところ、ほたるや紅緒とそんなに年は変わらないだろう、ひょろりとたよりない体つきの、若い男だった。

「ゆうべ拾ったチビすけだ。こいつに仕事をやれ」

「うへえ、おれが？」

「文句があんなら怠けてんじゃねえ」

一喝されて、照三と呼ばれた若い男はふらふらと立ちあがった。青白いうらなり顔に、あからさまに不満げな色を浮かべている。

「へえへえ、ほんの五分の休憩もなしっすか。こんなんじゃ、おれ、首都に着くまでに死んじまわあ」

「うるせえ。お前みてえのが、いちばんしぶといんだよ。へらず口閉じて、こいつの世話をしろ」

　ぎろりとにらみつける炸六に、あくびのしそこないのような返事をして、照三が灯子のほうへ寄ってきた。灯子といっしょに、かなたの全身の筋肉がこわばるのが伝わる。照三という若者は、ぼさぼさ頭をぞんざいにかきまわすと、警戒しきっている灯子やかなたのようすにはまるで頓着せずに、半分寝ぼけたままの顔で言った。

「ついてこい」

　炸六をふりかえると、エンジン室へ踏み入って機械の前に立ち、もうこちらを見もしない。エンジン室の中に、灯子は煙二のすがたを探したが、眼鏡をかけた丸顔は見あたらなかった。

　灯子は油と金属のにおいを、鼻から大きく吸った。首都へ着くまで、この機械のかたまりの中ですごすのだ。鎌と守り石とかなたを、あの火狩りの家族、身内の者へかえすまで。下腹に力をこめた。この車に乗っていてさえ、道のりは安全ではないと、ゆうべ煙二が言っていた。決して、邪魔になるわけにはいかないのだ。

　ひょこひょこと、たよりなげな足どりで照三が前を行く。炸六の機敏な歩き方とは、まるでちがう。

「お前、えっとチビすけ。お前、火狩りの形見を持たされたんだってな。そんなに小せえのに、苦労するなあ」

　照三が言った。灯子に話しかけているというより、ほとんど独り言に聞こえた。その力のこもらないしゃべり方がなんだかいやで、灯子は短くかぶりをふった。

「いいえ。……火狩りさまが死になさったのは、わたしのせいじゃから」

　はあ、と照三は、ため息ともあくびともつかない音で応じる。

「お前のせいと言ったって、聞いたかもしらんが、あの村のまわりは炎魔の異常発生でよお。荒稼ぎしようって流れの火狩りが、おれらが会っただけでも七人はいたぞ。首都で組織くんでる火狩りじゃない、未登録のやつらが。そいつも、その中の一人だったんだろうよ。おれなら鎌は流れの火狩りに高く売って、犬は番犬にしちまうけどな。村の人間つうのは律儀だねえ。まあそのおかげで、工場はたすかっちゃいるんだが」

　灯子のような子どもを相手に、照三はぺらぺらとしゃべりつづける。灯子は、胸の中に不吉な影がはびこってゆくのを感じた。ほたると紅緒が言っていたとおりだ。灯子の村のまわりでは、異様に炎魔がふえているという……

（ばあちゃん、おばさん、大丈夫じゃろか——燐も）

　村を出てきたりして、よかったのだろうか。村の者たちは、周辺に炎魔がふえているのだと、回収車の乗員から聞いただろうか？

　ギィ、と照三がつきあたりの戸を開いた。油と金属とはまたべつの臭気が、もれ出る。

「ここが、お前の持ち場な。便所汲み」

一瞬、鼻を押さえそうになった灯子は、口を引き結んで踏みとどまった。

「はい」

はっきりと、うなずく。懐にいつも入れてある襷（たすき）で、すばやくそでをたくしあげる。

そんな灯子のすがたに、照三は眠そうな顔のまま、痩（や）せた肩をひょいとすくめた。


食事にありつけたのは、仕事をはじめて二、三時間たったころだった。一か所の便所汲みに、それだけ時間がかかったわけではない。巨大な回収車の中には、合計四か所、用をたせる場所があり、頃合いを見計らって、照三が灯子を移動させに来るのだった。

慣れない作業にてまどったせいもあるが、おわるころには、灯子の体はずっしりと重くくたびれていた。手桶（ておけ）で洗いはしたが、体中ににおいが染みつき、手も足もぬらぬらと汚れている気がする。なにもすることのないかなたは、便所の外に座りこみ、照三が呼びに来るたびに、うなり声でそれを伝えた。

「おいお前、いい加減、おれの顔おぼえろよ。犬ってものおぼえがいいんじゃねえのかよ。よし、もうおわっていいぞ。こっちの車のは、これで全部だ。部屋にもどって、飯にしてくれ」

たよりないうしろすがたに、またかなたとならんでついてゆく。灯子は、なんとか車の中の造りを頭に入れようとしながら、思いきって照三にたずねてみた。

「あの……煙二さんという人は、どこへ乗っとられますか？」

するとⅢ三は、ふあああ、とまたあくびのしそこないの音を出した。

「ああ、頭領と二人で、お前を迎えに行ったんだっけな。残念だったな、煙二さんは一号車、もう一台の車のほうだ。あの人は人当たりがいいからなあ、チビすけもなつくだろうなあ。でも残念、こっちの車にいるのは、おっかねえ頭領だよ」

そんなことを言っているうちに、小部屋の前までもどってきた。てこを引きおろすと、戸が開く。そのまま、照三は廊下を歩いて行ってしまった。

小部屋ではほたるたちが先に食事をとりながら、灯子を心配して待っていた。部屋へ入った灯子を見るや、紅緒はこらえきれずに、

「くさぁい」

と笑った。へとへとになってもどった灯子の肩に腕をまわし、食事をすすめる。金属でできた四角い盆が灯子の寝台の上にあり、色の悪いにぎり飯と、もうさめた汁、干し肉のひときれが載っていた。

「……いただきます」

へたりこむように座りながら、灯子は干し肉を手でつかみ、かなたの鼻先へさし出した。犬は遠慮なく口を開けて、ほとんど一瞬で飲みこんでしまう。ものたりないのは明らかで、しきりに口のまわりをなめまわしている。灯子とたいして目方の変わらない犬なのだ、これだけの食事では、身がもたないにちがいなかった。かなたの餌を乗員からもらうことはできるだろうか？　それとも、これからは一人分をわけあうしかないだろ

うか……

そう考えていたところへ、すっと、手つかずの盆がさし出された。火穂だった。寝台から立ちあがり、そっぽをむいて自分の食事を灯子にさし出している。

「あたし、いらないから」

火穂の声を、はじめて聞いた。澄んだ声だが、ひどくとがっている。

「で、でも」

「いらない」

ガチャンと、火穂が盆を灯子の目の前に落とすので、あやうく汁がひっくりかえるところだった。くるりときびすをかえして、奥の寝台へもどろうとする火穂に、ほたるが心配そうに声をかける。

「火穂ちゃん、だめだよう。ちゃんと食べんと。……お嫁に行くまでに、おなかがすいて死んでしまう。こんな車の中で死んでしまったら、なんのために、わたしたち……」

火穂をなだめようとして、ほたるは自分が声をつまらせた。ぱたぱたと、涙が着物のひざにこぼれた。

「あーあ、退屈！」

突然、足を崩してあぐらをかき、紅緒が首をのけぞらせた。火穂が押しつけた盆から、にぎり飯をつかみとる。

「ええなあ、灯子は、仕事もらえて。働かいで飯をもろうても、味気のない。うちは、働くのが好きなんじゃ、こんなせまいとこでじっとしとるのは、性にあわん。ああっ、動きたい！」

　そうして紅緒は、つかみとったにぎり飯を、かなたの鼻先につき出した。とたんに、犬が警戒してうなりだすのを、同じように歯をむいて、紅緒が制した。

「甘ったれとらんで、さっさと食えっ！　お前なあ、犬っころのお前のほうが、うちらの身の上にくらべりゃ、ちっとはましなんやぞ。えらそうにグルグル言うとらんと、わきまえやっ」

　かなたが牙をおさめるのを、灯子はおどろきの目で見ていた。うなるのをやめ、うしろへたおしかけていた耳を紅緒のほうへむけて、ふう、と一つ、鼻から息を吐いた。泣いていたほたるが、ぷっと吹き出した。

「あはは、紅緒ちゃんはおもしろい。見てぇ、灯子ちゃんの犬に勝ちよったよ。こん中じゃ、紅緒ちゃんが大将じゃ」

「なんね、ほたるさん。あたりまえよ。ここに青竹の一本あれば、うちはこんな犬の百倍の働きしよるよ。ほんっと、くやしい。ほたるさん、あんた、笑うか泣くか、どっちかにせんかいね」

　眉をつりあげる紅緒にも、ほたるはおかまいなしだ。

「だって、紅緒ちゃん……見て！　食べた食べた。灯子ちゃん、ほら、紅緒ちゃんの手から、食べよるよ」

ほたるの言うとおり、かなたは紅緒の手に載ったにぎり飯を、がつがつと食べていた。上目遣いに紅緒から注意をそらさないまま、それでも、とがった牙を手にあてないように気をつけているのが、灯子にはわかった。

かなたの顔つきが、かすかにやわらいだ。それが、灯子を深々と安心させた。自分のにぎり飯を半分食べ、灯子は、そっぽをむいたままの火穂を見やった。顔形はまるでちがうけれど、じっと壁をにらむ横顔は、どこか、燐に似ている。

体を動かし、食事をとると、灯子はやっと自分の体にもどってきた心地がした。それまでは、慣れないにおい、慣れない明かりと、つねにつづいている揺れのために、体に半分しか自分が入っていないような気がしていたのだ。

と、にぎり飯を食べおえて口のまわりをなめていたかなたが、ぴくりと顔をあげた。耳をまっすぐに立て、中空のどこか一点を、確実に見つめている。

「かなた？」

灯子が呼びかけても、見えないなにかに引っぱられるように、まじろぎ一つしない。なにも聞こえなかったし、車の揺れにも、とくに変わりはなかったはずだが……。

「犬笛かしら」

心なしか声をひそめて、ほたるが言った。目もとの涙を、そででぬぐう。

「犬笛？」

「そう。回収車は、あちこちの村をまわってまた首都まで、ずーっと走るでしょ。燃料をね、とちゅうで補給しなくちゃならんから、あっちの車には、火狩りさんが乗っておらすのよ。火狩りさんていうのは、狩り犬を連れとるでしょ、みんな。なんでも、犬にしか聞こえん音の出る笛で、犬にあれこれ命じるのだって。この子にも、きっと聞こえたんね」

あっちの車――照三の言っていた「一号車」、煙二もそちらにいるという車だ。灯子の中で、なにかがどくりと揺らいだ。火狩りが……すぐ近くに、かなたの主と同じ火狩りがいる。かなたはいま、その存在を察知したのだ。

「ときどき、森の中で車を止めて、狩りをするんじゃと。危ないからと、うちらには見せてもらわれんけどね」

紅緒が、集中しきってぴくりとも動かない犬を、しげしげと見つめる。

「お前も働きたいか」

紅緒にそう問いかけられた瞬間、ぱたっと、かなたが集中を解いた。灯子の寝台のかたわらにふせて、楽な姿勢をとる。

「ど、どんな人？　回収車の火狩り、て……」

灯子の問いに、ほたるも紅緒も顔を見あわせた。

「うちらも、じかには顔を見たことがない。けど、なんでも、百戦錬磨の凄腕だちゅうて、乗員たちにとっちゃ下にも置かん相手なそうじゃ」

ひょっとして、かなたのことを知ってはいないだろうか？　かなたの主、灯子をたすけて死んだ、火狩りのことを。

「名前はね、炎千ていうらしいよ」

　聞き慣れない響きの名を、頭の内側でくりかえして、灯子は、なんとかその火狩りに会ってみたいと思った。かなたの主の手がかりを、わずかでも知っているかもしれない。

　窓ガラスを、いつからか雨が伝っていた。外から見たかぎりでは、回収車の窓はどれもまっ黒に塗りこめられていたが、どういう細工によるものなのか、内側からなら、外の明かりをとり入れ、周囲のようすを見ることができるらしい。

　黒い森にも、雨は降るのだ。

　村でも雨なのだろうか。盛りの花が濡れて散るのを、さびしそうに見ているうしろすがたが、灯子の脳裏によぎった。ばあちゃんではない。ばあちゃんは生まれたときから、花なんて一度も見たことがないのだ。いつもこの時季に、畑や家の仕事の合間、散った花を残念そうに見やっているのは、おばさんだった。いつもあれは、地面が汚れるのをきらってにらんでいるのかと思っていた。でも、きっとちがう。おばさんは、さびしがっていたのだ。

　村からはなれてしまってから、灯子はふいにそんなことに気がつき、かすかなため息をもらそうとして、飲みこんだ。

　午後からも、灯子は乗員に呼びつけられ、いろいろの雑用をまかされた。イモの皮むきだの、作業着の繕いだの、村でやってきた手伝いとあまり変わらない。呼びに来るのは、照三ばかりだった。車の構造は複雑で、頭の中に必死で道すじをえがこうとするのだが、照三とはぐれないようにするほか、迷わない方法が見つからない。廊下を歩くだけでなく、梯子(はしご)を伝って上の階にのぼることもあった。さすがにそのときは、梯子をのぼれないかなたは、下でじっと待っていた。

働くあいだにも、ずっと車は揺れている。灯子は幾度となく気分が悪くなりそうだったが、ついてまわるかなたは、平気な顔をしていた。

「悪いなあ、お前ばっかりこき使って。でもほかの娘さんたちはよ、花嫁さんだからな。働いてもらうわけにはいかないそうだぜ。ほんとなら、顔だって布で隠しとかないといけないらしいが、きゅうくつなんだろ、さっさととっぱらっちまって。まあおれだってそうするけどな」

照三はへらへらと、そう言って笑う。

「そら、もう夕刻だ。車ん中じゃよくわかんねえけどな。今日の仕事はおわっていいぞ。部屋にもどって飯だ」

「はい」

うなずく灯子に、あとはもうなにも言わず、照三はもとの小部屋まで案内してくれた。

夜にもなると、灯子は、足もとが揺れつづけている感覚にもだいぶ慣れてきた。加工ガラスの外は変わらず、泥ででたらめな模様を塗りたくったような森の景色だが、窓の横にとりつけられた時刻計は確実に動き、針が目盛りの下までおりたこの図は夜を意味するのだと、ほたるたちが教えてくれた。

眠る時間になっても、照明は完全には落とされない。弱められはするが、まわりがはっきりと見えるだけの明るさは残されたままだ。万一、炎魔に襲われたとき、暗闇では応戦することも逃げることもできないからだと、これは紅緒が教えてくれた。

体は疲れはてていた。あたえられた仕事はどれも、毎日していた畑仕事にくらべれば、楽なものばかりだったのに。ふわふわと、体が宙に漂い出しそうだ。灯子は寝台へ吸いよせられると、毛布を頭までかぶり、目を閉じた。眠ろうと思うひまもなく、眠った。

夢は、見ていないはずだった。いい夢も悪い夢も、まっ暗な意識にはなにも現れていない——が、肩を揺する手に、はっと息を呑んで起きあがった灯子は、びっしょりと脂汗をかいていた。

起こしたのは、火穂だった。寝台のかたわらに立ち、起きあがった灯子を憮然と見つめている。

「……あんた、うるさい」

低めた声で言い、火穂は目もとを険しくした。

ほかの寝台に耳をすますと、ほたるも紅緒も、規則正しい寝息を立てている。かなたは灯子の寝台の下で、耳だけは眠らせずに横になっている。もう一度火穂のほうをむくと、火穂はやはり、不機嫌そうな目つきでこちらを見ていた。

「あ、あの、ごめん……いびき？」

いびきをかくくせはないはずだったが、灯子はとっさにそう訊いた。

「ちがう。うんうんうめいてうるさい。車に乗ってきた晩も。あんた、起きてるときはしゃべらないのに、寝てるとうるさい」

灯子は、いま言われたそのことよりも、火穂がたくさんしゃべっているということに、あっけにとられていた。昼間は寝台の上でじっと壁をにらんで、口もきかなかったのに。

「ごめん……」

結局、それしか言葉が出てこない。火穂が寝台へもどったら、もう起こしてしまわないよう、自分は起きていようと思った。起きて、物音を立てないようにしていよう。

が、灯子の思いに反して、火穂は寝台にもどらず、なにかをにぎった手をこちらへつき出してきた。

「これ。乗ってきたときに、あんたの荷物から落ちた」

反射的にさし出したてのひらに、ころんと小さなかたいものが落とされた。

赤い花をかたどった、それは、なくしたと思っていた髪留めだった。

「な、なんで、どうして、ここに……」

わけがわからず、灯子はてのひらに載ったちっぽけな飾りを見つめる。自然と、両親の顔が浮かんだ。つないだ手の感触も。これと同じ回収車が開いた店で買ってもらった髪留め。畑を耕し、楮林の下草を刈る毎日には無用な、愛らしい飾り物を、両親が灯子にと買ってくれたときの、申し訳のないような、晴れがましいような気持ち——折れまがったこよりが、髪留めに結わえつけられていた。なんだろう。いぶかしく思いながら、ねじられた紙きれを開いてゆく。

「ほかの人がずっとしゃべってて、わたすときがなかった。いま、わたしたから」

火穂はそう言い置いて、くるりと背をむけ、自分のふとんにもぐりこんだ。だから、灯子が大きく目をみはったのを、火穂は知らない。

こよりを解くと、字が書かれていた。

『ごめん』と。ひと言だけの、乱れた文字だ。けれど、灯子にはそれがだれの字か、すぐにわかった。燐だ。

燐が、どうして、灯子の髪留めを持っていたのだろう？

「大きらい」と言いながら、夜の闇の中、灯子から照明をとりあげた燐の顔が目に浮かんだ。灯子とばあちゃんが、おばさんと燐の家に身を寄せるようになってから、燐はたびたび、灯子にいやがらせをした。草履を屋根に投げあげたり、灯子がばあちゃんの薬湯を入れようとすると、わざと熱い湯をはねかけたり。……これも、燐が隠していたのだろうか？　灯子の持っていた、ただ一つの宝物を。

「…………」

不思議と、腹は立たなかった。髪留めがかえってきたという、うれしさもなかった。

かえすつもりだったなら、直接わたす機会は、いくらでもあっただろうに。

『ごめん』のなぐり書きの紙を、灯子は丁寧に伸ばし、折りたたんで、懐に入れた小さな布袋にしまった。決してなくさないよう、革紐で首からさげた袋には、ばあちゃんが子どもの時分から持っていたという守り石が入っている。袋の口に、赤い髪留めを留めつけた。二つの小さなお守りを胸に抱いて、灯子はかなたのほうをむき、体をまるめた。

なにごともありませんようにと、懐のお守りをにぎりしめて、灯子は念じた。生まれた村に、小さな家でともに食事をとった家族に、どうか、なにごともありませんように。

火穂はあんまり静かで、眠ったかどうかわからない。けれど、灯子は起きてじっと息をひそめていた。なにも食べていない火穂が、せめて体を休められるようにと、身じろぎせずに、静かにしていた。

三　雨の中の火

古い時代の人間は、死者を火葬にしていたそうだ。

なぜそんなことをしたのかと、煌四は土に埋められてゆく棺桶を見おろしながら、ぼんやりと思った。死んで、もう動かなくなった者を、そのうえ火で焼く。……苦しめることになるとは、考えなかったのだろうか。

それとも、火が苦しみの象徴であるのは、いまの時代だけなのだろうか。

工場勤めの母親が体を病みだしたのが、前の年の、ちょうどいまごろだった。回収車が持ち帰った生糸を染料で加工する。首都で廃品となった衣類を仕立てなおし、刺繡をほどこしたりもする……母はまあまあ腕もよかったらしいが、仕事量のわりにはすくない賃金をよこされ、そして染料にふくまれていた毒で、死んだ。

工場では、よくあることだった。

工場で使う薬品やそこから出る廃棄物は、人にとって毒となる。首都にはかつて漁港もあったが、汚染のためにずいぶん昔に封鎖されたという。いまは工員の体を毒さないよう、かなりの工夫がされるようになったらしいが、それでもどこかでだれかが、つねに体を病んでいた。きっと、人が天然の火を自在にあつかっていた時代には危険だとわかっていたことや、体を毒さないための知識が失われ、新たにそれを学びなおす余裕が、この世界にはない。

この世界はかつて一度、死んだ。

生きのびた人間たちは、そばで火が燃えれば内側から発火するという、かつてとはちがう体をかかえ、わずかに残った過去の技術をかき集めて、なんとか暮らしている。

墓地からはひろびろと、海が見える。いまは薄い雲が空いっぱいにちぎれてばらまかれ、日の光は切れ切れにこぼれて、水の色を灰色にほのめかしていた。じきに雨が降りだしそうだ。

共同墓地には無数の、背の低い常緑樹が植わっている。あれが墓標だ。木の根もとは、名前や碑文の印字された石でかこまれている。母親の棺（ひつぎ）のためにも同じように植えられる苗木が、墓穴の横に待機していた。

二人の墓守たちが、鈍重に見えるが無駄のない動きで、棺に土をかぶせてゆく。小さな棺桶。あの中に、ひざを折った窮屈な姿勢で自分たちの母親が入っているのだということが、まだうまく信じられない。病に侵され、薬を飲み、死んだあとにも肉と内臓の発酵をおさえる薬剤をまぶされた体が。

煌四の眼鏡のはしに、ひた、とかすかな水滴が飛んできた。それは雨ではなく、風が海から飛ばしてきた塩水だ。首都の春は遅い。海風にさらされる墓地は、どちらつかずの天気のせいもあって、ひえていた。

　さっきまでさかんにしゃくりあげていた妹が、静かになっている。煌四のズボンにしがみつき、足に顔を押しつけてくる。手も顔も、熱くなっていた。

「緋名子（ひなこ）……だから、家で待ってろって」

　熱を出した妹を、煌四はかすかないらだちをおぼえながら抱きあげた。妹が体に巻いている毛糸の肩掛けは、母のものだった。

　墓守たちは、着々と棺桶に土をかぶせ、その上に慣れた手つきで苗木を植える。こちらに、なにか声をかけることもしない。わかれの言葉はないか……そんな声かけは、なにも。子どもだからといって、なめられている。そう思うと、煌四のいらだちはますますつのった。

　母親の葬儀が、なんの味気もなくこなされてゆき、自分は死んでいった人を思うよりも、病気の妹を心配していなくてはならない。病気の妹と自分の、これからの身のふり方を考えなければならない。

　帽子をまぶかにかぶった墓守たちが、苗木のまわりに石をならべる。石には、母の名前と命日だけを印字した。ほかには、祈る言葉も感謝の言葉も、なにもない。そんなことに使える金はなかった。

「お父さんは……？」

　聞きとりにくい声で妹が言いかけたとき、墓守たちが帽子を脱ぎ、煌四たちのうしろへさがって、できあがったばかりの墓に深々と頭をさげた。人の動きにおびえて、緋名子の口が閉じる。八歳にしては小柄な体を、力いっぱい煌四の肩に押しあててくる。

墓守たちにならって、煌四も墓へ頭をさげた。海から、からみあうように風が吹きつける。死者の記憶は、海へためこまれてゆくという。海の中に、大きな鯨のすがたをした死者の守り神がおり、あらゆる死者のことをその守り神が記憶しているのだと……そんな、おとぎ話だ。それでも、煌四は顔をあげながら、あの大洋にひそむ何者かが自分たちの母親をおぼえていてくれるのだろうかと、一瞬、思ってしまった。

たまったものではない……頭のどこかがしんとさめていて、そう思った。こんなにあっけなく死んでしまう体で、生きているだなんて。

そっと、うしろから肩をたたかれた。ふりむくと、墓守の一方と目があった。ほとんど灰色の顔をした、肩幅のひろい年寄りが、煌四に紙きれをさし出している。

「……ことづかりました。行くあてがなければ、ここへ来るようにと」

ぼそぼそと低い墓守の声は、聞きとりにくい。もう一人は、墓守小屋へ道具を片づけに行ってしまっていた。緋名子を抱いたまま、煌四は紙きれをつかみとった。厚みがあり、ほのかに青みがかった、いやに上質な紙だ。二つ折りになった紙を開くと、そこには地図がかかれていた。

「気の毒なことです。まっとうに働く者が、このように子どもを残して、やりきれますまい。せめてお前さんたちは、そこをたよって生きのびなさい。あんたは賢い子のようだ、ちゃんと妹を守って、生きのびなさい」
低い声が、経文を読みあげるようにそう告げた。緋名子がますますおびえて、首にしがみつく。のどが絞まって、煌四はなにもこたえられなかった。ただ、不自然な姿勢で、頭だけをさげた。

緋名子は、赤ん坊のときから体が弱かった。小さく生まれすぎ、なんとか育ってからも、一年じゅう頭痛と熱と悪寒にとらわれている。緋名子を腹にやどしていたとき、母は工場の清掃員をしていたのだが、そのときふれた廃棄物の毒が、胎児だった緋名子にまわったのだろうと医者は言った。それで、母はいまさらのように勤め先を変えたのだが、今度はそれが、母自身の命を奪うことになった。

家へ帰り、緋名子を寝台に横たえる。妹は幼い眉間にうっすらとしわを刻み、それでもすうすうと寝息を立てた。

（〝燠火の家〟……）
墓守から手わたされた紙に、地図とともに記されていた名だ。なだらかな丘陵地をおう首都の町、その頂上に位置する、ひとにぎりの金持ちの暮らす一画が、地図にえがかれていた場所だった。首都で裕福な人間のほとんどは、工場の経営者だ。燠火家も、その中の一つ。なぜこの燠火家が自分たちに手をさしのべようとするのか、その理由は明白だった。

工場の動力となる火を、森に棲む炎魔と呼ばれる獣から狩ってくることを生業とする狩人たち、火狩り。自分たちの父親も、その火狩りの一人だったのだ。

火狩りを統制するのは、首都の、この国の統治者である神族だ。旧世界よりさらに古い時代から存在するという神々の子孫であり、人にはない長寿と異能を持つ者たち。かつては人間と協力しあって、この国を治めていたという。工場地帯のむこうにある崖のトンネルをぬけ、火狩りたちは森へ狩りに行く。ほかの人間が立ち入れば、たちまちのうちに炎魔に襲われて命を落とすという危ない場所へ、貴重な火を採りに行く特殊な人間たち、それが火狩りだ。彼らを、古い時代の神々の子孫だという神族がとりまとめ、工場へ、人々へ、火を分配している。

危険な仕事をになう火狩りたちをねぎらって、工場経営者はたびたび、酒席をもうけていた。火狩りをとりまとめるのは神族だが、その恩恵を直接うけているのは工場。経営者たちが火狩りを敬い、宴席をもうけるのが、長らく習慣となっている。中でも羽振りのいい燠火家は宴席の用意をほとんど一手に引きうけ、父がそこへ出かけてゆくのを見送った記憶が、何度もある。

父親が、自分たち家族を残して首都を去ったのは一年前。ちょうど、母が発病したころだ。なんの前ぶれもなく、ある日突然、出ていった。

どこへ行ったのかと、仲間の火狩りたちから、なかば怒りのこもった質問を何度もうけてきた。けれど、家族にすら理由を知らせていなかったとわかると、あとはもう、なにも問われることはなくなった。

父親がもう、帰ってこない。そのことが、母を憔悴させ、緋名子をおびえさせ、煌四をじりじりとつめたくいらだたせた。

書き物机の上に、ほとんど無意識に棚からぬいた本を積みあげていた煌四は、ふと目をあげた。……選ばなければならない。このまま、この家に兄妹二人で暮らすのか、燠火家にたすけを求めるのか。

天然の火を失った人間たちに、光と動力源をもたらす仕事。父親はその技を持っていたのに、家の中は薄暗い。死者の出た家は一週間のあいだ、窓に鎧戸をおろす。弔いのため、死者が迷ってもどるのをふせぐため……人々の心の中ではそういうことになっているが、ほんとうは、埋葬やものの整理で手薄になった家に、盗人が入るのをふせぐためだ。

死体にまぶす発酵よけの薬剤ですら、墓を荒らす悪鬼や鬼火をしりぞけるためのまじないだと思いこんでいる者が多いという。そう思いこめるということが、煌四にはほとんど信じられない話だった。

眠ったままの緋名子が、急に横をむいてはげしく咳きこんだ。煌四はあわてて、肩まで毛布をかけなおす。照明も暖房もつけていない家の中は、肌寒かった。

二人しかいないのだ、という現実が、深く胸に食いこんできた。

（……出てったやつを待つつもりなんか、ない。ぼくが守ってやらないと。でないと、

緋名子まで）

　この小さな妹が、あっさりと墓地に埋められてゆく情景が、脳裏に浮かんだ。

　決めた。

　煥火の家へ行く。煌四はもう十五歳だ。同じ年で、仕事についていない者のほうがすくない。煥火家に雇われれば、かなりの収入を期待してもいいはずだった。母が、いつもどるかもわからないからと一つも手ばなさずに残しておいた父親の持ち物も、売れるものは売り、あとは捨てる。

　無意識のうちに、煌四はせっせと家の中を動きまわっていた。いつのまにか、書き物机の上には、本と帳面が山積みになっていた。煌四自身が学問に使ってきたそれらを、まるで小さな子が気に入りのおもちゃを一つところへ集めるように、積みあげていたのだ。煌四は、自分がひどくうろたえていたことに気づいて、乱暴に頭をかいた。

（学院も、やめるんだ。勉強している場合じゃない、働くんだ。まずは、挨拶（あいさつ）に行かないと……落ちつけ。ぼくがしっかりしないでどうする）

　窓の外に、雨の音がしはじめた。眠っている緋名子の枕もとに気に入りの人形を座らせ、そのひざに書き置きの紙を載せた。すぐもどるから、家の中で待っているように、と。だれかが来ても、戸を開けるな。

　母親の死を看取（みと）り、疲れはてて深く眠っている妹のかたわらで、煌四はこっそりと、ため息をついた。父親の連れている犬がここにいれば、一人で留守番をさせる心配もないのに。

と、まるで煌四の思ったことを夢に見透かしたかのように、

「かなた」

緋名子が小さく、寝言で犬の名を呼んだ。


首都の居住区は、まるででたらめな資材のつぎはぎ細工だ。縦横にめぐらされた水路をはさんで、あらゆる資材を使って建てられた家々が丘陵をおおいつくしている。トタン、木の板、レンガ……壁が漆喰でかためられている家はまだ上等だった。

海から一挙に押しよせた廃材の寄せ集め。ここは、そんなふうに見える。それでも、こちらはまだましだった。丘のむこう側――白黒に不気味な紫や硫黄色をまじえて煙をそそり立たせる工場地帯の片すみには、この居住区にすら住めない貧しい層がごみを漁り、人のものを奪って暮らす地区があるという。

あちこちに、カラスがとまっている。屋根や塀や、なんのためにつき立っているのかわからない錆びた柱や、街灯の上に。

雨合羽をはおって、煌四は坂の上をめざした。降りだした雨のせいで灰色にくすんだ町に、カラスの黒い羽ばかりがめだつ。ほとんどの住人は工場へ勤めに出ているし、幼い子どもをせおった母親たちは、町のところどころにある共同炊事場か作業場で働いている。

再来年、十七歳で卒業するはずの学院にも、母がたおれてから顔を出していない。ほんとうなら、たいした金持ちでもない家に生まれた煌四は、町のほかの子どもと同じように、働いているはずだった。が、近所の洗濯屋を手伝っていた六つのころ、煌四が勝手に組み立てた給水管が、たまたま学院の教師の目にとまったのだ。洗濯屋の女主人はけちで、料金のかかる水道を使わず、手伝いに来る近所の子どもたちに水路からバケツで水をくんでこさせていた。いちいちそれが面倒で、その仕事をさせられる力の弱い子がかわいそうで、煌四が廃材を集めてきて、水路から水をくみあげられるよう給水管を作ったのだ。

　教師は女主人にこれを作ったのはだれかと問いつめ、そうしてつぎの年から紡績工場へ働きに行く予定だった煌四は、特別に学院の席をあたえられることになった。

　特待生とはいえ、教材や本は自分でそろえなくてはならない。緋名子の医者代とともに煌四の学費を捻出（ねんしゅつ）しつづけるのは苦しかったはずだが、将来は専門の仕事につくことができればと、両親は煌四が学院で学ぶことに一度も反対しなかった。

　これまで手に入れてきたもの、たいした重さでもないなにかが、さらさらと砂になって指のあいだからこぼれ落ちてゆくようだ。道をたどる足に現実味がなく、雨の中にぽつりぽつりと照明のともる区画へ踏みこんだとき、煌四は自分が夢を見ているのかと錯覚した。

　坂はおわり、道は平らになっている。染（そ）め石（いし）で舗装された道を踏むのは、はじめてだった。大きな門。丈高い塀が道を迷路にし、そのむこうにはそれぞれの家の屋根瓦が、またけ庭木が顔をのぞかせている。門柱の上には、富める者のあかしとして、常火を閉じこめたガラス材の照明がともされている。消されることのない小さな火の光が、雨を透かしてあちらにこちらにまたたいている。

地図をたしかめた。

燠火家はこの地区の北側、神族の宮が見おろす工場地帯からは、もっともはなれた位置にある。

樫材の巨大な門は、蟻のすりぬけるすきまもなく、ぴたりと閉ざされてそびえていた。門柱の上には、ほかの家と同様、常火の入った角灯がすえつけられて、じぃじぃと音のしそうな光芒を投げかけている。

中へ、どうやって声をかけたらよいのだろう。ためらいながら、煌四は手で門をたたいてみた。雨に濡れてもしみ一つない門を、自分の手が汚してしまうのではないかと、一瞬不安になった。

(なにを、小さな子どもみたいなことを。声をかけてきたのは、むこうだ)

煌四は口を引き結び、さっきよりも力をこめて、門をたたいた。はたして、このぶ厚そうな門扉を、素手でたたいたところで音が伝わるのかどうか、あやしかったが……

「……どちらさまですか」

ふいに、門のわきの小さな木戸が開いて、中から老人が顔をのぞかせた。

思わずびくりと身じろぎしてしまった煌四は、赤らむ顔を隠すためにうつむき、墓守からわたされた紙を、その老人にさし出した。

「こ、これを、もらって来ました。以前、お世話になっていたかと思います、火狩りの灰十の身内の者です」

声のふるえを抑えて、なんとかそう言った。うけとった紙をたしかめていた老人が、うなずいて中へ手まねきした。

「こちらに」

短くそれだけ言うと、背のまがった体には似つかわしくない、きびきびとした動きで木戸の奥へ入ってゆく。おそらくこの老人は、燠火家の使用人だろう。瘦せて、自分より小柄な老人を相手に緊張しきっていることを、煌四は強く恥じた。腹の中で、火をつけられた蛇がのたくっているみたいだ。しっかりしなくては、こんなことでは、自分と緋名子の身を守れない。

門の内側は、さらにおどろくべき豪華さだった。おおよそ、一つの家族が住むために建てられたとは思われない家は、中央の玄関に庭からの道をまっすぐ迎え、二階建ての対称な造りの棟を左右に展開してかまえている。庭はみごとに手入れされ、枯れ葉の一枚すら落ちていなかった。

白漆喰をまんべんなくまとい、朱色の屋根瓦をいただいたこの家は、雨などものともせず、それ自体が強い光をはなっているかに見えた。

飴色に照る扉をくぐると、きれいな石でかためられたひろい玄関があり、そこで雨具を脱ぐように言われた。それが身についてしまっているのか、老人がうやうやしい動作で雨具をうけとり、煌四は入ってすぐ右手の部屋へ通された。豊かな装飾のされた照明が天井から吊るされ、ここにも燦々と明かりがそそいで、煌四をおどろかせた。豪奢な明かりは、合計五つ。かつて、人は天然の火を自在にあつかえたのだというが、火狩りが危険を冒して狩ってくる炎魔の火にたよるしかないこの時代、照明は貴重だ。それが、これほど惜しげもなく使われている。

「こちらで、しばらくお待ちを」

圧倒されている煌四にそう告げると、老人は部屋を出ていった。

床には磨かれた石が使われ、使用人の老人にすすめられた椅子には、美しい図柄の布が張られていて、ふれるのも怖いくらいだった。

（こういうのも、全部村で作って、回収車が持ち帰ってくるんだよな。黒い森のむこうから……）

黒い森――炎魔がうろつき、人が立ち入ることのできない森ととなりあわせに暮らす村の人間が、さまざまなものを作っているのだという。それを回収して、工場で加工する。逆に、首都で使えなくなったものを加工して、村へまわすこともあるらしい。森によってほかの村とは隔絶された、それぞれの村の中で、どんな人たちが日々を営んでいるのだろう。いったい、どんな世界だろうか。

おそらく父親は、そこへ行ったのだ。黒い森へ。仲間も連れず、狩り犬だけを従えて、たった一人で。

なにをしに、なぜ、家族にも黙ったまま。

ぶつける先のない問いが、体の内側を駆けめぐる。母の体を破壊した毒と、きっとそれはよく似ていた。

明るく瀟洒(しょうしゃ)な部屋に、一人残され、煌四は静けさに耳がおかしくなりそうだった。カチ、カチ、カチ、と奇妙な音がしている。部屋の中を見まわすと、飾り棚の上の、古い時刻計の作動音だった。不思議な形をしている。日付の変更点から、しだいに針が目盛りをさがってゆく時刻計とちがい、数本の針が円盤の上をめぐって動くのだ。

(たしか、昔の……)

昔の時刻計だ。学院の図書室で図版を見たことがある。時間をさししめす針が、円の上をめぐる――昔の人間は、時間にも世界にも、おわりが来ないと考えていたのかもしれない。……

突然に、扉が開いた。入ってきたのは、ふんだんな刺繍(ししゅう)のほどこされた長衣(ながぎぬ)をはおった、ひどく肥えた壮年の男だった。派手に見えるが、着る物の色は黒と灰色だけにとどめられている。煌四の母親に対する、弔意をしめしているのだろうか。仕立ても生地も上等な服を着ているのがわかるが、でっぷりとした体型のせいで、その優雅さは半減しているといってよかった。

「いや、お待たせした」

男が、にこやかな声を響かせた。なにか楽器の音にも似て、耳をぬけ、腹の底にまでとどく声だ。

「雨の中を、わざわざ。気のきかないことだ、温かい飲み物を、すぐお持ちしろ」

男が言うと、扉のうしろにひかえていた使用人が、機敏に黙礼して廊下を歩き去っていった。煌四を中に通した老人とはべつの、若い女性だ。鼻息混じりに、男が部屋の中へ入ってくる。なじみのないにおいが、男といっしょに近づいてきた。衣服か体に、香油を使っているのだろう。

男は、椅子にかけもしていない煌四にすばやく歩みよると、ひげの下の口を引きしめ、頭をさげた。

「このたびは、たいへんに残念なことだった。お父上の不在のあいだに、母君がこのような。……燠火家当主、油百七という。きみのお父上、灰十どのには、長年じっに世話になっていたのだ。母君の容体がよくないと、経営者仲間から聞いていてね。気にかかっていたのだが、まさかこんなに早く……心から、お悔やみ申しあげる」

上等な衣服をまとった巨漢に頭をさげられ、煌四は、どう返事をするべきなのかを考えあぐねた。どうふるまうのがこの場にふさわしいのか、わからなかった。

「……妹がいます」

言葉は、自分で思ったよりもずっとたよりない音になった。

「病気をわずらっていて、でもぼくは学生で、まだ働き口を持っていません。もし……ご厚意をかけていただけるなら、工場で働かせてください」

不思議に色の浅い油百七の目が、天井にさげられた照明をうけて、きらりと光った気がした。豊かな口ひげをたくわえた男は、悠然としてかぶりをふった。

「いやいや、きみたち兄妹に呼びかけたのは、働いてもらいたいからではないのだ」

抑揚が大きく、語尾をいやに引きずる。油百七の話し方が、煌四の耳にはどうもなじまなかった。

そのとき、先ほどの使用人が、盆をかかげて部屋へもどってきた。油百七とも煌四とも目をあわせず、よどみのない動作でテーブルの上に湯気の立つ発酵茶をふた組、ごくひかえめな大きさの焼き菓子の載った皿を置くと、まだ立ったままの二人に頭をさげ、無言で出ていった。

「かけなさい」

油百七が、煌四の背後の椅子をしめし、自分から上質な腰かけに座った。煌四も、この家の主人にならい、椅子にかけた。布張りの椅子は、おどろくほどやわらかく、張りがあった。

潤沢なかおりをはなつ茶をひと口すすり、油百七は、あらためて口をきった。

「きみたちの話は、かねてお父上から聞いていたよ。妹さんのご病気のことも。……声をかけたというのは、働き口を用意しようというわけではない。どうかね、きみたち兄妹で、この家へ住まってはくれまいか」

「は……？」

文字どおり、煌四は口をまるく開けた。この家に住む……養子にとると、言っているのか？

燠火家当主は、さらにたたみかける。ただし、その姿勢はゆったりと椅子に背をもたせかけ、煌四が身を乗り出してくるのを、待っているかのようだった。

「いや、じつはわが家も昨年、家族がへったばかりでね。といっても、わたしの両親だが。部屋もあいてしまって、家の中もさびしくなった。いかんね、こんな年になっても、とりわけ母親と死別するのは、ひどくこたえる。きみたち兄妹の心中も、よく察することができるのだ。昔より整備されたとはいえ、首都の治安はいいとは言いがたい。子ども二人で暮らすのも、不安なことだろう。この燠火家に、きみたち二人の部屋を用意する。そこに住んでもらうというのは、どうだろう？」

煌四は口を引き結んで、きらびやかな照明や、香油のにおい、発酵茶のにおいを遮断しようと努めた。きつすぎる光とにおいが、感覚を、思考を鈍らせる。ここで判断を誤ってはいけない。頭の奥で、なにかがそう告げていた。

「で、ですが、父は突然すがたを消して、こちらへも相当のご迷惑をかけたんじゃあ……とてもありがたいお話ですが、まるきり甘えてしまうわけには……」

そう、父親は失踪したただけで、死んだわけではない。いつか帰ってくるかもわからない。それなのに、この家の人間になってしまうなどと、簡単に決めてしまうわけにはいかない。いや、養子にとるわけではなく、しばらくの居場所をあたえようと言っているのだろうか。しばらく……いったい、いつまでの？

油百七は、テーブルの上に指を組み、たっぷりと時間をかけてうなずいた。

「ゆっくり考えてもらって、かまわない。住み慣れた家をはなれるにも、覚悟のいることだろう。だがね、よく考えてごらん。働くにしろ、学生のままでいるにしろ、昼間、妹さんを一人にすることになるのだよ」

重く垂れたまぶたの奥から見つめられ、煌四ははっとした。

（そうだ、緋名子が……）

これまでは、煌四が学院に行っているあいだ、仕事の合間に母がちょくちょくようすを見にもどっていた。昼飯を食べさせ、具合が悪ければその日の仕事を休んで、町医者のもとへ連れていっていた。母の都合がつかないときには、煌四が学院を早退した。同じことが、自分にできるだろうか？　一人で。

「うちに来てくれれば、妹さんにも、いまよりいい医者をつけることができる。保証しよう。それに、きみも……」

そこで油百七は、おもむろに一度、言葉を切った。子どものでたらめな粘土細工じみた、でっぷりとした顔の中にも、鼻すじはまっすぐに通っている。眉の下の目は大きく、浅い色の瞳はよく光を通した。

「きみも、学院だけではものたりないだろう。ここで家庭教師をつけることもできる。中央書庫の閲覧権もあたえられる。それに」

油百七が、立ちあがった。丈の長い衣服が揺れる。灰色と黒だけの服、けれどもそれをびっしりと飾る刺繍の糸は、銀に輝いていた。この男の身につけているものだけで、いったいどれほどの値打ちがあるのだろう――瞬時にそう考えてしまったことが、自分をいっそう卑しい身分に思わせた。てのひらに、ぐっと爪を食いこませる。

大きな手が肩に置かれた。火狩りである父のそれよりも、おそらく大きい。そして、重い。たしか燠火家の経営する工場で作っているのは、肉だ。偽肉（ぎにく）、と呼ばれる、貴重な栄養源。煌四は、まともに栄養をとっていない自分の体が、ひどく貧弱であることを思い知った。

香油のにおいが、頭の中をぐらつかせる。この部屋の中は、なにもかもがまぶしすぎる。早く外へ出たかった。暗い雨の中へ、もどりたかった。

深みのある声が、頭上から降ってきた。

「お父上の残していかれた雷火（らいか）を、ここで、きみの思うようにしてもらってかまわない」

煌四の脳裏で、なにかがぷちりとはぜた。長いこと押しこめてきた戒めが、油百七の言葉によってはずされた。

「……ご存じだったんですか？」

声がかすれる。煌四の肩から手をはなすと、油百七は流れるような動作でうしろに手を組み、部屋の中を歩きだした。棚の上にも、壁にも、使い道のなさそうな、しかし美しい品物が飾られ、ふんだんな照明をうけている。翡翠のつぼ、鳥の彫刻、交差した刀剣。

「お父上から、以前うかがっていたのだ。もしものときに備えて、自宅に雷火を隠してあると。――煌四くん。お父上が首都を発たれたのは、世の移り目を感じとられたからだ。この国の統治体制は、おそらく、もう長くはもつまい」

まっすぐにこちらをむいた当主の、その口から発せられる話が、現実のこととは思えなかった。ずっと夢を見ているみたいだ。地図をたどって、雨の中、この区画に立ち入ったときから。いや、母が埋葬されるのを、熱を出した緋名子といっしょに見送ったときから。……ちがう。夢などではない。母親はたしかに死んだ。ゆっくりと息を引きとり、まだ温かい体が、けれど、もう決して動かないのをこの目と手でたしかめた。

油百七は、唐突なその話を、よく通る声でとうとうとつづけた。

「雷火をあつかえる技術者を、残念ながらわたしの工場はかかえていない。しかしきみなら、これまでとは用途のちがう、新たな雷瓶も作れるだろう」

新たな雷瓶？　通常なら、雷火を入れた雷瓶は、工場の大きな動力源として使われる。それを、この国の統治体制が危うくなるときに使う。それが意味するのは――

「資材も、資金も、いくら使ってくれてもかまわない。お父上のいだかれたのと同じ予感を、わたしも持っている。じきにこの国は危うくなる。神族による統治が、覆されるかもしれないのだ。そのときに、身を守る力、町を維持する力が必要になる」

この国が、危うくなる……昔の人間なら、そんな話は信じなかっただろうか。円形の時刻計で日々を計っていた人間たちなら。けれど、煌四たちは知っている。世界は死ぬことがあるのだと。

父が残していったのは、油百七の言うとおりのものだった。

黒い森をうろつく炎魔から採れる火とはちがい、雷火と呼ばれるそれは、飛翔(ひしょう)する炎魔からしか手に入らない。その特別の獣は、落獣(らくじゅう)と呼ばれる。落獣から採れる雷火は、通常の炎魔の火よりも強い威力を持っている。燃えるのではなく、炸裂(さくれつ)する。そのため、照明としての利用はできないが、すくない量でも膨大な燃料となる。そして、限られた腕のいい火狩りにしか、落獣を狩る技術はなかった。

父親が母に手伝わせて、自宅の地下貯蔵庫に、缶に封印した雷火を隠しておいたのを煌四は知っている。本来なら雷火も炎魔の火も、収穫はすべて神族へ供出する掟(おきて)なのだが……。

かなりの数があったはずだ。規定どおりにそれを神族にわたせば、母がもう働かなくともいいほどの報酬が得られるはずだった。が、掟を破ってそれを自宅へ隠し、じきに父親はすがたを消した。その父親が帰ってきたときのためにと、雷火には一度も手をつけたことはなかった。

雷火の容(い)れ物を、雷瓶という。同じ量の炎魔の火を使うよりも、一挙に強大な燃料を供給することのできる雷火。それを安全に封じておくための雷瓶。円筒型の頑丈なガラス瓶は、ガラス作りに特化した村で生産され、回収車に積みこまれて首都へもたらされる。煌四は落獣と雷火について、学院の書庫で調べたことがある。けれど、学生むけの書庫には、限られた書物しかない。知ることができるのは、知りたいと望む知識の一部分だけだった。

それでも察しはついた。もしも、雷火の持つ力を、爆発的に発揮させる仕組みに雷瓶を改造することができれば、昔の戦争で使われたのだという武器にも匹敵するほどの威力を、使えるようになるのではないか。

しかし、どうして煌四に新たな雷瓶を作り出せなどと、言うのだろうか。国が危うくなる、というにわかな話を信じるとしても、どうして自分に……いや。

ぞくりと、胃のあたりがうごめいた。

なぜ急に降りかかったのかはわからないが、これは、逃してはならない恵みだった。父親が残していった雷火を使うことができる。病にかかりはじめていた母を残し、緋名子がなついていた犬を連れて出ていった父親の残した強大な火力を、自分が。

どくどくと脈打ちだした煌四の耳に、妹の、小さな寝言がふいに聞こえた。

（……かなた）

脳裏に、海辺の墓地の光景がよみがえった。

暗くたぎりかけていた功名心が、すうと薄れる。煌四が考えなくてはならないのは、そんなことではないはずだ。

この大金持ちが医者を選んでくれれば、緋名子は、あそこへ入らなくてもすむかもしれない。あの、寒い海風の吹きつける共同墓地へ。胃のあたりでうごめいたものが熱を持ち、のどもとへせりあがってきた。

たすかる。

いまのいまから路頭に迷うはずだった自分たちが、たすかる。緋名子の命がたすかる。

さしのべられた手を、はなすわけにはいかなかった。

「……一つ、確認させてください。雷火は、ぼくなんかじゃなく、もっとくわしい人にあつかってもらうほうがいいのじゃありませんか。あれは、危険なものです。ぼくはまだ学生で、限られた知識しか持っていません。……妹をたすけてくださるのなら、父が残した雷火は、引きとってもらっても結構です」

それに対して、油百七は悠然と、首をふった。

「いや、きみ以上に適任の者はないだろう。なによりも、きみのお父上の残されたものだ。それに、きみは聡明だ。工場などで働くよりも、学院で学ぶよりも、ここでいっそう知識を深めてほしい。これからの世の中には、かならずきみのような若者が必要になる。そして、妹さんには最高の医者をつけることを約束しよう」

煌四は、ため息をついた。ここに母を呼べたら、どんなにいいかと思った。いまの言葉を聞いたら、うれしさに声をつまらせたにちがいない。しかし、母が死んだからこそ、さしのべられた救いだというのが、皮肉だった。

「わかりました。ご温情をかけていただいて、心からお礼を言います。……どうか、お願いします」

煌四は立ちあがって腰を折り、頭をさげた。油百七の大きな頭が何度もうなずいている気配が、空気の振動から、伝わってきた。

四　黒い森

「わたしの行く村はね、機織りをしよる村なのだって。虫の繭から糸をよって、それで布を織るのだって。……そういう村は、多いそうなね。わたしらの花嫁装束も、これから行く村で作ったものかもしらんね」

朝食をとりながら、だれに言うともなく、ほたるが話した。

「ほんとかね？　うちらのような村暮らしの着物は、晴れ着じゃろうが喪服じゃろうが、ほとんど工場の者の着古しじゃと、うちは聞いたがなあ」

紅緒は、焦げ目のついた団子を、ほいほいとつづけざまに口へほうる。団子をかむと、じわりと味噌(みそ)の風味がした。今朝、その朝食を運んできたのは厳しげなしわを顔に刻んだ女で、かなりの高齢に見えるが、ほかの乗員と同じ作業着に身をつつんでいた。その乗員が、むっつりと無愛想な顔のまま、もうすぐ最初の村に着くと言ったのだ。花嫁の最初の一人がおりる村に。

「紅緒ちゃんは、蜂飼いの村へ行くのでしょう？　どんなところかねえ」

ほたるの、やけに浮き立った声に、紅緒は顔をしかめてぐいっと茶を飲みほした。

「知るもんか。うちは、虫けらなんぞきらいじゃ。虫に働かして、蜜を集めよるんじゃと。思うただけで、むずがゆうなる」

窓の外では、どうやらもう雨はやんでいた。ほたるは青黒い小さな窓を見やると、ほう、とため息をついた。

「夢のようにおいしいと聞くよ、蜂の集めた花の蜜は。ほら、野の花のつけ根を吸うてみると、甘い蜜のあるでしょう。あれを何十、何百倍にも集めたものらしいよ。紅緒ちゃんは食いしん坊さんじゃもん、きっとすぐに、だれよりうまく働くようになる」

「ほたるさん、ひと言よけいじゃ」

二人のやりとりを、灯子は火穂と同じに、黙って聞いていた。もっとも、壁にもたれてそっぽをむいている火穂とちがい、灯子はほたるたちといっしょに団子を食べながらだったが。うまく焦げ目のつけられた団子はおいしかったが、なぜだか、いやに飲みこみにくい。

ほたるの顔は笑っていたが、顔色は見てわかるほどにまっ白だった。もうすぐほたるは、一人だけ、ここからいなくなるのだ。知らない人たちの住む知らない村に、一人で行くのだ。そして、二度と生まれた村へ帰ることはない。

この小部屋にいあわせた花嫁たちは、一人ずつとちゅうで車をおりてゆき……もし新たな客が乗ることがなければ、最後には首都へ着くまで、灯子とかなただけがここに残ることになる。ぼんやりと、そんなことを思った。

「チビすけ、仕事だぞ」

照三が呼びに来た。はい、と立ちあがった灯子に、ほたると紅緒が手をふってくれた。

「がんばってね」

灯子とかなたは、きのうと同じに照三のあとをついてゆく。

「あ、あのう、どのくらいで着きよりますか？　ほたるさんが、おりなさる村には……」

うしろからたずねると、照三は出かかっていたあくびを中途半端に消して、ふりかえった。

「ほたるさん？」

「あの、花嫁さんです」

ああ、と照三は瞳（ひとみ）を宙に漂わせて、首をぽきっと鳴らした。

「機織りの村な。このまま走れば、明日（あした）には着く。けど、その前に燃料の補給が入るからな。あさってってところかなあ」

あさって……いまさらながら、胸の奥を虫にはまれるようなうずきが走った。

（なにを、いまさら……）

灯子は、手をにぎりしめた。村を出てくるとき、決めたではないか。回収車に乗って、かなたと火の鎌を首都へとどけるのだと。生まれた村へは帰ってこられないかもしれない、それでも行くかと問うた煙二に、行くとこたえたのではないか。

もうすぐほたるがいなくなってしまうからと、さびしがってなどいられない。

ふわあと、照三がまたあくびをした。見れば、目の下に青黒いくまができている。

「あの、大丈夫ですか？」

「あ？　ああ、夜勤だよ夜勤。昼夜問わずに車を動かさなきゃならないからな。交代で、夜も働くんだ。おれは、これから昼寝」

「何人くらい、乗員さんがおらすの？」

灯子の質問に、照三は面倒がるそぶりもなしに、こたえてくれた。

「全部で十二……いまは十一人だ。一人、脱落したからな」

十一人。思っていたより、ずいぶんすくない。こんなに大きな機械を動かすのだから、二十人以上は乗員がいるのだろうと思っていた。灯子の考えを見透かしたように、照三が言った。

「あんまり人が多くちゃ、燃料も食料ももたねえよ。この車は、首都へ物品を運びさえすりゃあいいんだからな」

口を開きかけて、灯子はやめた。脱落した一人というのは、どうなったのだろう。どこかの村でおりたのだろうか。それとも……

「きのうの手順と変わらねえんだけどよ、お前、まだ案内はいるか？」

きのう、最初に連れられてきた便所の前でふりかえり、照三がそう訊いた。一瞬、どういう意味かくみかねて、灯子ははっとした。ゆうべ夜どおし働いていたのだから、照三はこれから休まなければならない。きのうのように、灯子の仕事の進み具合を見計らって道案内に来ていたのでは、休むひまがなくなってしまうのだ。しかし、灯子は車の中で迷子にならない自信が、まだなかった。

どう返事をするべきかわからず、口を開けたり閉じたりしている灯子の前で、照三がいよいよ盛大なあくびをした。

「なんだよお前、ものおぼえが悪いのなあ。まあ、ほかの乗員も通りかかるだろうし、わからなかったら訊け。それにお前、チビすけがおぼえてなくても、その犬がおぼえてるんじゃないのか？」

かなたを指さす。灯子はかたわらの犬の顔を見て、あわてて照三にうなずいた。

「は、はい。大丈夫です」

「じゃあな」

まのびした声を残して、照三はあっさりと行ってしまった。

灯子が仕事にとりかかると、かなたは外の通路に姿勢よく座った。見張りに立っているつもりなのかもしれない。

柄杓でくみとった汚物を、内から押し開ける仕組みの重たい小窓から外へ捨てる。水をくみ入れて、きれいになるまでくりかえす。甕にためてあるのは、雨水だ。回収車の外側に、手がかりやくぼみは見てとれなかったが、あちこちに小窓や雨水の通路が隠されているにちがいない。

懐の中に、かたい感触がある。守り石の袋に留めつけた、赤い髪留めだ。その感触をたしかめながら、灯子は手を動かしつづけた。

「……おわった。かなた、つぎの場所、わかる？」

手を洗った灯子が呼びかけると、かなたはパタッと、軽く尾をふって歩きだした。犬は入り組んだ道順をちゃんとおぼえていて、灯子をきのうのとおりにつぎの仕事場へ誘導した。

先ほどと同じ手順で手を動かしながら、どんな人だっただろう、と思った。この賢い犬を連れて、一人、黒い森にいたあの火狩りは。灯子は、その人が自分をたすけて死ぬまでの、ほんの一瞬しか知らない。照三の言ったような、稼ぎがめあての火狩りだったのだろうか。けれどそれなら、見ず知らずの小娘一人、命と引きかえにたすけることもなかったろうに。そうなら、かなたがこんなふうにして、主(あるじ)を失うこともなかったのに
……

二つ目の便所がおわると、またかなたは迷わず通路を進んだ。きのうよりも早く仕事がおわりそうだ。一度、用をたしにやってきた乗員と出会った。五十がらみの、がっちりとした体格の乗員だ。顔を見るのははじめてだった。

「へえ、お前が、あの」

じろりと、灯子を見おろす。

「思ってたより、小せえなあ。こりゃあ、犬のほうが飼い主さまだあ」

大きな声で笑う。笑い声は、金属の床や天井に吸いこまれて消えていった。四角いあ

ごに無精ひげ、熊のような顔をした乗員は、かなたをしげしげと見つめ、にやりと笑った。

「いい犬じゃないか。もうすぐ、炎千さまが狩りをなさるぞ。お前も、手伝ったらどうだ」

かなたは、鋭い視線をその乗員にむけているばかりだった。

名のるでも、こちらの名を訊くでもなく、大柄な乗員は去っていった。

(狩り……)

照三もさっき、燃料の補給をするのだと言っていた。

(そのときに、火狩りさまと会えるかもしれん)

ひととおりの仕事がおわって、灯子とかなたはもとの小部屋へむかった。と、もうすぐそこに小部屋の戸が見えているというところで、ぴたりとかなたが立ち止まった。耳をそばだて、背すじに緊張をやどしている。

灯子は、犬が察知した気配を自分も探ろうと、きょろきょろと視線をめぐらせた。なにも聞こえない……いや、ちがう。灯子にもわかった。ごうごうと車のうなる音が、小刻みに変化した。なにかに耐えるような揺れが一度あり、そして、車が動きを止めたのが、足の裏から感じられた。

ざわっと、全身があわ立つ。わらじをはいた足の裏から、あらがえないふるえが脳天までつきぬけてゆく。

　かすかに、犬の声がする。かなたではない。かなたは、さっきからずっと耳を立てて、あたりの気配に神経をすましている。

　遠い、犬の声。それが、一号車に乗っている火狩りの犬の声だと、灯子が気づいたと同時に、かなたが「おん！」とひと声、返答した。

「……灯子ちゃん？」

　小部屋の戸が開き、ほたるの心配そうな顔がのぞいた。

「お帰り。びっくりした、かなちゃんが大きな声出すから。灯子ちゃんになにかあったかと思った」

「ほたるさん、部屋から出ると、叱られるよ」

　紅緒が、眉(まゆ)を寄せてまるい顔をつき出した。灯子に手まねきをする。

「ほら灯子、入っといで」

　ところがそのとき、ガチャガチャと大きな足音が近づいてきて、二人の花嫁たちはあわてて顔を引っこめた。ふりむいた灯子は、息を呑(の)んだ。背すじをこわばらせたまま、腹に力をこめて、その人を見あげた。

「いい狩り犬だ」

　開口一番に、その人物はそう言った。

　そこに立っていたのは、狩衣(かりぎぬ)に身をつつんだ長身の男で、手には三日月の弧をえがいた金の鎌をにぎっている。ガチャガチャと大きな足音は、かたわらに立つまっ黒な犬のよく伸びた爪が立てる音らしかった。長い毛におおわれた体は、かなたよりひと回り大きい。耳はなかばで折れ、両の目はうねった毛に隠れそうだ。

犬を連れ、鎌をたずさえた人物。いま目の前にいるのが、炎千という名の火狩りにちがいない。車はたったいま止まったばかりだというのに、いつのまにこちらへわたってきたものだろう。火狩りは、二台ある車の、べつのほうに乗っていると照三からは聞いたが。

逆立ちそうな眉と黒いひげ、髪は頭の高いところできつく縛ってある。その目の大きさに、灯子はおどろいて身動きができなくなっていた。すぐに、目そのものが大きいわけではないと気がついた。じろりとこちらをとらえる眼光の鋭さが、男の目を異様に際立たせているのだ。

「これから狩りに行く。お前もついてこい」

そう言われて、体を緊張させた灯子を、炎千ははっきりとした蔑み（さげすみ）をこめてにらんだ。

「小娘は呼んでおらん。犬、お前だ。狩りをする。わしのいずもと組め」

灯子は顔をまっ赤にして、かなたを見やった。するとかなたは、ためらうような視線をこちらへ送っている。主を失って以来、灯子からはなれるのは、これがはじめてになる。

（けど、かなたは、わたしの犬とちがう……）

灯子は、灰色の犬に、かすかにうなずいてみせた。行っておいでと、言いたかった。

しかし、それを言う資格も、灯子にはあたえられていない。灯子はかなたから一歩うしろへさがると、いずもという名の黒い犬を従えた炎千をふりあおいだ。

「かなたという名だと、もとの飼い主さまから言い残されております。あの、火狩りさまは、この犬と飼い主さまを、ご存じありませんですか？」

「知らん」

返事に、ためらいはなかった。

灯子は呼吸を落ちつけ、目の前にいる火狩りにむかって、深々と頭をさげた。

「かなたは傷をおうておって、それも治りましたが、しばらくはわたしといっしょに村におりました。体がなまっておるかもしれません。そいですから……狩りの最中、どうか、気をつけてやってください」

そうか、と炎千が短くこたえ、きびすをかえす気配がした。黒犬のいずもが爪を鳴らして歩きだす。かなたの灰色の尾が、頭をさげたままの灯子の視界から流れるように去ってゆく。灯子は引き止めたくなるのを、必死にこらえながら見送った。

「近くに危ないもののいるようすはないが、気をつけろ」

いつのまにか炸六が通路の先に立って、炎千に声をかけていた。ならぶと、炸六は火狩りの半分ほどの背丈しかない。

「ばかめ、危ないものがいるからこそ、わしらが仕事をするのだろうが」

大声でそう言いはなち、炎千は犬たちを連れて歩いてゆく。炸六も、そのうしろをついていった。車の出口まで見送るのだろう。

「……なんじゃ、あいつ。えらそうにして、いけ好かん」

戸の陰から、こっそりようすをうかがっていた紅緒がささやきかけた。灯子は、体の中でなにかがぐらついているのを感じた。かなたが、そばにいない。急に、自分が縮んでゆく心地がした。

と——

「ああっ、たいへん……」

　ほたるの悲鳴が、灯子と紅緒をふりむかせた。あわてて二人が小部屋へ駆けこむと、青ざめた顔のほたるが、部屋の奥を見つめて立ちつくしていた。ほたるの視線の先を追い、灯子は愕然とした。

　火穂がいない。寝台の上がからっぽだ。壁にくっつけて置かれた寝台、その上にじっと座っていたはずの火穂が、小部屋のどこにもいないのだ。火穂の寝台の下をのぞきこむと、床にぽかりと、四角い穴が開いていた。床にとりつけられていた埃落としの蓋がはずされて、まっ暗な穴を見せている。そばには、ひしゃげたかんざしが転がり、それで指でもついたのか、血のしずくも落ちていた。

「はあ、なにをやっとるんじゃ、あの子は！」

　紅緒がすばやく、床の穴に顔をつっこむ。が、そこにはもう火穂のすがたはなく、せまい空間が照明を吸いとってゆくばかりだった。

さっき、ほたると紅緒が灯子を出迎えに廊下をのぞいたときだろう。車が止まった一瞬をねらって、火穂は小部屋をぬけ出したのだ。おそらくは、外へ。

「わ、わたし、頭領さんに知らせてくる！」

灯子は、まだ廊下の先にいるはずの炸六をめざして、部屋を走り出た。「くそっ」と、紅緒が壁をなぐるのが、目のはしに見えた。

足がもつれそうになる。灯子は走った。大きめの通路のわき、一人しか通れない横道があり、その先が外と通じる扉だ。……いない。もう持ち場へもどってしまったのか、炸六のすがたはなかった。

（エンジン室へ……）

あそこになら、かならず乗員のだれかがいる。頭の中の散らばった地図を懸命にかき集め、灯子はふたたび金属の廊下を駆けだそうとした。

そのとき、外から、犬の声が聞こえた。いずもとかなただ。

外に——火穂が外に出たのだとしたら、車にいる乗員たちより、火狩りに知らせるほうが先だ。そう判断して、灯子は目の前にある大きな扉を見まわした。ほかの扉のようなてこはついていない。が、中央あたりに、車輪に似た把手（とって）がついていた。手をかけ、まわしてみる。重いが、ゆっくりと動く。きしみながら、扉が動いた。灯子がすりぬけるには、わずかなすきまだけでいい。外へ、灯子はすきまをくぐりぬけた。

森だ。まっ黒な、人が立ち入ってはならない森。

灯子が命を落としかけ、その灯子をたすけた火狩りが、死んだ森。炎魔たちの棲む、ここは異界だ。

木々も、土も。腐敗しかけた灰色に、ぶつぶつと黒いまだらをこびりつかせ、あるいはねばりのある泥をぬめらせている。この森全体が、末期の病にかかっているかのようだった。

火穂の名を呼ぼうとして、灯子ののどは、けれどひっついて音を出さなかった。腐った葉がつめたくにおい立つ。きのうの雨のせいで、土の香がきつい。声を出せば、炎魔を呼びよせてしまうかもしれない。

回収車に背中を押しあてたまま、灯子は火穂のすがたを目で探した。車のそばにはいない。どこに……

ふと、灯子の目に、黒い森にはないはずの色が飛びこんできた。黒い地べたに落ちているのは、まっ白な結い紐……火穂の髪にあったものだ。

それを見るなり、灯子の足は勝手に駆けだしていた。この森の中でまぶしいほどに白い結い紐は、断ち切られた蛇の尾のようにくねり、土に落ちている。拾って、あたりを見まわす。火穂のすがたはもちろん、かなたや炎千たちも見えない。もう、ずっと遠くへ行ってしまったのだろうか。

火穂の結い紐といっしょに、着物の上から守り袋をにぎりしめた。赤い髪留めも。

黒い土が、わらじにねばりつく。生き物の気配などしない。けれど……

（あのときも、そうじゃった）

　薬草を探そうと、禁を犯して森に立ち入ったときも。生き物の気配はしない、炎魔は近くにいない。そう思いこんで、あっというまに、四つ脚の黒い獣におどりかかられていた。

　目をこらし、耳をすます。

　ぐじゅ、
　かすかな、しかし異様な音を耳がとらえた。短い人の声も。小さな声——女の子の声だ。

　灯子はそばに落ちていた棒きれを拾った。土とも朽ち葉ともちがうなにかが、手にぬるっとねばつく。武器にするには細すぎたが、とにかくそれをにぎって、灯子は声のしたほうへ走った。

　空気がのどへ、肺の中へからみつく。すぐに息があがる。自分の呼吸が、森中にこだましている。黒い森が、灯子の存在に気づく。

「火穂……火穂！」

　さけんだ。もう、声を抑えたところで同じだ。

　ギチィ、となにかが鳴き、灯子をにらむものが、いびつな木々のむこうに立っていた。

　大きな、猿型の炎魔だ。体毛は森と同じ色で、目だけが赤々と火の色に燃えている。

　剛毛におおわれた手が、小さな人間を捕まえていた。火穂だ。ほどけた髪が顔にかかって、表情が見えない。大猿に体をつかまれて、ぐったりと力を失っている。

黒い大猿は牙(きば)をむいて灯子を威嚇し、とがった爪を火穂の胸や首にところかまわず食いこませている。

「か、火穂をはなせえっ！」

灯子は、貧弱な棒きれをふりかざし、黒い猿にむかって走った。

ぐったりと動かない火穂を片手につかんだまま、大猿がゆっくりとこちらへ身をむける。かなうわけがない。灯子は火狩りではないのだ。かなたもいない。かなたがそばにいなければ、灯子は一瞬だって、自分がここにいる理由がわからないのだ。

めちゃくちゃにさけびながら、大猿にむかっていった。腐りかけた、甘さをふくんだ不快な森の空気に、血のにおいが混じる。火穂の流している血だ。それを嗅(か)いだとたん、灯子の中に、怒りがはじけた。

猿が腕をふりあげている。おそらくあの一撃で自分は死ぬ。それでも、せめて腕にかじりついてやる、目玉にこの枝を刺してやる、火穂をおもちゃみたいにわしづかみにして、ぜったいに許さない。

頭が爆発しそうな怒りにとらわれていて、灯子の耳は、べつの獣の吠(ほ)える声にずいぶん遅れて気がついた。ねらいをたがえず、猿の腕に食らいついたのは、灯子ではなく灰色の犬だった。

かなただ。

かなたは、見たこともない凶暴な顔をして、けれども確実に炎魔の牙をかわし、食らいついた太い腕を自分の体重でもって地面へ引きずりおろした。ぐきりと、猿の肩からおかしな音がした。火穂をつかんだまま、黒い獣は反対の腕をふりまわそうとする。が、間髪を容れずに、もう一頭がひじに食らいつく。いずもの頑強なあごに関節の骨を咬み砕かれて、炎魔は引き裂けそうな悲鳴をあげる。

「かなたにいずも、でかした」

逃げようとあがく大猿の背を、勢いよくわらじの足が踏みつける。そこからの動作に、一切のよどみはない。

黄金の鎌が、さくっと音を立てて炎魔の首に切りこみ、ゆるやかな弧をえがきながら、首の骨を切断した。

炎魔が、絶命する。

気づかないうちにへたりこんでいた灯子は、草を刈るときのようだと思った。いいや、あれは――楮の株を刈るときと同じだ。紙の原料となる、村でのこしらえ物を生み出すための楮を刈るときと。あれは、収穫の鎌なのだ。

鎌に切られた傷口から、金色の光がとろりとあふれ出る。炎千はそれを、腰にさげていたなめし革の火袋にかき入れる。

灯子の顔を、かなたがしきりになめた。あんまり力をこめるので、灯子はたおれそうになる。そのまま這いずるようにして、土の上で動かない火穂に近づいた。

「か……火穂」

名前を呼び、おそるおそる体にふれる。ばらけた髪をかきあげると、顔が現れた。目を閉じて、血の気がない。頰からも首からも胸からも、それに肩からも、血がにじんでいる。それでも、息があった。

灯子はがたがたふるえながら、ほとんどすがりつくように火穂の体をかき抱いた。重い。力がぬけて、ぐったりとしている。けれど、温かい。死んでいない。……

「この、たわけが！」

声といっしょに、体がはじきとばされた。炎千に頰をなぐられたのだと、痛みと衝撃であおむけにたおれて動けないまま、それだけは理解できた。

「こっちの小娘も、けががなければ張りたおしてやるところだ」

火狩りに咬みつく勢いで吠えたのは、かなただった。灯子は、動けない体が、太い腕に担ぎあげられるのを感じた。世界が、ぐらりと反転する。

「ほお、わしに牙むくか。このチビすけがお前の主か？　よしておけ、このガキはお前を首都まで連れてゆく、ただのつきそいにすぎん」

炎千がかなたにむけて言っている。反対の腕に、火穂も担ぎあげられているのを見て、灯子は安心した。口の中に、血の味がする。けれど、火穂の血のにおいを嗅いだときのように、怒りは湧かなかった。

かなたが、心配そうに灯子を見あげながら歩いている。灯子は、その背をなでて安心させたかった。しかし、指の先までしびれて、動かすことができない。

回収車へもどったあとのことを、灯子ははっきりとおぼえていない。車にもどると、火穂は医務室へ運ばれた。たすかる。きっとたすかる。そう念じながら、ずっと火穂の結い紐をにぎりしめていた。

炸六がやってきて、口角沫を飛ばしながら灯子をどなりつけた。外へ出たとき、扉を閉めなかったからだ。炎魔には小さなものもいる。もし、扉のすきまから入りこんだら、乗員を皆殺しにしていたかもしれないのだぞ——炸六の言葉が、なぐられて麻痺している灯子の胸をずたずたに打ちすえた。

「チビすけ、悪いが、お前をこれ以上は乗せておけん」

炸六がそう言うのが、遠くに聞こえた。距離がゆがんでいる。耳が変になったのかもしれない。

「つぎの村で花嫁さんといっしょにおりろ。村の人間は、悪いようにはせんはずだ。犬と火の鎌、それに守り石は、回収車で首都まで送りとどける」

かなたがずっと吠えているのを、やっぱり灯子の耳は、ずいぶんと遠くにとらえていた。

五　世界のかけら

本。標本。まっさらな帳面と、箱いっぱいの鉛筆。色筆。机と椅子と、布張りの長椅子に寝台、琥珀色をした天球儀。生き物の模型、回収車の駆動系や船の模型……煌四にあたえられたこの部屋には、見たこともないほどふんだんな教材がそろっている。家族で住んでいた家よりも、下手をするとひろく感じられるこの一室には、絨毯が敷かれ、植物の模様を染めこませた壁紙が張られ、磨かれた窓には、惜しげもなく生地を使った窓掛がかけられている。

「気に入っていただけたかね。西むきで日当たりがあまりよくないのが、申し訳ないのだが」

部屋のようすに圧倒されている煌四に、戸口ぎわから声をかけたのは油百七だ。母の埋葬をおえ、雨の中、燠火家をたよって訪れた翌日。煌四と緋名子は、自分たちが手に持てる荷物だけをひとまずかかえ、燠火家の手配した馬の引く車に乗って、ここへやってきた。

今日、当主の油百七は、黒と灰色に色を抑えた衣服ではなく、光の加減によってごく細い縦縞（たてじま）模様が見え隠れする中着に、黄土色の長衣（ながぎぬ）をはおっている。

「あの、ほ、ほんとうに……」

こんな部屋に住まうような身分では、自分はない。緋名子に安全な場所と腕のいい医者をあたえてもらえれば、それ以上は望んでいなかった。ここで暮らす、と決めたときにも、自分たちにはもっと簡素な部屋があたえられるものだと思っていた。なにしろ、血縁もなにもない、ただの居候なのだ……目の前の当主が、どのような手続きを踏んで自分たちをここへ移住させたにせよ。

「もちろんだ。遠慮せず、好きに使ってくれてかまわない。たりないものがあれば、言いつけてくれ。午後からは仕事に出なければならないので失礼するが、なにかあればいつでも、使用人に声をかけてくれていい。きみと妹さんに、ここを自分の家だと思ってもらいたい、それが望みだよ。晩には、妻と娘もいっしょに食事をとろう」

油百七の声は、年季の入った楽器の音のように、腹に響く。

（うそだろ……）

それが、正直な感想だった。きのう、死んだ母が土に埋められるのを見送ったところなのに。

部屋の窓からは、学院の尖塔（せんとう）そっくりに天をつく樅（もみ）の木が、暗緑色の葉をつめたく燃えたたせていた。

きのう、煥火家の屋敷を出たあと。ごみごみとした町の家へ帰り着くと、煌四がいないあいだに目をさましていた緋名子が、人形を抱きしめて泣いていた。心細さで、ほとんど恐慌をきたしかけていた妹は、顔をまっ赤にして煌四に飛びついてきた。

「ごめん、怖かったな。緋名子、ごめん」

頭を強くなでてなだめてから、煌四は緋名子の痩せた肩をつかみ、まだ涙の残る目をのぞきこんだ。

「緋名子。もっといい医者を見つけてくれるっていう人に、会ってきたんだ。その人が、いっしょに住もうって」

「……お引っ越し、するの？」

煌四の唐突な話を、一生懸命飲みこもうとしながら、緋名子がこちらを見つめかえす。煌四はうなずいた。妹が首を横にふるのは、わかっていた。つやのない、あごの下で切りそろえた髪を揺らして。

「やだ……」

弱々しく抵抗しようとする妹に、煌四はできるだけゆっくりと、言い聞かせた。

「ここをはなれるのは、さびしいけどな。でもな、緋名子。ぼくは、母さんからたのまれたんだ。緋名子のことを守ってくれって。ここにいたら、その約束を守れない」

せりふでも読みあげているようだった。煌四はほんとうは、この家に未練などない。死期のせまった母に、ちゃんと言葉を話す力は残っていなかった。それでも、緋名子を、一生病をかかえることを宿命づけられた妹を守らなければという気持ちは本心だ。

「お兄ちゃんと、お母さんの、約束……？」

うなずく煌四を、緋名子の大きな目がじっととらえる。肉づきの悪い顔の中の、黒目がちな瞳は、まるで煌四をなぐさめようとしているかに見えた。煌四のせおう重荷を、その目の奥に吸いとろうとしているように。

　そしてその夜のあいだに、運べる荷物をまとめた。地下に貯蔵してある雷火の缶は、燠火家のだれかがあとからとりに来ると、油百七から聞かされていた。大きな荷物はすべて屋敷まで運ばせる、学院の退学手続きも、油百七のほうですると。

　いま緋名子は、緋名子のためにべつにあたえられた部屋で、医者の診察をうけている。まだ若そうに見えたが、身なりの整った、誠実そうな顔をした医者だった。はじめて会う人間には、かならずひどくおびえる緋名子が、その医者には最初から身をこわばらせずに診察させていた。それだけで、信じられる医者だと安心していいという確信を、煌四は持つことができた。

　緋名子の部屋も煌四のそれとたがわず、子ども一人にあたえられるにはしりごみするほどひろく、窓辺には緋名子がだいじに抱いている人形とはくらべものにならない、豪華な衣裳をまとった人形が座らされていた。

　油百七が行ってしまうと、煌四は壁の一面に造りつけられた本棚へ近づいてみた。立派な装丁の書物が、ぎっしりとつまっている。手を伸ばした位置におさまっていた一冊をぬきとり、表紙を開いた。自分の立っている場所に現実味がなく、文字が、うまく頭に入ってこない。

トントンと、戸をたたく音が煌四をびくりとすくませた。

「あのう……入ってもかまわない？」

使用人ではない。戸を細く開け、部屋をのぞきこんだのは、煌四と同じくらいの年ごろの少女だった。

煌四はまごつき、手にとっていた本を、あわてて棚へ直した。

ひかえめな足どりで部屋へ入ってくると、少女はかすかな緊張をやどした顔で、それでも柔和に頰笑（ほおえ）んだ。

「お医者さまが、妹さんの見立てをお伝えしたいからと、お呼びです。……はじめまして。ご挨拶（あいさつ）が遅れて、ごめんなさい。ほんとはお母さまといっしょにと思ったのだけれど、まだお部屋にこもっていらして。燠火家の娘の、綺羅（きら）といいます」

少女にしては低い、落ちついた声だった。手入れの行きとどいた豊かな髪、均整のとれた手足、新緑の色の、ひざまであるスカートをはいている。燠火家の……ということは、あの油百七の娘なのだろうが、面影はどこにもなかった。しいていえば、高く通った鼻すじくらいだろうか。

「ど……どうも」

まのぬけた返事をする煌四に、綺羅と名のった少女は上品に会釈をして、ついてくるようにと合図した。回れ右をし、廊下をわたる。品性のかけらもない自分の挨拶が急激

に恥ずかしくなって、煌四は息をつめながら、綺羅のあとをついていった。

緋名子にあてがわれた部屋は、煌四の部屋のはすむかいにある。先ほどと同じに軽く戸をたたいてから、綺羅は部屋の中をのぞいた。

「先生、お連れしました」

「ああ、どうも」

綺羅に呼ばれて、医者が椅子から立ちあがる。やわらかな寝台の上から、横たわったままの緋名子が煌四を見つけて、うれしそうに口もとをほころばせた。その顔に、煌四は胸の中にぐるぐる巻きに食いこんでいた荒縄が、ばらりとほぐれるのを感じた。

ここへやってきて、きっと正解だった。

安堵(あんど)は、緋名子の聞いているそばで煌四とむきあい、見立てをくわしく説明する医者の言葉によって、いよいよ強くなった。

「胎児性の汚染だというのは、的中しています。体質そのものが今後劇的に改善する見こみは、正直なところ薄いでしょう。ですが、栄養と衛生環境が整えば、体力は回復していくはずです。いままでは、鎮痛剤を相当量服用していたんですね。でもその薬ではかえって体を傷めます。緋名子さんにはなにより、休息と栄養が必要です」

煌四のような子ども相手にも、医者は丁寧な言葉遣いで話した。寝台のわきには水差しとコップ、薬の袋が置いてあって、緋名子がうつらうつらしかかっているのは、その薬を飲んだためかもしれなかった。

「ふつうなら、胎児性汚染の子どもは、もっと早くに弱ってしまう場合が多いのです。逆に言うと、緋名子さんの生命力が、それだけ強いということです。……そして、緋名子さんのような体質にとって、感染症の合併がいちばんおそろしいのですが、こちらの屋敷は工場地帯から遠い。地理的にも、風がこちらへ流れてくることはあまりない。空気がよければ、ほかの病気の感染もふせげます。体力がある程度ついてから、本格的にあちこちの症状の改善にとりかかりましょう」

煌四は、肩がぬけてしまったのではないかと思うほど、長々と息をついた。ズボンのひざを、ぐっとにぎる。眼鏡をはずし、目をおおった。うとうとと、緋名子が眠りかけていてくれてよかった。

——思いがけない幸いに恵まれたときは、守り神（かみ）さまのお力のおかげですよ。火を失ったわたしたちの暮らしを、守り神さまがつないでくださっているんだから。

小さかったころ、近所の子どもを集めて仕事を手伝わせる洗濯屋の女主人が、子どもたちにむけてそう言っていたのを思い出した。守り神と呼ばれ、人々の信仰の対象となっているのは、ほかならない神族、その最高位にあるという姫神のことだ。けれど、たかが統治者に、感謝などするものか。いまにも死にそうな妹を、必死に育ててきたのは母だ。こんな体で、それでも生きてきたのは緋名子自身の力だ。

そして医者は、わけ知り顔の女主人のように、守り神のおかげだなどとは言わなかった。

「……おつらかったですね。こちらの旦那さまからうかがいました、お母さまのこと、わたしが責任をもって治療に努めます。妹さんのことは、どうか安心してください。こちらで、わたしが責任をもって治療に努めます」

医者と煌四が話すあいだ、綺羅は廊下へ出ていた。煌四は懸命に、歯を食いしばって涙を押しとどめようとした。泣いたって、なんにもならない。

ただ、緋名子があっさり自分の手からこぼれて、あの共同墓地へ埋められずにすむのだと思うと、のどに熱いかたまりがせりあがってきて、どうすることもできなかった。顔をまっ赤にしてうつむき、背中をふるわせる煌四を、若い医者はそれ以上なにも言わずに、見守っていた。

「焚三先生は、とてもいいお医者さまでしょう？」

医者が帰ったあと、寝入った緋名子の小さな顔をのぞきこんで、綺羅がそう言った。煌四は、さっき泣いた痕跡を見つけられまいと、できるだけの仏頂面で綺羅から顔をそむけながら、ぎこちなくうなずいた。

「れ……礼を言います。ぼくたちみたいな者を、気にかけていただいて」

綺羅が、ひどくびっくりして顔をあげた。かすかに波打った髪が、しなやかに揺れる。つぎに、手にふれたのがなにか、煌四はすぐに理解することができなかった。

「そんな、堅苦しい言い方はやめましょう」

綺羅が、煌四の手に自分の手をかさねていた。その手のやわらかさに、ぎょっとした。皮膚のなめらかさにも。町にいるほかの子どもたちの手は、もっと骨ばってかさかさしていたし、工場で働く母の手のありさまは、さらにひどかった。これが、同じ人間の手だろうか。

綺羅は、澄みとおった水を思わせる目で、まっすぐ煌四を見つめると、そのまま手を引っぱってにぎりしめた。煌四は、自分のかさついた手を恥ずかしく思い、同時に、綺羅はこんな貧しい者の手を汚いと思わないのかと、不思議に感じた。

「わたし、ずっとこの屋敷で育って、ほんとうのところ、すこしさびしかったの。きょうだいができたみたいで、うれしい」

ずいぶん馴れ馴れしくも感じたが、綺羅の整った顔立ちから、悪い印象はうけなかった。この裕福な家に生まれた娘は、きっとおどろくほどすなおな性質なのだ。

「妹さんが寝ているあいだ、屋敷の中を案内させて。いいでしょう?」

立ちあがる。贅沢に生地を使ったスカートが、優雅に揺れる。あんなものをはいていて、動きにくくはないのだろうか。なかば綺羅に引きずられるかたちで、煌四は眠っている緋名子を明るい部屋に残し、廊下へ出た。煌四たちにあたえられた部屋があるのは、屋敷の二階だ。綺羅にいざなわれて、階段をおりる。

燠火家の屋敷は、ほんとうにひろい。廊下には大人の背をふた回りもこえるほどの窓がずらりとならび、そこからは庭をながめることができる。雨があがり、天気が回復した今日、室内の照明はともされていないが、廊下の天井にも、ずらりと照明装置がならんでいる。

「妹さんは、緋名子ちゃんていうのね。かわいい名前」

さすがにもう手をはなしてくれた綺羅は、歩きながら、うたうようにそう言った。

「あなたのことは、なんて呼んだらいい？」

「……煌四」

返事はずいぶん、そっけなくなった。生き生きとした雰囲気をはなつ綺羅に、煌四はどうしても、気後れしてしまう。しかし、そんなことなど意にも介さず、綺羅はくるっとふりかえった。動くたびに、髪とスカートが大げさに揺れる。

「字に書いてみて」

「え？」

書くものがないのでとまどう煌四に、綺羅はまっすぐ立てた人さし指を、すいっと空中で動かしてみせた。そこに書けと言われているのを理解して、煌四は指で、空中に見えない文字を書いた。むきあって書いたので左右が逆転したはずだが、綺羅は真剣な顔をして読みとり、ぱっと顔を輝かせた。

「すてきな名前！　煌は〝大きな火〟、四は〝安定〟や〝完全〟の意味ね」

綺羅の言うとおり、天然の火を失ったいまの人々には火やその色にちなんだ名がつけられ、そして男性の名前には、生まれた順に関係なく、それぞれに意味を持たせた数字を入れる。一には〝唯一のすぐれたもの〟の意味が、二には〝安寧、親切〟などの意味があり、火や赤にちなんだ文字と、願いをこめた数字が組みあわされる。

「わたしのことは、綺羅と呼んでね」

　綺羅は同じように、透明な文字で自分の名前を書いてみせる。

「わたしは十六歳、あなたは？」

「一つ下だ。十五」

　学院で、同い年の女の子は、たいてい煌四よりも背が低かったが、綺羅の背丈は煌四と変わらなかった。

　それから綺羅は、煌四に屋敷の中を案内した。食堂、応接室、浴室、そして広間――一階の最奥にあるこの広間で、さまざまな集まりがもうけられるらしい。経営者どうしの会合であったり、または、火狩りたちをねぎらう宴席であったり。……ということは、ここへ、煌四の父親も来たことがあるのだ。

　だだっぴろい広間は、いまはがらんとしていて、室内にあるものといえば、埃(ほこり)よけの布をかぶせられ、壁ぎわへ寄せられた椅子とテーブルだけだ。この部屋には窓がないため、昼間だというのに、ぼうとした暗さがわだかまっていた。

「……学院へは、行ってないのか」

　また廊下を歩く綺羅へ、思いきってたずねてみた。今度は庭を案内するつもりらしく、玄関とはべつの簡便な造りの戸口へむかっていた綺羅は、すこし恥ずかしげにうなずいた。

「ええ、行ってみたかったのだけど。両親の意向で、わたしは家庭教師から学問を教わっているの。一人娘だから、ゆくゆくは父の工場を継ぐしかないのだし」

わずかに声の調子を落としながら、戸口を開けようと綺羅が把手に手をかけたとき、強い声が、その手を止めさせた。

「どうだか。甘く考えるのはおよしなさいな」

煌四と綺羅が同時にふりむくと、二階からの階段をおりたところに、ほっそりとした女が立っていた。炎のように赤い、引きずるほどの長さの上掛けをはおり、つややかな黒髪をだらしなくたばねている。が、その髪の無造作なたばね方が、なぜかいっそうその人を優美に見せていた。

「お母さま……」

はずむようだった綺羅の声が、瞬時にしおれる。

あれが、燠火家当主の妻、この家の奥方らしい。もう昼近い時間だが、どうやらいま起きたばかりのようだった。どこか具合でも悪いのかもしれないと、煌四は思った。自分たちの母のように。おもざしはどことなく綺羅に似ているが、年齢のためか、ひどく痩せているためか、鋭い目つきは綺羅のそれとはまったくちがった。

切れ長の大きな目でこちらを見すえたまま、綺羅の母親だという女は廊下を歩いてくる。炎が近づいてくるように思えて、本能的に煌四は、身をこわばらせてしまった。

「こちらが、お前の新しいごきょうだいなわけね？　油百七の妻です。ご挨拶が遅れたこと、お詫びするわ。この家の一員になってもらえて、光栄だわ。この子ったら、あなた方が来てくださると知ってから、ずいぶんとはしゃいで。綺羅、のんきなことを言って、恥をお知りなさい。後継ぎ候補は、お父さまがべつに見つけていらしてるかもしれないわよ」

「は、はい、すみません、お母さま」

綺羅が、赤くなった顔をうつむける。

にやりと笑った母親は、思いがけず背が高く、見おろすその笑みは蛇かなにかを連想させた。血色は悪いがつやをたもった頬は、つめたそうだ。

「それじゃ、部屋で食事をとってくるわ。どうぞごゆっくり、屋敷をごらんになって。綺羅、晩餐まで、声をかけないでちょうだいね」

うなじに垂れてきたほつれ毛を、髪留めにはさみこむその白い手の動きは、洗練された舞踊の所作にもおとらない。いまにも肌が見えてしまいそうなだらしのない衣服のまとい方なのに、深紅の上掛けにも絹の帯にも、あわせた胸もとを押さえる手にもまったくすきはなく、優雅なけだるさがその人にぴたりとまつわりついていた。綺羅の母親は、不思議な笑みを残し、きびすをかえして歩き去っていった。

「……あの人はどこか、具合でも悪いの？」

母親が充分にはなれたのを見計らってから、煌四は戸に手をかけたままの綺羅に声をかけた。綺羅は、はっとしたようすで顔をあげ、急ごしらえの笑みを浮かべた。

「ううん、ごめんなさい。お母さまったら、ご自分の名前も言わずに。……火華（ひばな）。お母さまの名前は、火華というの」

　申し訳なさそうにそう言いながら、綺羅はまた、今度は母親の名前を、空中に書いてみせた。

「病気というわけではないの。だけど、若いころにご苦労が多かったのだって……それで、お母さまはときどき、ふせってしまわれて。でも、いつもはとても元気よ。ごめんなさいね、煌四たちが来てくれた日に、たまたまあんなふうで」

　なんの躊躇（ちゅうちょ）もなしに名前を呼ばれたことに、煌四はかすかにどきりとしたが、綺羅の横顔に残る読みとりがたいかげりが、頭の奥をざわつかせた。

　綺羅が開けた戸のむこうから、きのうの雨のつゆをやどした庭の花のかおりが、あざやかにこぼれこんでくる。

「そうか。病気でないんなら、よかった。聞いていると思うけど、ぼくと緋名子は先日、工場毒で母を亡くしたところで。綺羅のお母さんは、大丈夫なんだな」

　自分も名前を呼んでかまわないだろうと見当をつけて、煌四はそう言った。綺羅は一瞬、うるんだ庭のあざやかさをそのまま写しとった表情でふりむいて、恥ずかしそうに顔をうつむけた。そして、遅くなったことを詫びながら、煌四たちの母への悔やみの言葉をかけた。

「ごめんなさい、わたし、浮かれてしまって。お母さまを亡くされてすぐなのに、こんな……ほんとうに、ごめんなさい」

　煌四が止めなければ、綺羅は幾種類もの花で彩られた庭の前で、いつまでも謝りつづけていそうだった。


　昼には緋名子も目をさまし、緋名子の寝台のある部屋で、三人で食事をとることになった。通りがかりに綺羅が台所へ声をかけておくと、そのとおりに使用人たちが部屋まで食事を運んできたので、煌四はいまさらながら、おどろいた。町では共同炊事場で食事を作るか、安価な屋台で食べるのがふつうで、まず自宅に大がかりな台所というものがない。それだけの火を、一軒一軒にまわせないからだ。自分たちはほんとうに、まったくちがう世界へ来てしまったのだと思った。

　銀の盆に載り、温かいまま運ばれてきた食事に、緋名子が、わあ、と嘆息した。頰が赤みを帯びている。よく眠ったためか、ずいぶん顔色がよくなった緋名子は、短い髪の毛をはずませて、寝台の上に座る。はしゃいだようすが、煌四をほっとさせた。

　緋名子と綺羅は、あっというまに、ほんものの姉妹のようになじんだ。綺羅が、これから緋名子の体調がよくなったらどんなことをしようかと提案し、緋名子をよろこばせる。緋名子がめずらしく年相応におどけてみせると、綺羅は屈託なく、大きな声をあげて笑った。スープとやわらかなパン、小さめに切られた偽肉と野菜を、香料をふくませて蒸した料理を食べながら、緋名子と綺羅は仲よく笑い、煌四は呼びかけられれば、短く返事をした。

落ちついて、温かい食べ物を腹に入れるということが、こんなにも全身を安心させるものなのかと、煌四はおどろきとともに嚙(か)みしめた。

昼食を半分ほど食べたところで、けれどふいに緋名子が、ころりと涙をこぼした。煌四はぎょっとし、綺羅は眉(まゆ)を緊張させた。さっきまで、あんなに笑っていたのに。が、つづく緋名子の言葉に、煌四のほうが、どんと胸をつかれた思いがした。

「お母さんも、このごはん、いっしょに食べたかった」

その直後、顔をくしゃくしゃにして泣きだした緋名子を、綺羅が抱きすくめ、いくつもの丁寧な言葉をかけてなぐさめた。

「つらいことがあったばかりだものね……泣きたくなったら、たくさん泣いていいのよ。落ちつくまで、ゆっくり」

母親を看取(みと)り、埋葬を見とどけたのがきのうなのだ。不安定であたりまえだ。綺羅が、自分の体温をわけあたえようとするかのように、緋名子の髪をくりかえしなでつける。緋名子は、肩をふるわせてしゃくりあげながら、今日会ったばかりの綺羅に体をあずけきっている。煌四には、とてもあんなふうに妹をなぐさめることはできないだろう。綺羅がほんとうの妹のように緋名子をうけ入れてくれていることをありがたく思い、同時に、ひどい無力感にも襲われた。

夕刻近くに、使用人の一人が煌四を呼びにやってきた。

「旦那さまがもどられました。お話がおありだとのことです」

使用人たちはだれも、身なりは整っていながらもひかえめだ。みな、めだたない顔立ちをしているので、煌四はきのう訪れたときに中へ入れてくれた老人以外は、見わけがつかなかった。使用人に案内され、一階へむかう。すると階段の下で、油百七が待ちうけていた。

「やあ。お待たせした。娘に屋敷の中を案内するよう言っておいたのだが、どうだったかね？」

香油のにおいに、かすかに工場の煙のにおいが混じっている。

「はい……びっくりしています。町の暮らしとは、ぜんぜんちがっていて」

すなおな感想を述べると、たっぷりとした口ひげの下で、油百七の口がにいと笑った。

油百七はそして、長衣のすそをはためかせて、歩きだした。

「こっちだ。ついてきなさい」

煌四は、朝着ていたものと羽織り物がちがっていることに気がつきながら、油百七のあとについていった。黄土色だったそれは、しっくりとした深緑に、銀の糸で刺繡をほどこしたものに変わっている。

庭に通じる戸口を通りすぎて、廊下をつきあたりまで行き、いちばんはしの部屋へ入る。中は無人だが、橙色のひかえめな照明がともされていた。

「わたしの書斎だ」

油百七の言葉どおり、高さのちがう四つの本棚が壁を背に立ち、窓際には小さな書き物机、そして壁をむいてもう一台、こちらはもっと大型の机が配置されている。その机の奥に、入り口とはべつの、もう一つの扉があった。腰帯にさげている鍵束を手にとり、油百七の大きな手が、もう一つの扉の鍵を開ける。

開くと、地下へつづく階段が現れた。

壁際のつまみをひねると、階段を照らす明かりが、壁にならんだ。階段は右側へ一度折れ、屋敷の下へとつづいている。

「きみの家から、この下へ雷火を運ばせてもらった」

油百七はそう言いながら、地下への階段へ足を踏み出し、悠然とおりてゆく。煌四は、本能的なためらいをふり捨てて、腹に力をこめ、そのあとに従った。住む場所と、妹の医者をあたえてもらう見かえりだ。あとへは引けない。

階段をおりた先に、さらにもう一つの扉がある。そこも鍵を使って開け、燠火家当主は、煌四を中へ入らせた。

石造りの地下室には、必要となりそうなものは、もうすっかりそろえられていた。まず中央に、作業台となる大きなテーブル。書き物机。ノートの山と、メモをとるための紙の束。三段重ねの工具箱。拡大鏡。なめし革でできた手袋。革製の前掛け。防護用の眼鏡。

そして、壁際にずらりと、たしかに煌四の家の地下貯蔵庫に保管してあった、雷火の入った缶が、ならべられている。

煌四の心臓が、ずくりとうずいた。母が、生活が苦しくても決して手をつけなかったそれが、あっさりとここへ運びこまれている。そして、自分たち兄妹の生活を保障し、緋名子に腕のたしかな医者をあてがってくれるこの男が望んでいるのは、この雷火を使って、煌四がこれまでとはちがう雷瓶を作ることだ。煌四は、自分の感覚に、思考に、しっかり動いていろと命じた。ここで小さな判断を誤れば、とりかえしのつかないことになる。そんな予感が胸に巣くっていた。

「きみにはここで、雷瓶の製作にあたってもらいたい。午前中は娘といっしょに、家庭教師をつける。午後からは、ここで作業してもらう。必要なものがあれば、なんでも言ってくれていい」

地下室の照明は、ほかの部屋とちがって、なんの飾り気もなかった。卵型の照明が、鉄製のかごに入って、天井に四つ、机と作業台の上に置き型のものが二つ、設置されている。

荒々しさをむき出しのまま残し、それでもきちんとものが整っている室内を見まわすと、煌四は胸に空気を送りこんで、言葉を発した。

「質問をしてもいいですか？」

「かまわんよ」

油百七の深みのある声が、地下室にこだました。

煌四はむきなおって、油百七をまっすぐに見あげた。色の薄い目は、この地下室でもよく光り、煌四の投げかける視線をまるごと呑みつくすようだった。

「この国がまもなく危うくなると、きのう、おっしゃいました。父が出ていったのもそのためだろうと。……だけど、どうしてなんですか？　なにがきっかけで、神族の統治が危うくなって――そしてこれから、なにが起ころうとしているんですか？」

慎重に質問を口にする煌四とは裏腹に、油百七のたたずまいは、あくまでも泰然としている。

「〈蜘蛛〉と呼ばれる連中を、知っているかね」

ふいに発せられた名に、耳の奥がぞわりと反応する。〈蜘蛛〉――聞いたことがあった。かつては神族の氏族の一つで、首都ができてまもないころ、どこへともなくすがたを消したという……

（狩りのときに、気をつけなければならないのは炎魔よりも、〈蜘蛛〉だ）

以前父親が言っていた言葉が、よみがえる。かつては神族の仲間であったが、袂をわかち、いまは神族の籍から除外されているという〈蜘蛛〉。〈蜘蛛〉の、はっきりとした実態はつかめないのだという。森に適した体を持つ木々人とちがう彼らが、どうやって黒い森の中で暮らしているのか。どこかに村を作っているのか。ただ、火狩りを敵視していることだけは明らかだと、父はそう言っていた。

「学院で教わる範囲のことは、知ってますが……」

　慎重に言葉を選んで、煌四はこたえる。油百七はこたえをほぼ予期していて、すんなりとうなずいた。

「そうだ。やつらはもともと神族の一員でありながら、宗家である火の氏族と反目し、森にひそんで首都の転覆をねらっている。神族から籍をぬかれているとはいえ、その血を引くからには、〈蜘蛛〉もまた、長い寿命と異能を持っているのだ。首都にいる神族と、その能力の中身はちがうようだがね」

　油百七はうしろに手を組み、壁際にならぶ雷火の缶を見やった。缶は一つ一つが大人の腰ほどの高さ、直径はひとかかえもある。全部で、その数は十三。

　首都の神族、その最高位にあたる宗家は、火をあやつる異能を持っているという。古代の、天然の火を、この時代の人間は失った。かわりに、神族が最初の火狩りを輩出したのだという。森の炎魔から採れる火が、人の体を発火させないことをつきとめて。

　宗家のほかには、水、木、土、風など、いろいろの能力を持った分家たちが協力しあい、この国を治めている。各地の村を整備し、そこに作物や木々を植えつけられるようにし、川の水を呼び、あるいは井戸を掘った。地形を変え、天候を操って、人が住める土地にした場所もあるという。

　そして、この首都でもそうだ。過去に、首都で大規模な火事が起こったことがあった。煌四が生まれるずっと前の話だ。動きはじめたばかりの工場で、炎魔のそれではない、天然の火がはぜたのだ。人から人へ、火は燃え移った。町中にめぐらされた水路は、そのとき火を逃れようとする人々で埋めつくされ、水路は死体の道になったという……その火を、水を操る神族が、豪雨を呼びよせ消し止めた。ほぼ焦土と化した首都を、立てなおしたのも神族たちだ。以来人々は、神族にたよるほかなくなった。すくなくとも黒い森や炎魔をおそれ、地下でモグラのように暮らすことはまぬがれている。

神族の力は、この国の中でのみ発揮されるのだという。外界がどうなっているのか、いまも人が生存しているのか――それがつきとめられない現状で、人々は神族に守られて生きることしか選べないのだ。

「その〈蜘蛛〉たちが、近々実力行使に出るだろうと、火狩りたちが嗅ぎつけたのだ」

「それは……近いうちに、争いが起こるということですか？　神族のいる、この首都で」

油百七の大きな頭が、黙ってうなずく。煌四はくちびるを湿し、瞳を室内にめぐらせた。

「でも、それになぜ、雷瓶が必要になるんですか。神族は、まがりなりにも統治者です。謀反をくわだてる者があるなら、抑えつけることができるはずじゃあ……」

煌四の言葉にかすかなふるえが混じったのを聞き逃さず、油百七がのどもとに音をくぐもらせて笑った。口ひげが、大きな芋虫のようにゆがむ。

「そう、たしかに、まがりなりにも統治者にはちがいない。だがもし、神族がわれわれ異能を持たない人間を、毎年生えてくる草と同じにしか思っていないとしたら？」

「え……」

とまどいを隠すことができなかった。たしかに煌四も神族にはっきりとした信仰心などいだいたことはないし、神族の治めるこの国が、人々にとって真に住みよい場所だとは到底思えない。

それでも……なんだろう、目の前の男の、このひえびえとしたまなざしは。

煌四はその瞳の奥に、暗い感情がたぎっているのを感じとる。

「過去に起きた大火災によって、首都の人口はほぼ半減した。だが、できてまもない首都には、半分の人口がちょうどよかったのだよ。とくに工場で働かず、町に暮らす者は、当時の首都には、まかないきれる存在ではなかった。豪雨が火を消し止めた。だがそれは、救えるはずの人々を救うには、まにあわなかった。いや……まにあわせなかったのだ」

油百七の声が、それまでには決して表さなかった感情をはらんだ。煌四の体を、鋭い悪寒がつらぬく。

神族たちは、二百年から三百年におよぶ長い寿命を持ち、さまざまな自然物を操る力を持っているという。旧世界の技術も保持していて、そのため人体発火をかかえた人々を炎魔から遠ざけ、首都を築くことができたのだと――だが、この首都のあり方は、穴だらけだ。火狩りが危険を冒して採ってくる火にたよるしかなく、人々の暮らしは貧しい。盗みを働かなければ野垂れ死にするしかない者が、町の片すみにごまんといる。そして、工場毒による汚染。緋名子に病をおわせ、母の命を奪った、工場の致命的な欠陥。

（神族がほんとうにすごい力を持っていて、過去の技術も使えるんなら、工場毒に侵される人間が、そもそもなぜいるんだろう……それに、ほんとなのか、鎮火をまにあわせなかったたって。わざと、人をへらしたっていうのか？）

学院でも、町の大人の口からも、そんな話は聞いたことがない。だが、油百七の年齢を推測すれば、大火災のときにはすでに生まれていただろう。この大金持ちが煌四相手に感情をあらわにした言葉には、信じざるを得ない迫力がこもっていた。

毎年生える、草と同じ——ほんとうに、自分たちはそんなふうに思われているのか。そんな程度に。

「工場地帯は、別名を〝神の庭〟という。生産物をもたらし、それによって神族の統治を安泰にする庭だ。われわれは神族にとって、管理でき、とりかえのきく、石ころや草木と変わらないのだ」

「神の庭……」

言葉が、煌四の頭の奥をざわつかせた。

「〈蜘蛛〉がことを起こしたとき、神族がわれわれを守ってくれる保証はない。自分の身を、自分で守る力が必要なのだ——そう、たとえば、武器が」

油百七の言うことを信じるなら、自分はなにも知らずに生きてきたことになる。母は、なにも知らずに死んでいったことになる。やがては戦場になるかもしれない首都で。おそらく父はそのことを知っていて、それなのに家族になにも告げず、ただ犬を連れて出ていった。

湧きあがるはずだった怒りは、けれど、ふいによみがえった声によって、ひしがれた。

――まったくこいつは、加減を知らないんだ。

耳の奥に響くのは、父親の声だった。あれは、何年前だろう。父親と連れだって狩りに行ったかなたが、森ではぐれて、数日もどらないことがあった。かなたがそばにいれば安心していた緋名子は、ひどく泣きじゃくり、黒い森で死んでいたらどうしようと、いくらなだめても聞かなかった。

狩り犬の帰りを家で待つことに決めた父親は、泣いて泣いて熱を出した緋名子を、工場勤めの母にかわって看病した。ほかの犬を貸そうという仲間の火狩りからの申し出も断り、まあすぐに帰ってくるから見ていろ、と緋名子の頭をくしゃくしゃなでた。父の言ったとおり、四日目にかなたは帰ってきた。自分の脚で、黒い森から崖のトンネルをぬけ、家までもどってきた。

ひどくけがをしていた。鼻面は二倍ほどに腫れあがり、うしろ脚を引きずって歩いてきた。飲まず食わずでがりがりに痩せ、そして、口には細長い炎魔のちぎれた脚の一本をくわえていたものだから、母に盛大な悲鳴をあげさせた。

――しとめそこなって逃げた炎魔をなあ、深追いして深追いして、谷底に落ちて。しかも持って帰ってきたのは前脚だけか。ばかめ、このけがでは、半月は狩りに出られんぞ。

　そう言いながら、父親はぼろぼろになった狩り犬を、誇らしげになでまわしていた。

緋名子が大よろこびし、煌四は……かなたが、すこしうらやましかった。無鉄砲をして、みんなに心配をかけて、それでも大手柄だと笑って歓迎されるかなたが。

　煌四はいつも、全力を出しきらないよう注意をはらっているところがあった。父親は危険な火狩りの仕事をしていて、家族のことまではほぼ手がまわらない。自分が疲れはてては、母と緋名子を毎日支えることが、できなくなってしまうから。

　無鉄砲で、力いっぱい走ることができ、けがをしても父の手になでられれば目をきらきらさせている、かなたのことがうらやましかった。あんなふうになってみたいと、憧れていた。

「そのため、なんですか？　炸裂型の雷瓶を作る必要があるのは」

　作業台の下の木箱におさまっている空の瓶を見やりながら、煌四は言った。一般に使われる筒型のものとはべつに、形のちがう瓶がならんでいる。見慣れない卵型のものだったが、使い道は、およそ察しがついた。煌四が以前から予測していたとおりの、炸裂に適した形。

　油百七の眉が、愉快気に、しかし威圧的に、持ちあがる。

「そうだ。〈蜘蛛〉の襲撃から、首都を守る。たとえ神族があてにならなかろうともね」

　工場地帯が、神の庭……もし神族がほんとうに、人を人とも思わずにこの国を統治しているというのなら、そのせいで母は死に、妹は病んでいるのだ。

「……〈蜘蛛〉が実力行使に出るとして、いったいどうやって、神族と戦うっていうんですか？」

　いまの世界で、神族に対抗できる者などいない。炎魔を狩ることのできる火狩りでさえ、神族の支配下にあるのだ。〈蜘蛛〉がもとは神族の氏族であったとはいえ、宗家を中心に結束している神族たちを相手に、かなうとは思えない。

「それに……お言葉かもしれませんが、〈蜘蛛〉から身を守るのに、炸裂型の雷瓶が、それほど強力な武器が、必要になるんでしょうか？」

　たとえば、警吏が使うような棍棒や、刃物でもことたりるのではないのか。工場の機械だって、応用すれば武器になるだろう。それでは、たりないのだろうか。

　その問いに対して、油百七はあっさりと首を縦にふった。

「そうだ。〈蜘蛛〉は神族の体を持っている。われわれ人間とはちがう。火がそばで燃えれば発火するのは同じだが、それ以外の外傷なら、神族の体はおどろくべき早さで回復するという。神族と〈蜘蛛〉が戦えば、われわれ市井の人間が、どんな状況に巻きこまれるか……人々が犠牲になるような事態だけは、避けなければならない。〈蜘蛛〉の動向については、信頼できる火狩りが幾人か、秘密裏に調査中だ。が、まだ確実な情報はつかめていない。しかし、いったん争いがはじまれば、首都が大混乱におちいるのだけは確実だろう。人々を雑草ほどにしか思っていない神族を、あてにできるとは、わたしには思えん。人間が、人間を守らねばならない事態が想定されるのだ」

（人間が、自分たちの手で……）

煌四はくちびるを嚙みしめた。知らないことが多すぎる。自分の知識は、世界のちっぽけなかけらでしかない。もちろん、この燠火家にかんしても、まだ知らないことのほうが多い。それでも、やるしかない。慎重に。細心の注意をはらって。

「わかりました」

煌四はひっそりと、手をにぎりしめた。

「やってみます、ここで」

肉のたるんだ油百七の顔に、ぐにゅうとゆがんだ影が刻まれた。それが笑みによるゆがみなのだと気づくのに、数秒がかかった。

「ありがとう。期待しているよ。賢いきみには承知のことだと思うが、このことはどうか、口外しないでもらいたい」

「……妹にも、ですか」

問うというより、念押しの口調になった。油百七がうなずき、煌四はなぜかそのとたん、自分の体がたよりなく浮遊しだしそうに感じて、ますますきつく手をにぎった。てのひらに、力をかまわず爪を食いこませた。

「わかりました。だれにも、言いません」

その瞬間、油百七の顔に浮かんだ笑みは、獲物を捕らえた獰猛な獣を連想させた。

「中央書庫の登録証も、すぐに手配させよう。遅くともあさってには、きみに閲覧権があたえられるはずだ」

そして、晩餐に遅れないようにと、煌四たちは地下室から引きあげた。

廊下の窓から見える庭は、もうとっぷりと暮れていた。煌四には花の種類などわからないが、金色のふさを垂らした花が、窓からこぼれる廊下の照明をうけて、竜のうろこのようにきらめいていた。

「鍵は、ひとまずはわたしが持っている。わたしが書斎にいるときだけ、地下室を使ってくれ」

「はい」

だれにも言わないことの中には、この油百七にも隠しておくこともあるかもしれない……その予感が顔に表れないよう、煌四はごく短く、返事をした。

緋名子を呼ぶため、煌四はそこで油百七とわかれて、二階へむかった。階段のとちゅうで立ち止まり、てのひらを開くと、深く食いこんだ爪のあとが赤く残っていた。あの勇猛な狩り犬なみの無鉄砲を、自分はしようとしている……

けれど、ばかめ、そう言って笑い、頭をなでてくれる者は、煌四にはいなかった。

緋名子の部屋、その扉の前へ立つと、にぎやかな話し声が廊下までもれてきていた。

「ほらね、やっぱりこの色が似合った」

その声が、昼間会った綺羅の母親、火華のものだったので、煌四は一瞬、ぎくりと足どりをこわばらせた。戸をたたいて自分が来たことを知らせると、中から、すぐさま返答があった。

「どうぞ、入って。見てあげて、とってもすてきよ」

綺羅の声だ。なにごとだろうかと、煌四はそっと戸を開けた。

緋名子が寝台からおりて、ちょこんと床の上に立っていた。頬が、砂糖をまぶしたように輝いている。

「お兄ちゃん」

煌四はたぶん、目をみはって戸口に立ちつくしていたはずだった。緋名子のうしろで、綺羅と火華が顔を見あわせ、くすくすと笑う。

緋名子は白い寝間着ではなく、淡い蜂蜜色(はちみついろ)の薄衣(うすぎぬ)をかさねた、よそゆきの衣服をまとっていた。先がふんわりとすぼまったスカートが、緋名子を小鳥のように見せている。頭には真珠色の髪飾りをつけ、足にも同じ色の靴をはいている。

「綺羅の小さかったころの会食着よ。とっておいてよかった」

そう言って立ちあがった火華は、昼間とちがい、体の線にぴたりと沿った夜会着に着がえている。ただし、色は昼間のそれと同じ、燃えあがる炎の色だった。きちんと髪をまとめあげ、耳には大ぶりな耳飾りの宝石が光っている。

緋名子が、とことこと駆けてきて煌四の手にしがみついた。

「綺羅お姉ちゃんと火華さんが、お着がえさせてくれたの。お夕飯をみんなで食べるからって」

「あ、ああ……」

はっきりしない返事をしながら、いつものように緋名子の頭をなでようとして、煌四はためらった。緋名子の髪はつややかにとかしつけられ、ふわふわ揺れる髪飾りがついているので、不用意にさわるとだいなしにしてしまいそうだった。

「かわいいでしょう？　お母さまに手伝ってもらってよかった。衣裳のことはなんでもご存じなの」

綺羅が、うれしそうに首をかしげる。見れば、緋名子の寝ていた寝台には、青や桃色、藤色、白、さまざまな衣裳がかさなり、ひろげられている。煌四が油百七と地下室へ行っているあいだ、緋名子の着せかえをひとしきりしていたらしい。

「さあ、行きましょうか。お父さまより先に席についていましょう。どうせ、あとまわしにしている書類があるのだから。煌四さん、そのあいだに、わたしともお話しする時間をちょうだい。——行くわよ、綺羅」

火華が、流れるような動作で煌四のわきをすりぬけ、廊下へ出る。一瞬、こちらへむけられた視線は、威圧的なものではなく、優雅さと思慮深さをやどしていた。

はい、とにこやかにこたえる綺羅に、煌四は怪訝な視線をむけたのだが、気づかれなかった。綺羅は元気な犬のように、美しい母親についてゆく。綺羅と火華の親子は、仲がいいのか悪いのか、よくわからない。昼間は、綺羅がひどくおびえているように見えたのだが……

「お兄ちゃん」

緋名子が、煌四と手をつなごうと指をからめてきた。煌四は、ちゃんと妹の手をにぎる。熱はなかった。

「緋名子、よかったな。かわいい」

本心から、そう言った。緋名子は、煌四を見あげてにこりと笑い、前を歩く綺羅と火華の背中の、そのもっと遠くへ視線をやって、小さくつぶやいた。

「あのね……お父さんとかなたが帰ってきたら、おうちがわからなくて、こまらないかな」

着飾った小さな妹の言葉が、容赦なく煌四の心を破り裂いた。それでも、煌四は緋名子の手をはなさなかった。階段をおりるときにも、決して。

六　水晶の竜

火穂は顔をふくめ、上半身に深い傷をいくつもおっていて、手当てをうけたが、意識をとりもどさなかった。

「爪あとだけだったのが致命傷にならずにすんだ。捕まえられたとき、爪が食いこんだあとばかりだ。咬みつかれでもしてたら、命はなかったな」

手当てをおえた医師が、嚙みタバコを口に入れながらため息をもらした。それは、灯子が午前中の仕事のときに一度会った大柄な乗員で、いまは灰色の作業着の上から、白い上っ張りを着ている。

医務室の寝台に横たえられ、紙のようにまっ白な顔をして、火穂は目をさまさない。息はあるのに。目を開けることを、火穂が自分で手ばなしてしまったように、灯子には思えた。

「おい、ここで心配してても、容体は変わらんぞ。頭領に、もうおりろと言われたんだろ。かわいそうだが、あきらめることだ。ここじゃあ、みんながおたがいの命を引きうけあう。それができないやつは、子どもだろうと乗せてはおけねえんだよ。部屋にもどって、花嫁さんといっしょにしたくでもしていろ」

明るい医務室の壁際にうずくまっている灯子の頭を、医師が大きな手でなでた。かたがぴったりと体をくっつけて座り、灯子を温めている。

灯子はふらふらと立ちあがり、医務室から金属の廊下へ出た。ごうごうとうなって、車はまた、森の中を走っている。灯子に体をくっつけたままのかなたが、迷わずに廊下を進む。うつむきっぱなしの灯子は、犬に行き先をまかせて、なにも見ずに歩いた。

ほたるも紅緒も、血相を変えて引っぱるように灯子を部屋へ入れた。

「灯子、けが、せなんだか？」

紅緒が頭突きをしそうな勢いで、灯子に顔を寄せてくる。灯子の左の頬に青黒いあざがあるのを見て、顔をゆがめた。

「ひっどいな……灯子、なぐられたんか？」

灯子は、うつむいた。

「へ、平気。わたしは平気なけど、火穂が……」

言いかけて灯子は、小部屋に乗員がいるのに気づき、肩をこわばらせた。ひょろりと細い体つきのそれは、照三だ。火穂がはずした床の蓋（ふた）を、直しに来たらしい。荷物の中にあったかんざしと、あとは爪を使って無理やりはずしたらしく、火穂は炎魔によるけがとはべつに、指先もひどく傷つけていた。

ほたるは、照三が部屋に入ってきたことに不安をおぼえているらしく、警戒のまなざしをちらちらとむけている。

「灯子ちゃん……さっき、その乗員さんから聞いたのだけど……つぎの村で、おりろと言われたの？」

ほたるが、細い眉を寄せる。灯子がうなずくと、紅緒が、鼻息を荒くした。

「そんな、あほうな！　灯子は、火穂をたすけに行ったのやぞ、なんで？」

紅緒が、両の手をこぶしにかためる。その手が、ぶるぶるとわないている。うつむいて黙りこくる灯子を、犬が心配している。なぜそんな顔をするのか、熱心においを嗅いで、たしかめようとしている。

火穂を、たすけられなかった。命はたすかった。けれど、一人きり食事もとらず、じっと身をこわばらせて壁をにらんでいたあの子を、なぜもっと早くたすけられなかったのだろう。こんなことが起こる前に。そして灯子は、このままではかなたを失う。

「しかしこんなもん、よく持ちあげたなあ。おれでも重いぞ」

だれにともなく、金属の蓋をとりつけなおしている照三がぼやいた。

「このすきまをたどっていけば、たしかに通気口とつながってるか。けどよう、よっぽどだぜ、ガキでもあんなせまいところくぐろうと思ったら。まっ暗だし。で、ははあ、翼停車中は換気翼が止まってるからな。あ、でもさすがにあのすきまはくぐれねえな、翼を一枚はぎとりやがったな。また修理がいるじゃねえかよ。なあ、あんたら同じ部屋にずっといたんだろう、気づかなかったわけ？」

火穂のたどっただろう脱出経路をぶつぶつと独りごちてから、照三がまのびした顔をこちらへふりむけた。

「知るか！　知っとれば止めるか、いっしょに逃げ出しとるわ」

食ってかかる紅緒に、照三は肩をすくめる。休憩時間のおわらないうちにたたき起こされたのか、ゆるみきった顔はまだ眠そうだ。

「それより、なんとかならんのか。灯子は、犬と形見を首都へとどけるために村を出たんやぞ。人だすけしようとして、なんでとちゅうでほうり出されにゃならんのじゃ」

金属蓋を留めつけ、床をあっというまに直すと、照三は紅緒の声をうるさがって、耳の穴をほじくった。

「なんだよ、おれに文句言われたってよう。……チビすけ、お前、人が昼寝しているあいだに、えらいさわぎになったのな。なあお前、村の人間てのは義理がたいから、人をたすけようとしたのはわかるけどよ、もし車ん中に炎魔が入りこんできてたら、おれなんか寝てたから、まっ先に死んでたぜえ」

「だから っ……」

いきりたつ紅緒の言葉をさえぎって、照三はどかっとばかり、火穂の寝台のはしに腰をおろした。まっすぐに、灯子のほうを見る。

「チビすけお前、お前の村はなにを作ってんだ？」

　突然の問いに、灯子は目をしばたたく。寝ぼけ半分の照三の目には、なにかそむきがたい力がこもっている。

「か……紙。献上物の」

　小さな声の返事に、ふうん、と、照三がうなずいた。

「で、お前、つぎでおりるのはいやなんだろ？」

　心配そうに、ほたると紅緒が顔を見あわせている。

　ためらってから、灯子はこくんとうなずいた。自分のために命を落とした火狩りの身内の者に、どうしても自分が謝らなくてはならない。ばあちゃんに、そうしろと教わったのだ。おばさんに、行ってこいと送り出されたのだ。

「なるほどなあ……おいチビすけ。おれが、頭領にかけあってやるよ」

　照三がまのびした声で、思いもよらないことを言った。照三は、ひょろりとたよりない首のうしろを、とんとんとたたく。

「お前と犬ころを首都まで乗せてくってのが、村の者ととりかわした約束だしなあ。火狩りのおっさんもひでえよなあ、こんなチビすけ、ここまでなぐるかね」

「そ、そいでも、なんで……」

　灯子が身を乗り出すと、照三はうらなり顔を、あさっての方向へむけた。

「……一人、脱落したと言ったろ。おれの親友だったんだ。燃料補給のとき、懸架装置を調整しに外に出てた。炎魔が来て、逃げ遅れた。火狩りのおっさんは、もう狩りをおえて、とっとと車にもどってて よ。炎魔が来れば即座に扉を閉じるってのが、決まりだからな。この車に乗ってる連中は、おれもふくめて、仲間を見殺しにしたんだよ。けど、あいつがあのとき整備に行っていなければ、このおんぼろはとっくに森の中で立ち往生してた。仲間のために働いたやつが、なんで切り捨てられなきゃならねえんだよ」

灯子は息をつめ、ぎゅっと目をつむった。涙がしたたり落ちるのを、またかなたが心配している。

「それになあ、頭領も火狩りのおっさんも、わかってねえよな。チビすけだけほっぽり出したりしたら、十中八九、その犬がおとなしくしてねえだろ。うまくやってやるから、まかせとけって」

工具箱をさげると、照三は灯子の頭をぽんと軽くたたいて、部屋を出ていった。

照三がいなくなったことで緊張がほどけ、ほたるがほうっと息をつきながら座りこむ。紅緒は、ますますこぶしをかたくにぎりしめた。

「火穂のあほう！　嫁に行きたくないのなんぞ、うちらもおんなじじゃ。なんで、ひと言も泣き言を言わんのじゃ。泣き言も言わんと、勝手に逃げたりして。死んでしまったら、どうする気じゃ。うちは、うちは死なんぞ。蜂飼い（はちか）の村に行くのも、だれぞの嫁になるのもいやじゃけど、死なん。生きとって、うちの働きぶりを見せてやる。虫けらどもの、腰ぬかすほど」

しゃべりながら、紅緒のぎゅっと寄せた眉の下、頬からあごへ、ぼたぼたと涙がこぼれ落ちていた。

「じゃから、火穂も、勝手に死んだりなんかしたら、ぜったい許さん」

必死にふりしぼられる紅緒の声に、ほたるが立ちあがった。紅緒の手をとり、灯子の肩を抱きよせながら、ほたるもすすり泣いていた。紅緒からは日ざしと青葉のにおいが、ほたるからは菜を洗う水のにおいがする。金属と油のどぎついにおいに満たされていても、二人の体からは、暮らしてきた日々のにおいが消えずに残っていた。

(明日、着く)

灯子は目を閉じて、二人の花嫁がまとうにおいを吸いこんだ。

明日……ほたるの嫁ぐ村へ着く。それまでに、自分の運命も決まるのだ。

その日は、もう仕事を言いつけられることもなかった。三人はおのおの、ほとんどしゃべりもせずに夜を待った。ずっとにぎりしめていた火穂の結い紐を、灯子はどうするべきか迷ったが、火穂の寝台へはかえさず、自分の手首にくくりつけた。これをかえせば、火穂はもう目をさまさない——そんな気がしたのだ。

あくる日、ほたるはいちばんに起きて、身じたくをはじめていた。長い髪を、熱心に櫛でといている。

夜のあいだ、あまり眠れなかった灯子は、いまごろになってうとうとしながら、髪をとかすほたるのうしろすがたをぼんやりと見ていた。

「灯子ちゃん、そんなとこで寝て」

ふりむいて、ほたるが笑った。灯子は寝台に乗らず、毛布を体に巻いて、かなたと同じ床に寝ていたのだ。返事をせずに、ほたるが髪をとかすのを、どこかうっとりと見ていた。

（ああ……母さんみたいだ）

灯子の母親は、もちろんほかの村人と同じ、野菜を作り紙を漉いて、泥で汚れ、あかぎれの絶えない手をしていたのだが、髪の毛だけは、絹糸のように美しかった。灯子がうけつがなかったそのきれいな髪に、畑に出る前、母さんはこっそり櫛を通していた。髪留めを買ってくれたのも、灯子の髪がきれいになるようにと思ってのことだったのかもしれない。

母さんのきれいな髪の毛は燃えてしまい、ぼろぼろの炭くずになって土の上に散らばっていた。

「灯子ちゃん。紅緒ちゃんも、おはよ」

寝台の上に身を起こした紅緒が、大あくびをした。

「いよいよじゃなあ」

紅緒もよく眠れなかったのだろう、くぐもった声でそう言ってから、両手でぐいぐいと顔をもみ、ぱんと音をさせて頬をたたいた。

「ほたるさん、手伝おう」

紅緒はさっと立ちあがり、ほたるの身じたくを手伝いはじめた。灯子にも手伝わせようと寝台の上をふりかえって、紅緒は目をまるくし、それから眉をつりあげた。

「こらっ、灯子。なにをしとるんじゃ」

見とがめられて、灯子はとっさに肩を縮める。

「だ、だって……」

寝台の上には、形見の品と無垢紙の束を、着替えや非常食の入った風呂敷づつみとわけて置いてあった。灯子は、ここでおりるのかもしれないのだ。照三が頭領にかけあってくれると、言いはしたけれど——

無垢紙につつまれた火の鎌を見やって、紅緒は日焼けした頰をふくらませる。

「それは、灯子がとどけるんじゃ。勝手に荷をほどいたりするな。あのな、灯子。かなたと、この形見と、とどけられるのは灯子しかないぞ。……火穂が逃げ出したとき、うちはなんにもできんじゃった。灯子みたいに、たすけに行ってやることが、できんじゃった。

あんな、火の玉みたいな勇気のある者が、なんでとちゅうでおろされにゃならんもんか。あのうらなりがだめじゃったら、うちが、乗員頭に直談判してやる」

勢いづけて言いながら、紅緒は灯子の風呂敷に、鎌と守り石、たばねた無垢紙を丁寧につつみなおした。

トントン、と戸がたたかれ、女の乗員が朝食を運んできた。きのうと同じ、焼いた団子の盆。そのすみっこに、ゆりの花をかたどった銀のかんざしが載っている。

「……花嫁さんに、お餞別だよ」

無口な乗員が、とがった声で短く言った。

「ほかの乗員には、黙っておいで。店に出す品を、くすねてきてやった」

思いがけず贈られた銀のかんざしに、ほたるが目をみはっている。乗員は、粗っぽい手つきで金属の盆を寝台の上へ置くと、そのまま出ていこうとした。ほたるが、あわてて声をかける。

「い、いいんですか？　これ、売り物なのでしょ？」

「だから、ほかのやつには黙っておきなったら。それっきりのしたくで送り出すなんて、あんまりじゃないか。いいんだよ、ほかの売り物を、あたしが倍の値で売ってやるから」

無愛想なままの乗員に、ほたるは生きた花からそうするように、かんざしのにおいを胸に吸いこみ、深く頭をさげた。

「ありがとうございます……あの、そうだ、火穂ちゃんの具合はどうですか？」

舌をもつれさせそうになりながら、ほたるがたずねた。乗員は、とがったあごを戸口のほうへむけたまま、さあね、と返事をした。

「まだ寝ついたままだよ。命に障りはないようだけれどね。まあ、回収車の部品をぶち壊すようなしたたか者だ、すぐにころっと起きるだろうよ」

ほう、と灯子が息をつくのを見とどけて、紅緒がいたずらっぽく、自分の鼻を指さした。

「おばちゃん、うちのときには、なにをくすねてきてくれる？」

するど、深いしわに仏頂面をかさねるばかりだった乗員の顔が、はじめてにやっと笑った。

「どうだかね。あんたみたいなイモ娘に似合うもんが、もしあればね」

べえ、と舌をつき出す紅緒に背をむけて、乗員は今度こそ出ていこうとし、ぴたりと、足を止めた。

「……そうだった。チビすけさんは、おとがめなしだと。犬といっしょに、このまま首都まで乗って行きな」

乗員が出てゆき、戸が閉まる。灯子は、いま言われた言葉をくりかえしくりかえし、頭の中でなぞった。意味がやっと理解できるまでに、とてつもなく時間がかかった気がした。

「灯子、よかったなあ！」

紅緒が、髪をぐしゃぐしゃになでまわす。ほたるはうれし涙を浮かべて、口を手でおおった。

「よかった、灯子ちゃん……よかったねえ。かなちゃん、灯子ちゃんのこと、しっかり守ってな？」

ほたるがかがみこみ、ためらわずにかなたの頭をなでた。ほかの人間にふれられるのをいやがるかなたは、しかし、おとなしくほたるの手になでられている。心なしか、犬の瞳に、使命感をおびた深い光がやどっているような気がした。

　午後の近づくころ、回収車は機織りの村へ到着した。

　うなりがやみ、車が止まる。窓の外に、村人のすがたがちらりと見えた。もう、結界の内側へ乗り入れたのだ。

　身じたくの整ったほたるは、まるで別人だった。墨染めの帷子に、白地の振袖をはおり、そのすがたは遠くへ飛ぶ鳥のようだ。どこまでも遠くへ行ってしまう、美しい鳥。

……振袖がわずかに黄ばんでいるのは、ほたるの村で何人もの花嫁がそれを着てきたためだろう。ほかの乗員に見つからないよう、ゆりのかんざしを結い紐の陰にさして、ほたるは小部屋の中で、くるりとまわってみせた。

「似合うかな？」

「きれい……」

　思わずもらした灯子の声に、ほたるの頬が、ほんのり染まった。

「ほんと、きれいなあ……ほたるさんを嫁にもらうやつは、幸せもんじゃ」

　紅緒の声が、すこししんみりしている。ほたるは、気弱な顔にやわらかな笑みを浮かべて、灯子と紅緒に頭をさげた。心のこもったしぐさで。

「紅緒ちゃん、灯子ちゃん。あんたたちに会えて、うれしかった。わたしは厄払いの嫁やりだけれど、もし村を出されなんだら、紅緒ちゃんたちに会われんかった。あんたたちに会えたことが、わたしの幸せよ。ちょっとのあいだじゃったけど、ほんとに、ありがとう。――二人とも、どうか無事で、そして元気で」

「やめてよ、ほたるさん。そんな……」

頬をまっ赤にして、紅緒がぐっと口をつぐむ。

戸がたたかれ、乗員が迎えに来たのがわかった。さっきと同じ、年老いた女の乗員だ。外へいざなおうとする乗員に、ほたるは、顔をあげてきっぱりと申し出た。

「お願いがあります。村へおりる前に、火穂ちゃんに会わしてください。目がさめんままでも、おわかれが言いたい」

「……顔だけ隠しな。医務室はこっちだよ」

乗員はしぶるそぶりもなく、そう言った。被布で顔をおおったほたると、灯子とかなた、それに紅緒も、金属の通路を通って医務室へ案内された。

花嫁たちをぞろぞろ連れてきた乗員に、医師は一瞬、開いた口がふさがらないようすだった。が、嚙み(か)タバコの木箱を持って、

「さっさとすませろよ」

とだけ言い、自分は部屋から出ていった。

火穂は寝台の上で、まだ眠っている。顔色は変わらず、まっ白なままだった。まっ白な顔に、かすり傷がいくつもめだち、炎魔の爪が食いこんだあとには当て布が貼られている。

ほたるは被布を片手で持ちあげ、火穂の頰をそっとなでた。

「火穂ちゃん。行ってくるね。火穂ちゃん、ちゃんと起きいよ。あんたの友達が、ここにはおるのだから。火穂ちゃんは、だれよりいっとう、幸せ者にならんとだめよ」

返事は、もちろんなかった。


ほたるの嫁入りを、灯子たちが見ることはなかった。乗員につきそわれたほたると、機織りの村の者だけで婚礼の儀式はとりおこなわれた。儀式、と呼べるほどの、ちゃんとした婚礼だったろうか。なにしろほたるは、厄払いの娘だ。歓迎されるものなのかどうかすら、灯子たちにはわからない。

村で織った布の買いとりと、二日にわたる出店がいつもどおりもよおされたが、そのあいだ、灯子も紅緒も外へ出されることはなかった。

二日目の夕刻間近、もうすぐ出発するというころに、炎千が小部屋をたずねてきた。

「犬を借りに来た」

長身の火狩りのそばで、黒犬のいずもは、もう全身をそわそわさせている。

「近くで狩りができそうだ。かなたにも来てもらう。狩り犬をなまらせてはならん」

「おっさんな、この犬は……」

頭に血をのぼらせかける紅緒を、灯子はあわてて押しとどめる。

「紅緒さん、大丈夫……あ、あの、こないだは、すいませんでした。どうか、よろしくお願いします」

　炎千に頭をさげる灯子を、紅緒が怪訝そうな顔で見つめている。灯子はかなたの灰色の首すじを、そっとたたいた。

「かなた、行っといで」

　小声の呼びかけに、短く吠えて返事をし、かなたはいずもと先を競って車から出ていった。炎千の満足そうな笑みが、目の中に残った。

　炎千の、言うとおりなのだ。狩り犬であるかなたを、じっとさせていてはいけない。灯子が狩りにさそうことはできないのだから、炎千に連れ出してもらうほかない。灯子は森で、かなたの戦いぶりを見た。飼い主を失い、灯子のあとを幼子のようについてまわるすがたとはまるでちがう、勇猛な獣そのものだった。あのすがたを失ったら、かなたはきっと、狩り犬ではいられなくなるのだ。

「……まさか、この村のまわりでも、炎魔がふえとるわけじゃあるまいな」

　ぼそっと、紅緒がぼやいた。言葉にしてしまってから、口をつぐんで身ぶるいをした。

「縁起でもない」

　と、自分の言ったことを打ち消す。灯子は照三に呼び出され、皿洗いの仕事にむかった。

　いったいどうやって、あの頑固そうな炸六を納得させたものだろう。灯子がどれだけ感謝の言葉をのべても、照三はへらへらと笑い、うまくやったろ、と肩をすくめるだけだった。

灯子が仕事をおえるのとほぼ同時に、炎千と犬たちも帰ってきた。かなたは森のにおいをさせて、灯子に尾をふる。灯子はかなたの体をよくなで、小部屋の窓から、紅緒とならんで外のようすをうかがった。

ちっぽけな加工ガラスの窓からは、外がどうなっているのか、ほとんど見えない。ほたるがもし、車のほうを見ていたとしても、窓は黒く塗りこめられて、こちらのすがたは見えないだろう。

まもなく、回収車がうなりはじめた。ほたるを村に残し、車は黒い森をまた走りだした。


それから、四日がすぎた。

灯子は午前と午後、回収車の中で雑用をまかされ、かなたは近くに獲物があれば、いずもと組んで火狩りの仕事をたすけた。灯子はもう、かなたの案内がなくとも、車の中を迷わず歩くことができるようになった。

「やあ、もう慣れたか？　このあいだは、たいへんだったな」

燃料補給のため、車が止まっているときだった。エンジン室の床磨きをしていた灯子に、ふいにやわらかな声がかけられた。ふりむくと、村を出るとき灯子を迎えに来た乗員の一人、煙二が二号車へ移ってきていた。

「え、煙二さん、お世話になっとります」

　ぎとぎととこびりついてとれない汚れと格闘していた灯子は、あわてて立ちあがり、煙二に頭をさげる。かなたはいま、炎千といずもとともに、狩りに出ている。そんなときに思いがけず煙二の顔を見、灯子は金属の床についていたひざの痛みも一瞬で忘れた。

　眼鏡の丸顔に笑みを浮かべた煙二は、持ち手のついた大きな缶を片手にさげている。

「こっちにも、燃料補給をね。停車中でないと、行き来できないからな」

　煙二はおだやかな口調で言いながら、エンジン室で働いていた照三に声をかけ、機械類に近づいてゆく。ふりかえって、灯子を呼んだ。

「見てみるかい」

　床磨き用のたわしを置いて、灯子がおずおずとそばへ寄ってみると、煙二は体をわずかにかたむけて、炎魔の火を見えやすいようにしてくれた。金属の箱、あるいは楮の白皮を煮る大釜にも似た入れ物に、まるいそそぎ口があり、そこへ大きな漏斗を使って、煙二が運んできた大きな缶から火をそそぎ入れてゆく。

「うわあ……」

　灯子の口から、思わず声がもれた。炎魔の、生の火……とろとろとなめらかな黄金に輝くそれを、こんなに大量に目にするのは生まれてはじめてだ。……森を支配し、人を襲う獣から、収穫された恵み。村では、回収車から買いとった火をすこしずつわけて、だいじに使う。こんなに潤沢にそそがれる火を、灯子は想像してみたこともなかった。

「これは、炎魔の血の一種なんだろうかね。炎魔の流す血は黒いのだそうだが。いまだに、この火の正体というのはわかっていないらしいよ。けど、こいつを動力源にして、機関に熱を送り、シャフトを回転させ、こんなでかい車も動かすことができる」

「昔は空気と燃料を混ぜて、エンジン内で爆発を起こさせてたらしいけどなあ。いまそんなことしたら、おれたちの体は一瞬でドカンだ」

　エンジン室のむこうから、照三が口をはさむ。説明をされても、灯子にはなにがなにやらわからなかったが、金色の液体をそそぎこまれた機械の複雑な仕組みが、きれいな水へはなたれた魚のように身をふるわす、その気配が感じられた気がした。

　火の注入をおえた煙二が、苦笑いを浮かべながら灯子を見おろした。

「頭領は気が短いからさ、あんまり気にするなよ。きみのこと、よく働いてくれると、えらくほめていたぞ」

「え……」

　目をまるくする灯子に、ぶっきらぼうな声を投げてよこしたのは、照三だった。

「そうそう、おれより役に立つっつってよ。だれがこの車を整備して動かしてると思ってんだ」

「そりゃお前、整備士兼運転士が役に立てるのは、器用に仕事をこなしてくれるこの子がいてこそだろう？　今度、一号車にも出張させてくれよ」

　照三に軽口をたたいてから、煙二が丁寧に缶の蓋（ふた）を閉めた。

「かなたがいるおかげで、火狩りさんが大物ばかりねらってくれるので、たすかるよ。回収車の動力以外にも、火が存分にまわせるからね。よく働くには、あったかい飯がいちばんだ」

そうして煙二は一号車へもどってゆき、入れかわりにかなたが狩りから帰ってきた。

紅緒は、小部屋に一人きりの時間がふえ、退屈しきっているようだった。仕事をおえた灯子が部屋へもどると、荷物を入れてあった竹のつづらをばらばらにほどき、べつの細工物を作りはじめていた。

「紅緒さん、それじゃあ荷物が」

灯子が言っても、紅緒は指をたくみに動かし、足の指まで動員して、猛然と竹細工を作ってゆく。

「かまうもんか。なにもせんとおったら、気が狂いそうじゃ」

崩れた荷物のかたわらに、竹の子馬ができ、かごができ、花模様を透かした毬(まり)ができた。蜂飼(はちか)いの村へは、あとどれくらいで着くだろう。紅緒は竹で犬を作り、人形用の小さな傘をこしらえ、魚獲(さかなと)りの罠(わな)を編むと、寝台の上に座りこみ、じっと窓をにらみつづけた。火穂が、そうしていたように。

異変が起きたのは、火穂が意識をとりもどしたと、照三から知らせをもらった直後だった。

便所汲みの仕事をしていた灯子は、道具を投げ出して、紅緒に知らせに走った。紅緒といっしょに、火穂を見舞わなくてはと思ったのだ。

「おいおい、汚ねえままにしていくなよ」

照三の悲鳴じみた声に、かなたが灯子と走りながら、短く吠える。かなたの先に立って廊下を走り、てこを引きさげて、紅緒のいる小部屋の戸を開けた。

「紅緒さん――」

呼びかけようとした声は、窓のほうをむいたままゆっくりと立ちあがる紅緒のかすれる声に、かき消された。

「あ……あれ、なんじゃ」

外を指さす、その指がふるえている。

窓は申し訳程度の大きさしかないため、はっきりと景色を見ることはできない。それでも灯子は、森の地面がぼこりと隆起し、うねってめくれあがるのを目撃した。走りつづける回収車と、まるで併走するように――色の加工されたガラス越しに、土の中から巨大な生き物の頭が出現した。

かなたが吠えた。犬の声が、小さな部屋の中に反響する。その声に、遠くからもう一つ犬の声がかさなるのを、紅緒といっしょになって立ちつくしたまま、灯子はかすかに聞いていた。いずもだ。

ずるりと土の中からもたげられた頭は、見たこともない形をしていた。細長い横面。

おそろしく大きな目。びらりと生えたひげが幾本も、蝶(ちょう)の尾のようになびいている。頭につづいて長い長い首が、土を割って現れる。うねりながらおどろくべき勢いで這(は)い出すそれは、さながら巨大な蛇だった。

「りゅ、竜……？」

物語でしか、絵でしか知らないが、それはたしかに、竜と呼べるものに思えた。

ガラスが塗りこめられているので、外の色はほとんど判別できない。それでも灯子には、それが、その生き物が白いのがわかった。まっ黒な森の地面を割って現れた大蛇のような生き物、その全身をおおううろこが、森の黒をはねのけて、まばゆいまでに白いのが。

やがて、鳥の脚に似た前脚がのぞく。首と同様細長い腹が、前脚と同じ形のうしろ脚が、長い尾が。全身を地中から現したそれは、鼻面を上へむけ、上昇していた。

翼もなしに、空へうねりのぼった。

直後に、車が大きく揺れる。車ごとなぐられたような衝撃が、乗っている人間にも容赦なく襲いかかる。立っていることができない。黒い金属が、頭の割れそうなきしみをあげた。

だれが悲鳴をあげているかもわからないまま、灯子と紅緒は小部屋の中を転げまわった。とっさに頭をかかえ、背をまるめる。寝台がめちゃくちゃにかしぎ、紅緒の作った竹細工が割れた。

かなたが吠えている。

一瞬の静けさがもどり、車体が、ばしんと横ざまに打ちすえられるのが感じられた。

竜が、回収車を襲っているのだ。

（火穂のところに行かんと……！）

灯子は部屋のすみに投げやられた風呂敷づつみに飛びつき、片手にかかえると、紅緒の腕をつかんだ。

「紅緒さん、逃げよう！」

「に、逃げる、たって……」

紅緒はすっかり、土気色の顔をしている。

昼夜問わずにともされている照明が、狂ったように明滅する。車の走行が止まっている。外から、おかしな音がする。がん、がん、と、かたいものをこぶしでむちゃくちゃになぐりつけるような音。こちらへの衝撃は、おさまっているのに――

一号車を襲っているのだ。

通路の壁がひんまがり、せまくなっている。灯子たちはそのすきまをくぐりぬけ、金属の廊下を走った。

「灯子、待って、どこに行くんじゃ！」

紅緒の息がおかしい。灯子は自分よりずっとたくましい手をにぎり、まっ暗になったり明るくなったりする車の中を、しゃにむに走った。

「か、火穂が、火穂が起きたって……火穂のとこへ、行かんと」

火穂を、たすけなければ。灯子の頭には、とにかくそれしかなかった。火穂のことだけを考えることで、恐怖を忘れようとしているのかもしれない。ひざがいまにも折れそうで、自分の足で走っている感覚がなかった。走りながら、体がばらばらに砕けてしまいそうだった。

医務室へたどり着く。てこが壊れて、片開きの扉はわずかに開いていた。が、手をかけると、それ以上動かなくなっているのがわかった。両手をかけ、力いっぱい引くが、動かない。この細いすきまでは、灯子もかなたも通れない。そうするあいだにも、一号車からは異様な轟音がしつづけている。

「火穂！」

すきまに顔を押しあて、さけんだ。

「火穂、聞こえよる？　逃げんと。火穂！　ここから出んと……」

「……死んでる」

最初の返事は、それだった。か細い、火穂の声だ。

「お、お医者さまが。頭を打ったの。血が、どうしよう、血が止まらない……」

火穂の声が、泣いていた。さっきの大きな衝撃で、医師が転倒したのだろう。そのときに、どこかで頭をぶつけて、いま、目をさましたばかりの火穂の前で死んでいるという……

「灯子、どけ！」

いつのまに廊下のむこうへ行っていたのか、紅緒がもぎとれた鉄の管を持って、駆けてきた。扉のすきまにねじこみ、こじ開けようと渾身の力をこめる。灯子も歯を食いしばり、しまいには声をあげながら、扉を引っぱった。

痛々しいきしみをあげて、じれったいほどゆっくりと、扉が動いた。

「火穂、こっち！」

さっきよりわずかにひろがったすきまに腕をさしこみ、火穂を呼ぶ。火穂は、呆然とした顔で、ふらふらとよろめき出てきた。両の手が、血でまっ赤だ。

「けがしたん？」

灯子がたしかめようとすると、ゆるゆるとかぶりをふる。

「お医者さまの血……止めようとしたの。でも」

「もう、たすからん。即死じゃ」

医務室へ首をつっこんでたしかめた紅緒が、顔をしかめてはげしく首をふった。

「あ、あたし……なんで、あたしじゃないの。なんであたしが死なないの」

ぬけ殻のような顔を、それでも恐怖に引きつらせる火穂の肩を、紅緒が強く揺さぶった。

「火穂のどあほう！　あんた、ほたるさんの言葉、ちっとも聞こえとらんかったんかっ」

「お医者さまが、だって……どうして」

あの大柄な医師の名前を、そういえば灯子は聞いていなかった。毎日、小部屋へ食事を運んでくれる乗員の名前も。

そのうち、ほかの乗員の顔と名もおぼえて――煙二に、そう言われていたのに。

……一号車。煙二が、一号車に乗っている。村を発つ灯子を呼びに来た、いっしょに首都をめざそうと言った乗員が。

車の襲われる音は、まだとだえない。犬の声が……いずもの声が、しなくなっている。

「竜が、車を襲うとる。どうする？　じきにこっちも襲われる。外には……」

外には、炎魔の森しかない。それでも、車の中にいたって同じことだ。紅緒はもう、うろたえるのをやめたようだった。表情を引きしめ、かがみこんで火穂に背をむける。

「おぶさり。走れんじゃろ」

灯子は火穂の背を押して、紅緒の肩につかまらせると、風呂敷づつみを自分の背中にくくりつけた。火穂をせおった紅緒と、かなたとならんだ灯子は、出口をめざして通路を駆けた。あちこちの配管がはち切れ、もともと複雑な造りの回収車は、いたるところにおかしなゆがみを見せている。照明がとぎれ、またともる。しだいに、明かりが弱々しくなってゆく。

「おぉい、なんだよこれ！」

わめき声が、灯子たちを飛びあがらせた。

「照三さん、早う逃げて！」

　エンジン室の扉から身を乗り出しているのは、照三だった。作業着の上半身をはだけ、肌着も脱いでいるので、腰から上ははだかだ。

「逃げるってお前、外は森だぞ。それにおい、どうすんだよ、頭領が動けねえよ」

　青ざめた顔に脂汗を浮かべ、照三がエンジン室の中をふりかえる。のぞきこむと、かたむいた機械の下に刈りそろえたごま塩頭が横たわっていた。

「じいさん、お頭なんじゃろ、みんなを……」

　火穂をせおったまま扉をくぐり、まっ先に駆けよった紅緒が、ひっと息を呑(の)んだ。照三があわてて、炸六のもとへもどる。

「頭領、なんだよこれ、どうしたらいいんだよう」

　照三はいまにも泣きだしそうな声をしぼり出す。床にひっくりかえった炸六は、機械に脚をはさまれていた。照三がはだかになっているのは、肌着で炸六の脚のつけ根をしばって止血しようとしているためだった。炸六の刈りそろえたひげは汗とよだれでぐずりと乱れ、顔が青黒く変色している。金属の重みが、老人の脚をつぶしてしまっている。

　灯子たちの顔が視界に入ると、炸六は血走った目を見開き、照三をにらみあげた。うめきながら腕をのばし、照三の耳をひっつかまえる。

「ばか野郎、めそめそしてるんじゃねえ！　ガキども連れて外へ逃げろ。炎魔の一匹や二匹、お前とっちめられねえのか。火狩りの旦那(だんな)を探してこい。もたもたしてると、火がはぜるぞ！」

すさまじい形相で、炸六は若い乗員をどなりつけた。灯子は目のはしに、ほかにもたおれている乗員がいるのをとらえた。かなたといっしょに駆けよる。落ちてきた配管に背中をつぶされて、目を開けたまま絶命しているのは、いつも食事を運んでくれた、ほたるにこっそりかんざしをくれた乗員だった。

「頭領置いて、行けるかよう」

「黙れ、洟(はな)ったれ！　行け！　ガキども守らんでどうする！」

つばを飛ばしながらどなると同時に、炸六は首からはずしたなにかを照三の鼻面へつき出した。ひいぃ、と引きつけるように息を吸いこむと、照三はそばに落ちていたひざ丈ほどもある工具をにぎりしめ、立ちあがって炸六に背をむけた。絶命しているもう一人の乗員のもとへ駆けより、かがみこんで顔に手をあててから、紅緒の肩をつかみ、大声で灯子を呼ぶ。

「チビすけ、早く来い！」

ちくしょう、ちくしょうとくりかえしながら、照三は走った。出口の扉の、車輪状の把手(とって)を歯を食いしばってまわす。この扉もゆがんだのか、把手はなかなかまわらない。火穂をすばやく壁際に座らせると、紅緒がいっしょになって把手にしがみついた。二人が顔をまっ赤にして力をこめ、がこんと骨がはずれるように、扉がすきまを開けた。

「これが限界だ、出ろ」

照三がいちばんにすきまをくぐり、紅緒が、かかえあげた火穂を外にいる照三へたくす。先に行け、と背中を押され、灯子はよろめきながら扉をくぐった。かなたがするりと身をすべらせ、紅緒も外へ出た。

「──竜神さま」

土の上に座りこんだ火穂が、上方をあおいでつぶやいた。

まっ白なうろこ。ほたるのまとっていた振袖よりもずっと白いその生き物は、回収車の黒い巨体にとりつき、機械にぶつかってうろこがはじけ飛ぶのもかまわず、頭と尾を打ちつけまわっていた。顔の両側をふちどる蝶の尾に似たひげは、ずたずたにちぎれている。自分の体を傷つけながら、生き物は車をなぶりつづけている。

この状況をまったく無視して、飛び散った竜のうろこが、きらきらと細かに光りながら降りそそぐ。

「竜神さま……あたしの、村の、守り神さまが……」

「守り神さま……？　あれが？」

姫神の分身ではない。あんな異形の守り神など、聞いたことがない。

紅緒は、火穂をまたせおおうとするのだが、手ががたがたふるえてうまくいかない。ちくしょう、とまた言いながら、照三が火穂を肩に担ぎあげた。

「逃げろ。火狩りもなにも、一号車の連中、もうたすからねえ」

混乱していた。まだたすかる者がいるかもしれない。気のふれた竜が、回収車をめちゃくちゃに攻撃している。それが、守り神の竜神だという。なぜ？　あれが守り神なら、火穂の村はどうなってしまったのだろう。

「え、煙二さんたちが、死んじゃうっ」

走りだそうとする照三の腰に、灯子はすがりついた。しかし、照三は決して止まろうとしない。

「うるせえ、おれは頭領から、お前らを守れって言われたんだ！」

そのとき、大きな気配にとらえられたのを、全員の背中が感じとった。ふりむく。竜の目——澄んだ赤い目が、こちらを見ていた。

「逃げろおっ！」

照三が駆けだす。かなたが灯子のひざを鼻先で押した。足がもつれる。それでも、前に行く。体が走る。

ぎゃ、とひしゃげた声が、すぐうしろからした。鳥のそれに似た竜の前脚が、紅緒を踏みつけていた。最初の揺れで壊れた、竹細工のようだった。紅緒の体は一瞬でひしゃげ、見開いたままの目は動かなくなった。口と鼻から、ずるうと血が線をえがく。

「……この野郎ォォ！」

なかば灯子に投げわたすように火穂をおろし、照三は丈の長い工具をふりかぶって、竜になぐりかかっていった。火穂を支えきれずにしりもちをついた灯子は、目の前でなにが起こっているのか、理解しようとするが追いつかない。

紅緒が、つぶれてしまった。竜の白い鼻面は、回収車に体当たりをくりかえしたために、皮がめくれて身が透けている。それでもその巨体は動きつづけている。照三が鉄の工具で竜の顔をなぐりつける。頭だけで照三の身の丈を越えてしまっている化け物を、ところかまわず滅多打ちにしようとしている。

かなたが低く身がまえ、牙をむき出してうなった。

「チビすけお前、武器持ってるんだろ！　貸せ！」

照三がふりむいてさけんだ、その一瞬だった。竜が大きく、首をもたげた。体重をかけられ、紅緒がますますひしゃげる。

こんなときに、灯子はまぼろしを見ていた。黒い森。あのときも自分はこんなふうに、無様にしりもちをついていた。黄金の鎌が一閃して、闇を切り裂いた。三日月の形をした、収穫の鎌が。

いつ自分の手が風呂敷をほどいたか、灯子は知らなかった。無垢紙をとりはらう。にぎりに巻きつけられた粗布には、手垢と血が染みついている。灯子をたすけて死んだその人の血が。

竜はいまにも、口を開いて照三に真上から食らいつこうとしていた。あるいは見境なしに、鼻面をたたきつけるつもりだったのかもしれない。

けれど、その前に――前脚のつけ根のあいだ、胸のあたりを、金の鎌の切っ先がつらぬいていた。鎌の柄を伝って、灯子の手が心臓の動きをとらえる。そこにあったのは、動きやまない激流だ。刈りとる、収穫する。なぜかは知らないが正気をなくした竜神の、

車を壊し紅緒をつぶしたけだものの息の根を。

灯子の力でも、鎌はやすやすと弧をえがいて竜の胸を切り裂いた。声はあげなかった。血のしぶきは、空気にふれると同時に乾いてすすけ、塵（ちり）になって消えた。竜はぐらりとかたむき、二号車の上にもたれかかってたおれ、動かなくなった。白いうろこがみるみるしおれ、茶褐色に色あせてゆく。絶命すると同時に、竜の体は朽ちはてていった。

ぺたんと腰をぬかした照三が、上をあおいで意味のないさけび声をあげるのを、火の鎌をにぎったまま、灯子は聞いていた。黒い森に響きわたる慟哭（どうこく）は、獣の遠吠（とおぼ）えのようであり、赤ん坊のわめき声のようでもあった。

第二部
けもの道

一　船祭り

春になると、首都からは年に一度の大型船が、遠い南方の島へ旅立つ。

船出の前後は、首都が華やぐ祭りの時期だ。遠くまで海をわたる船の無事を祈り、日が長くなってゆくことを祝って、とりどりの色の吹き流しが、軒先や屋根の上に竿を立てて飾られる。

風が吹くたび、薄桃色や朱や白、黄色の細布が、空気の形を複雑になぞる。商店や薬屋の店先、水路わきに祀られている守り神の石塔の前には、色づけされた菓子が絶やさず置かれ、子どもたちは好きにそれを食べていい習わしになっている。

海へ出てゆく船は、森をぬけて村々をめぐる回収車と同じ、古い技術の不恰好なつぎあわせだ。往復の海路を行くための多大な燃料を船に積みこまなければならないため、一週間つづく祭りの期間中、工場は休業となる。年中稼働しどおしの工場がみな静まり、いつもはカラスばかりのめだつ色彩に欠けた町も、この時期だけは空気が海へ解放され、人々もなごやかに路地を行き交う。

おだやかな湾には、裕福な者たちが趣向をこらして飾りたてた船が浮かび、どの船がいちばんみごとかを批評しあうのが、ながめる者たちの恒例の楽しみだった。

　南方の島への毎年の出航は、陸路で村々から産物を回収するのと同じ目的もあったが、それとはべつにもう一つ、重要な目的があるのだと、煌四は学院で教わった。

「今年も船祭りでは、篝さまのお船がいちばんきれい。まっ白な帆に金の刺繡で太陽がえがかれていて、てっぺんには赤と黄の織りまざった旗がかかげてあるの。あのお船は、ほんとうに飛ぶように走るのよ。緋名子ちゃんも、体調がよくなったら、いっしょに見に行きましょう」

　祭りでもらってきた飴菓子を、ぱらぱらと緋名子の枕もとにちりばめて、小さな顔のまわりをにぎやかせながら、綺羅が言った。髪から、かすかに潮のかおりをさせている。

「綺羅お姉ちゃんのおうちのは？　お船を浮かべないの？」

　たずねる緋名子は、またふせっていた。食べるものの栄養もよくなり、薬も飲んで、以前より格段に具合はよくなっている。が、ときおり訪れる油百七の商売仲間などへ煌四とともに紹介される機会があり、知らない大人に決まっておびえる緋名子は、その緊張から熱を出したのだ。自分のせいではないのに、綺羅はそのことをひどく気に病み、なんとか緋名子を元気づけようと、煌四以上にあれこれと気づかってくれていた。

「浮かべるよ。だけどね、ここだけの話、お父さまはそういう演出は不得手で――とにかく、派手できらきらさせておけばいいとお思いなのね。帆はまっ赤と黄の縞模様で、旗は吹き流しみたいにびらびらと長いの。わたし、見るたびに恥ずかしくって……あ、この話、お父さまにはないしょよ。気になさるから。煌四も、言ってはいやよ」

「言わないよ」

緋名子の寝台のそばの椅子にかけた煌四は、読んでいた本から目をあげずにそうこたえた。

「お兄ちゃんも、綺羅お姉ちゃんと行ってくればよかったのに。そしたら、もっとたくさんお菓子がもらえたよ」

枕の上から、緋名子がそっと笑う。

「お前はお菓子より、ちゃんと栄養のあるものを食べなきゃだめだ」

午前中の家庭教師の授業が今日は早めに切りあげられ、綺羅は数人の使用人といっしょに船祭りを見に町へ出ていた。そのあいだ、煌四はずっとこの部屋で本を読んでいた。燠火家へやってきてから、もう半月近くがたとうとしている。それなのに、緋名子は綺羅と焚三医師のほかには気を許さず、用があっても使用人たちに話しかけることができないでいた。煌四か綺羅がそばにいてやらなければ、のどがかわいても水をもらうこともできないのだ。

それに、煌四は正直なところ、船祭りどころではなかった。綺羅を教えている家庭教師の授業は、はじめ、とても煌四についてゆける内容ではなかった。過去の世界の地理的ひろさ、その歴史の長大さ。いまの世界を生きるのに必要と思われる限りの地理、法と哲学、語学、数学、経済学……学院では耳にしたことすらなかった言葉が、ことがらが、つぎつぎと教えられ、となりで授業をうける綺羅は、まっすぐに背を伸ばしてすんなりとそれらを吸収してゆく。

煌四は、あたえられた部屋にある本を片っぱしから読みあさり、なんとか綺羅に追いつこうとした。いまはとにかく、得られる限りの知識を頭に入れなければならない――ほとんど貪(むさぼ)るように、勉強した。

午後からは油百七とともに書斎に入り、当主の鍵で地下室にこもる。夕飯の時間まで、油百七に仕事が入らなければほぼ毎日。はじめ、父親の書斎でなにをしているのかと綺羅がいぶかしんだのだが、煌四が勉強についていけないので本を読ませてもらっているのだとうそをつくと、綺羅はすこしだけしょげたようすを見せ、ぶしつけな質問をしたことを詫(わ)びて、二度と疑問を口にしなくなった。

煌四が不思議に思ったのは、綺羅が油百七には最初からなにもたずねなかったことだ。煌四に一度問うたきりで、自分の父親にはなにも訊(き)こうとしない。綺羅はじき老年にさしかかろうという父親からたっぷりとかわいがられているように見えたが、はたから見ても明らかに父親にひどく遠慮し、注意をはらって接している。

「お砂糖は、頭も心も元気にするのよ」

綺羅はそう言って、飴のつつみを一つとき、琥珀色(こはくいろ)をしたそれを、緋名子の口へころんと入れてやった。甘い、と緋名子が笑う。

疲れて寝こむことはあっても、緋名子の体は確実に、快方にむかっている。

書斎で、これから処理する書類をひろげながら、油百七がぶ厚くたるんだ口の片はしをあげた。

「進み具合はどうかね。たりないものがあれば、いつでも言ってくれ」

「はい、それじゃあ……すみません、いくつかほしいものがあるので、いま紙に書いてもいいですか？」

もちろん、とうなずきながら、油百七は煌四に、書き物机の上の紙とペンを持たせる。持ち慣れない上質なペンで文字を書きつけながら、煌四はかさねてたずねた。

「あの、明日は、午後からもう一度、中央書庫に行ってみてかまいませんか。学院で学んだつもりでしたが、雷火について、知らないことがたくさんありました」

古い本のにおいが立ちこめる燠火家の書斎で、煌四は背中越しにそう言った。中央書庫へは、登録証をもらってすぐに、足を運んでみた。が、とても一度では知識を集めきれない。鍵束を手にした油百七が、フン、と軽い鼻息をつく。

「おお、かまわないよ。このことにかんしては、もちろん家庭教師にもたずねるべきではないからな」

煌四は、自分と綺羅に学問を教える年老いた教師の顔を脳裏に浮かべた。痩せて白髪は頭皮が見えるほどに薄くなり、無精ひげを生やした、それでも身なりは上品な老人だ。

耿八という名の家庭教師はおどろくべき博学で、たずねれば知りたかった以上のこたえと新たな展望をあたえてくれる。あの教師に訊けば、得たい知識やその手がかりはすぐ授かることができそうだったが、屋敷の地下で煌四が武器となる雷瓶を作ろうとしていることは、年老いた教師にももちろん、内密にしなければならない。

「これを、用意してもらえますか。水晶板なんかはかなり高価だと思うんですが……」

煌四がわたした紙に書かれた品物の羅列に目を通しながら、油百七が眉をくねらせた。

「水晶板に追加の炎魔の火、行李大の鉄箱か……」

「はい。鉄箱は、なるべく頑丈なものをお願いします。雷火を卵型の瓶に圧縮して密閉すれば、小さな衝撃で炸裂すると思っていました。たしかに炸裂はするんですが、それだと閃光弾にしかならない。武器にするには、もっと熱と爆圧が必要になる。威力の大きいものを、鉄箱に入れて試してみようかと。……あ」

煌四があわてて口を閉ざしたのは、鍵束をにぎったまま、油百七が目をすがめてこちらをじっと見ていたためだ。

「屋敷に危険がないようには、気をつけます」

そう言うと、油百七が腹をふるわせ、大口を開けて笑った。

「たのむよ。きみに作ってもらいたいのは、たしかに武器なのだ。それでいい。ここに書かれたものは明日中にはそろえよう。このまま進めてくれたまえ」

「それから」

書斎の奥の扉の鍵を開けようとする油百七の背中へ、煌四はさらに声をかけた。

「〈蜘蛛〉が攻めてくるとして、どういう方法で来るでしょう。もし、ふつうの人間と同じ服装をして町にまぎれこまれたら、あまり威力の大きな雷瓶は使い物になりません。町の人もいっしょに巻きこんでしまう。ほかに考えられる方法は……」

「わたしが〈蜘蛛〉なら」

扉を開けて照明のつまみをまわすと、石造りの階段に明かりが整列する。油百七の大きな背中越しに、深く声が響いた。

「町にまぎれこむようなことはしない。まっすぐに神宮をねらうだろう。そもそも〈蜘蛛〉が神籍をはずされ、首都をはなれたのは、この国を統治する神族、その宗家と反目したためだ。先に町を襲撃しては、そのあいだに、神族に戦う態勢を整える時間をあたえるにひとしい。わたしなら、まずは神族の宮をたたくよ」

油百七が、さらに地下室の鍵を開ける。煌四はうしろから階段をおりながら、あごに手をあてた。

「それじゃあ……もう一つ、用意してもらいたいものがあります。工場地帯と神宮周辺の見取り図です。できるだけ正確なものを。それによって、作るべき雷瓶の方向性も変わります」

隠しきれず笑う気配が、うしろからでもわかった。おかしそうに、満足気に。

「なかなかむずかしい注文をもらったな。神宮のまわりは、しのびが警護の目を光らせているのでね。くわしい見取り図というものは、いままで存在したことがないのではないか……だがたしかに、〈蜘蛛〉が予想どおり神宮をねらうとすれば、われわれがそれを手に入れておくのは得策だろう。なんとか用意しよう。では、のちほど」

煌四が散らかしたままの地下室へ入ると、背後で扉が閉まった。長衣(ながぎぬ)をはおった油百七の気配が、即座に地上へ遠ざかる。

およそ片づけというものが得意でない煌四が、人目をはばからずに作業に没頭するせいで、地下室に秩序らしきものはほぼ残っていない。道具や紙、読みかけの本が散乱し放題になっていた。煌四でなければ、どこになにがあるのか、すぐ見つけることはできないだろう。直さなくてはと思いながら、そのままになっている悪いくせだ。

息をつき、作業にとりかかる。

作業用の前掛けをつけ、テーブルの下から瓶の入った木箱を引きずり出した。小型のものから煌四の腕より長いものまで、瓶はさまざまな大きさがとりそろえてあったが、いまは小さなものからはじめていた。

黒く塗られた密閉瓶の中に、少量の雷火を入れてある。ぶ厚い卵型の瓶を五徳の上に立たせ、そこへ慎重に雷火をそそいでゆく。黒い容(い)れ物から、漏斗を伝って、輝かしい火がとぷとぷと流れる。

雷火――火であり光であるそれは、液体だった。

森の炎魔から採れる火も、金色をした液体なのだと、昔父親から教わった。炎魔の血液は黒いのに、その獣から採れる火は、金色に輝いているのだと。

卵型の瓶に、煌四はなにも書いていない紙をちぎって入れる。瓶の中でちぎれた紙はくらくらと泳ぎ、そのあと溶けてなくなった。

——あれはなんだろうなあ。不思議だぞ、狩人(かりゅうど)のすがたが見えるなり、あいつらはしゃにむに襲いかかってくるんだ。それはもう、猛(たけ)り狂って。だがな、この鎌で命を絶つと、そのとたんに、すっと死ぬ。痙攣(けいれん)することもない、うめくこともない。おとなしく命を絶やして、そうしてこの、金色の火をこちらへ引きわたしてくれる。

遮断しようとするのに、脳裏に、火狩りであった父親の言葉と声がよみがえる。むき出しの照明がとりつけられた、薄暗さのこびりつく地下室で。煌四の目の前でもいま、金色の火が輝いている。

——ときどき思うんだが、炎魔というのは、賜り物かもしれんなあ。地上がどれほどすさんでも、人を生き永らえさせようとする、古い世界のだれかからの……

母が死ぬまで一家が暮らしていた、せまい家で。つぎの狩りまでの休養期間中、わずかに酒の入った父親は、犬の背をなでながら煌四と緋名子に語り、そしてそこで、ふいに言葉をとだえさせたのだった。

——いや。これ以上は言うまい。言っては、モリカミさまに祟(たた)られる。

父親や火狩りたちの言う「モリカミ」が、神族の最高位にある姫神を意味する守り神(もりがみ)のことでないのは、うすうすわかっていた。火狩りたちのあいだでは、モリカミは〝森神〟、黒い森そのもののこととして話されているらしい。世界を埋めつくし、人の住める土地をなくしてしまった不吉な森が、なぜ神などであるのか。……それに、神族の耳にそんな不遜な隠語が入ることをおそれるならまだしも、遠くでその秘密を口にしただけで森に祟られるなどと、大の大人が本気にしているのを、煌四は腹の底から軽蔑していた。

　雷火は、飛翔する炎魔、落獣からしか採れない。煌四はそれがどんなすがたか見たことがないし、どうやって狩るのかも知らない。が、落獣と呼ばれる獣から採れた火は、澄んでいて美しかった。とろりとした液体の中から、ときおり、ごくかすかな光芒が生まれる。それは空気の中で屈折して、一瞬のうちにあらゆる色彩をふくめてみせた。

　雷火を入れる瓶のガラスは厚い。頑丈で、床へ落としてもまず割れることはない。これも、黒い森の中、結界に閉ざされた村で作られたものだ。首都から出る回収車が、各地に散らばる村の一つから買いとってきた産物。

　作業台の上にも書き物机の上にも、煌四のかいた設計図が散らばっている。壁の一か所には、黒い影が焦げついていた。煌四が、地下室に用意されていた大小さまざまな瓶の中から、いちばん小さな瓶に雷火をつめて投げつけてみたあとだ。衝撃によって、雷火がどのように反応するのかたしかめるために。

　なかば予想していたとおり——すさまじい閃光をはなちはしたが、音も爆風も生まず、ただ石の壁にくっきりと放射状の影を焼きつけただけだった。

煌四は眉間にしわを刻み、作業台の上の金色の火にむきあう。

なぜ、人を発火させない火を、人を襲う炎魔が身の内にかかえているのだろう。

(武器になるものを作るとすれば……雷火を信管に閉じこめて、撃針があたる仕組みに……でも、どれくらいの衝撃が必要になる？　空気にふれるだけじゃだめなんだ。なにかと反応させないと爆発は起きない……)

昔の武器は、火薬という化合物を天然の火で燃やして爆発を起こさせていたらしい。が、いまの時代に火薬はない。煌四は資料をあたり、油百七に集められるものを集めてもらい、火薬に似せた化合物を作ってみた。そして、雷火をそこへこぼしてみたのだが――だめだった。結果は、さっきの紙きれと同じ。

金属片も試した。炎魔の火も混ぜてみた。しかし、雷火はなにを入れてもゆっくりとそれを泳がせたあと、溶かして消してしまうだけだ。溶かさないものといえばガラス瓶くらいで、大量の雷火が入った背の高い缶の内側にも、ガラスの膜がしこまれていた。……いや、大きなガラス瓶の上から、保護のために金属製の缶をかぶせているというほうが正しい。

これなら、武器として使う手立てとしては、炸裂させるよりも、相手に浴びせかけるほうがよほど効果はありそうだ。実際、煌四は油百七にそう報告してあった。もうしばらくなんとか試してくれ、というのが、燠火家当主からの返事だった。

かつて火を、天然のそれを手に入れた人間は、それまで住んでいた土地から、世界全土へひろがっていったのだと、家庭教師に教わった。寒冷地にも、食べるもののとぼしい土地にも、火があれば適応することができた。そして人は、この星の全土を征服していったのだという。

この星には数々の土地があり、多くの国が栄えていた。黒い森に呑みこまれたいま、ほかの国がどうなっているのか知るすべはない。同じように黒い森におおわれているのか、いまも人が暮らしているのか。

年に一度の船の出航には、それを調査する目的もあった。調査といっても、出むく先は決まって、同じ言葉を話す人々の住む小さな島だけだ。その島に海を伝ってなにか情報がたどり着いていないかと、首都からは毎年こりずに船が出る。成果はない。海をわたるのについやした燃料とつりあうはずもない島の産物を積んで、船はもどってくる。それでも、また船は島をめざし、船祭りで首都を華やがせる。

つまりは、いまの人間に行ってもどってこられるもっとも〝遠く〟が、その島なのだ。昔はこの星の全土を征服していたという人間の、手を伸ばせる限界が、いまはそこでおわっている。

星。天体。最後の戦争ののち、それまで積みあげてきた知識のほとんどが黒い森に呑みこまれても、人々が死守してきた、まるい星の図がある。学院にも、油百七の書斎にも、その図はかかげられていた。いま煌四たちが暮らすこの地面は、天体の上にあるのだという。その星は、青い。月まで行ってふりかえると、そんなふうに見えたのだという。まるでおとぎ話だ。

　そんなとほうもないことができるほどの力を、古代の火は、人間たちにあたえたのだ。

（かつての炎は、空気中の酸素を燃焼させていた。それが古代の、天然の火だ。でも、いまの時代の火は……そもそも、武器にするのにむいているんだろうか）

　炎魔の体内に秘められた火の正体は、いまだに解明されていない。ましてや、手に入れること自体がかなり困難な落獣の火、雷火についてはなおさらだ。雷火はものを溶かし、あつかいを誤れば炸裂を起こすため、危険物とされている。しかし、はたしてかつての天然の火のように、武器として使えるのか。天然の火とちがい、人体発火を引き起こさなくなったいまの時代の火は……

　紙を消失させてしまった雷火を、煌四はさらに小型のべつの瓶へ移そうとかたむけて、自分の考えに手もとを狂わせ、わずかにこぼしてしまった。作業台の上へこぼれた雷火は、ひろがってしまうことなく、黄金の液の玉をふるわせている。なんとはなしに、もう一度、ごくわずかにこぼしてみた。はなれた場所に、もう一つ。こちらも同じ形を作る。……そしてその瞬間、二つの金色の玉は、はぐれた者どうしがすばやく手を結ぶかのように、するすると作業台の上をすべり、たがいに引きよせあって、一つに結びついた。まるで生き物だ。煌四はしばらくわれを忘れて、結びつきあった雷火のしずくを見つめつづけた。ちりちりと、見つめるあいだに作業台の木材が溶けはじめる。

　はじめて目にする反応だった。

（なんだ？　雷火は瓶からこぼすと炸裂することがあるとは習ったけど……こんな動きもするのか？）

煌四は眼鏡をかけなおし、こぼれて結びついた雷火をガラス皿にすくいとり、もとの黒い密閉瓶にもどそうと手をかたむけた。

その動作に、ふと違和感をおぼえた。はなればなれにこぼしても、するりと移動して結びついたさっきの火のしずく。……煌四はいったん手を止め、雷火をすくいとったガラス皿を作業台の上に置くと、密閉瓶を中身がこぼれないぎりぎりの角度にかたむけて、高く持ちあげてみた。

瞬間、目がくらむほどの閃光が生じた。防護用の眼鏡をかけていなかったので、危うく光に目をつらぬかれるところだった。じわりと、革の手袋をはめた手に、熱さがしみこむ。地下室を白熱させた閃光は消え去り、作業台を照らす通常の照明だけがともる下で、手袋に砕けたガラス皿の破片がいくつもこびりついて刺さり、はじけ飛んだ雷火がにじんでいるのだと、やっと理解が追いついた。あわてて密閉瓶を台の上に置き、手袋をはずす。手は溶けてはいないが、刺さったガラス片が細かな傷を作っていた。

なにが起きたのかわからず、息をつめてふるえをこらえる。手に痛みは感じなかった。

密閉瓶から、雷火はこぼれていなかったはずだ。いま、まるで雷火が自ら空中へ走り出たかのように見えた――

自分は、なににむかいあっているのだろう。その疑問が全身を支配していた。

傷に血がにじむのをふきとることも忘れて、あわただしくメモをとる。父親がいれば……一瞬浮かんだ考えが煌四をいらだたせ、書く文字がひどくとがった。父親がいれば、いま起こったのがどういう現象なのか、説明してくれただろう。母を、緋名子を、家族を捨てて、いまごろどこでなにをしているのだろうか。

（……そんなやつに、なにも教わることなんてあるもんか）

煌四は書きとめた紙を折ってズボンのポケットにつっこみ、手ににじむ血をぞんざいに前掛けでふいて、息を整え、もう一度作業台にむかった。しだいに目盛りが沈んでゆく壁の時刻計によれば、夕飯まではまだまだ時間が残っていた。

つぎの日、煌四はさっそく、中央書庫へ足をむけることにした。ポケットには、燠火家へ来てすぐに油百七からわたされていた登録証が入っている。中央書庫の閲覧権をしめす、小さなあかがね色の金属板だ。これを持って、煌四はすでに一度、中央書庫を訪れていた。雷瓶についての資料を探しに行ったのだ。蔵書の厖大さに圧倒されながら、まずは雷瓶の構造と仕組みを頭にたたきこんできた。

綺羅と三人、緋名子の部屋で昼食をとったあと、出かけようとする油百七と廊下で出会った。

「ちょうど今日は、船祭りのしまいの日だ。ふるまいの準備を、わたしがとりしきりに行かなくてはならなくてね」

船祭りの最後の日、港に帆船をずらりと停泊させて、そこに明かりをともし、夜店を出すのだ。無料の炊き出しもふるまわれ、ここ何年も、その役目は燠火家が主導でになっているという話だった。

「行ってきます」

使用人たちに荷物を確認させている油百七に頭をさげ、先に玄関へむかおうとすると、ちょうど廊下を階段側へむかう火華とすれちがった。つややかな黒髪をきれいに結いあげ、藍（あい）にも漆黒にも色の移ろって見える丈の長い外出着をまとっている。どこかからもどったところらしく、つきそいを務めていた使用人二人となにやら言葉を交わしたあと、一人階段へ足をむけた。その手に、光沢のある布のつつみをかかえている。

煌四のすがたに気がつくと、火華は足を止め、ほんのりと笑みを浮かべた。

「あら、今日はお出かけなの？」

しとやかな笑顔。だが、油百七の妻、綺羅の母親であるその人のまとうにおいに、煌四は思わず息をつめた。工場の排煙とはちがう、青臭い煙のにおい。

暗い色の外出着には、対照的にまっ白な襟がついている。装具かなにかのようにきっぱりと糊（のり）のきいた襟が、火華の細長い首をおおっている。

「緋名子ちゃんに、服を見繕ってきたの。このところ、また元気がないようだから。おめかしをすれば、いくらかは気分もよくなるでしょう？　――煌四さん、緋名子ちゃんがかわいい恰好（かっこう）をしているときは、恥ずかしがらないでめいっぱいほめてあげてね。内心、とてもよろこんでいるみたいよ」

　火華のしっとりとした声とは裏腹に、煌四は自分のこめかみが引きつるのを感じた。火華が引きずっているこのにおい……麻芙蓉のにおいだ、と思った。以前、近所でそれを持っていた者が警吏に連行されるというさわぎになったとき、かすかに嗅いだことがある。

　それは、貧民区でこっそり栽培されている草で、蒸した湯気を吸いこむと陶酔し、幻覚を見る効果があるという。工場勤めで神経をやられた者も、酒や医者よりもうんと安くあがる麻芙蓉を、貧民区で手に入れて日々をしのぐことがあると聞く。取り締りの対象となっている、違法なものだ。そんなもののにおいが、なぜこの人から……

「は、はい。ありがとうございます。――失礼します」

　できるだけ息を浅くして、いやなにおいからはなれようとする煌四の背中へ、火華があでやかな声をかけた。

「緋名子ちゃんはまだお部屋ね？　お父さまが会食だなんだと引っぱりまわすから、かわいそうに。今年の船祭りを見逃してしまったわね。今日がお祭りの最後よ、せめて煌四さんは楽しんでいらっしゃいね」

　べつに祭りを見に行くつもりはなかったのだが、とにかく頭をさげ、玄関へむかった。

……かんちがいかもしれない。香油や香水の種類など煌四はまるで知らないのだから、あれは麻芙蓉のそれとよく似た、ただの装飾のかおりだったのかもしれない――

外はよく晴れている。一週間、工場が停止していたためか、空気のよどみも風に吹きはらわれて、空がいやに青く見えた。

　高い塀と閉ざされた門、常火のともる富裕層の地区をぬけて、煌四はまっすぐ中央書庫へむかった。

（……そもそもなんで、炎魔や落獣が体内に火をかかえてるんだ？　昔の生き物もそうだったのか？　人が、天然の火を使えていたころも……）

　歩きながら、もっとも深く胸に食いこんでいる疑問を呼び起こす。そのこたえが、はたして中央書庫におさめられた厖大な書物の中にあるだろうか。見つけることができるだろうか。

　富裕層の暮らす地区と水路をはさんで、煌四や緋名子が暮らしていた地区とのあいだに、その建物はある。やはり水路をへだてて、むこうには煌四の通っていた学院が建っている。高く尖塔をいただいた学院とちがい、書庫は四角く、外壁をくすんだ茶色のタイルでおおわれ、齢をかさねた亀を連想させる。書庫に隣接する別棟は活版所で、そこで書物が作られているのだが、ここも祭りの期間は休業していた。

　船祭りのあいだも中央書庫だけは開館しているのは、ここを利用する登録者が、そもそも富裕層にしかいないためだ。学院の教師たちはこの期間を使って書物を読みあさるし、読書が娯楽である者も富裕層には多く、祭りの期間もここは閲覧権を持つかぎられた者たちにだけ扉を開いている。

入り口のわきに小窓があり、その中に老婆が腰かけている。煌四が登録証を見せると、老婆は黄ばみがかった目で煌四をながめまわした。はじめて来たときにも同じあつかいをうけた。やがてしおれるようにして老婆がうなずき、あらためた登録証がかえされた。

乾燥して色あせた、ぶ厚い扉をくぐる。入るのは二度目だというのに、煌四はその空気にまたしても圧倒された。見わたす限りの本棚。びっしりとならんだ本が、一寸の乱れもなく背表紙をこちらにむけている。むせかえるほどの本のにおいに、煌四は火華がまとっていたいやなにおいのことを忘れた。

扉を入った内側に二人の警備員が身じろぎもせず立っていて、まぶかにかぶった帽子の陰から鋭い視線が、一瞬投げかけられる。

ポケットから昨晩メモを書いた紙をとり出し、調べるべき項目と、それが載っていると思われる本を探して歩く。いったいどれだけの本がおさまっているのだろう。こんなにたくさんの本を、煌四はよそで見たことがない。中央の天井に明かりとりの窓がもうけられていて、進むほどに明るくなる。宙を漂う埃がきらめいて見える。

中央は吹きぬけになっており、三つの階層にわかれた書庫を、階段を使って移動することができるようになっていた。

書庫の中にほとんど人はいなかったが、それでも幾人かの上質な衣服をまとった人たちが、くつろいだようすで、あるいは外界を忘れて一心に、本を読んでいた。顔を知っている学院の教師も何人かいたが、本に夢中のむこうは煌四には気がつかない。中には、あまり年の変わらない少年もいた。綺羅のように、裕福な家の子どもなのだろう。

　壁際の本棚の奥に設置された机に、煌四はめぼしをつけた本を積みあげて読みはじめた。きのう地下室でおったけがは、幸いどれも深くはなく、簡単な手当てだけですんだ。が、両手に包帯を巻いた煌四を緋名子は泣きだしそうになりながら心配し、なだめてごまかすのに苦労した。

　持ってきていた帳面に、必要な箇所を書き写してゆく。工場で使われている雷瓶について。昔の戦争について。古代の火の燃焼や、その反応について。火を利用した武器について……積みあげた本をぱらぱらとめくるうち、ふいに、胸の底からつめたい焦りがせりあがってきた。立ちあがり、本棚へむかう。

（……ちがう、これじゃない。調べなきゃならないのは、きのうの雷火が見せた、あのおかしな反応についてだ）

　歩きながら、頭をかきむしった。なにをしているのだろう。もどかしさを引きずりながら、本棚のあいだをうろつく。

（なんなんだ……ぼくがしっかりしないと。緋名子だって、あんなにがんばってるのに）

　母親が死んだとたん、住む場所を移し、知らない大人たちにかこまれて暮らす……それだけでも、緋名子にとっては相当こたえているはずだ。それでも病弱な妹は、きちんと食べ、薬を飲み、確実によくなっていっている。以前は、悪寒と頭痛をつねにかかえ、季節や天候にまで左右されて、嘔吐（おうと）をくりかえしていたというのに。

煌四には安心して暮らせる場所と、博識の家庭教師がつけられ、好きなだけ雷火をあつかっていい環境があたえられている。さらに、中央書庫の閲覧権までも。――これで、なにもできなかったとしたら、ほんとうにただのまぬけだ。立ちあがって、本棚のあいだを落ちつきなく歩きまわった。視線を、ぎっしりとならぶ背表紙の文字列にめまぐるしく走らせつづける。

「おや？　だれかと思ったら、やっぱり」

いきなり書架のむこうから、ぎょろりと目の大きな顔が現れた。本棚にしか注意をむけていなかった煌四は、息を呑んで指先までかたまった。意外な人物の急な登場に、とっさにふさわしい挨拶を忘れる。

「火十先生……？」

声をかけてきたその人は、学院の教師の一人だった。来年か再来年、煌四が教わることになるはずだった、歴史学の教師だ。

姿勢の悪い教師は、この場所に来ているほかの人々とちがい、学院でのそれと変わらないくたびれた服をまとっている。痩せて目のまわりがいやに落ちくぼみ、そのせいで生徒たちのあいだでは、骸骨とあだ名されていた。

「やあ。うわさには聞いてたが、ほんとうに富裕層の養子になっていたとはね」

ぼそぼそと聞きとりにくい声で、高等科の教師は言う。見た目が陰気で声も聞きとりにくいが、この先生の授業はおもしろいのだと、以前煌四は高等科の生徒から聞いたことがあった。事実、おかしなあだ名をつけられはしても、生徒たちからはかなり慕われている教師らしい。だが、まさか煌四の顔をむこうがおぼえているなどとは、思ってもみなかった。

教師は薄いくちびるのはしを持ちあげて、どこか不気味に笑う。

「学院はやめてしまったと聞いて、残念に思っていたんですよ。来年、きみをうけ持つのを楽しみにしていたんだが。しかし、勉強熱心は変わらないようで、感心です」

「はあ、ええと……」

痩せぎすの教師のしゃべる声は、夜中に床をする足音のようで、しんとした書庫の中でも、ほとんど響かない。それでも煌四は不安になって背後を見まわしたが、こちらに注目している者はだれもいなかった。

「調べ物ですか。なにか手伝えることがあれば？」

軽い調子で、服越しに骨の見えそうな肩を上下させる。煌四はまだまごついて、まともなうけこたえができずにいた。この教師と口をきくこと自体、いまがはじめてなのだ。

（だけど……）

この場所に不慣れな煌四は、どの資料がどこにあるかさえ手探りの状態だ。そのぶん、よけいな時間がかかる。燠火家で内密に練られている計画のことは隠しながら、この教師から案内を引き出すことができれば――

しかし、口から出たのはあまりにも率直な返答だった。

「――火について、調べているんです」

言葉にしたとたん、ぞくりと背すじがあわ立った。口外してはならない、燠火家当主から釘を刺されていることを、自分はいともあっさりと打ち明けかけているのではないか。が、煌四の動揺になど頓着せず、歴史学の教師は、ああ、と平坦な相槌を打った。まるでその疑問にはすっかり慣れているとでもいったようすだ。

「ああ、火ねぇ……うん、火にかんする資料や研究書は大量にあるからなあ」

そう言って、ぎょろりとした目のめだつ痩せこけた頭をななめにのけぞらせる。

「そうだ、煌四くん。第三階層に行ってみたら。きみのことだから、どうせふつうの資料は探してないんでしょ」

「第三階層……ですか？」

まだ煌四は、書庫の一層目しかまわっていない。意味ありげに細められた教師の目が不気味だったが、燠火家の地下室で進めていることまで、気取られることはないだろう。

「うん。見つかるかどうかはわからないけどねぇ。ぼくも見たことのない貴重な資料が、たぶんあるはずですよ」

「……ありがとうございます」

小さな声で礼を言い、煌四は学院の教師からはなれた。火について調べているなどと、なぜ軽率に言ってしまったのだろう。油百七から、口外を禁じられているのに。教えられた手がかりは、いかにもあやふやだ。だが、この世界で、火のことを知ろうと思う者は大勢いる。だからこそ、火十先生の言ったとおり、火にかんする書物は大量にあるのだ。火について知りたがっているからといって、それが武器を作ることにつながると推測されることは、まずないはずだ。

一層目の奥にある階段をのぼり、上の層へ行く。明かりとりの天窓、そのまるい窓をかこんで、なにかの模様を浮き彫りにした石がはめこまれているのが見えた。こぼれこむ明かりに目を細めながら、それがなんの形なのかたしかめようとした。

……星だ。この世界が乗っているという天体の。それに、太陽と月と。ほかにも、全部で十一の天体が、なぜか人の顔と同じ目鼻と口をくっつけられて、光を通す天窓をとりかこんでいる。おだやかな表情をした星たちは円形に配置され、それは昔の時刻計のようで、なぜか煌四の胸を、ずんと重くさせた。

まだ書架を見てもいない二層目を素通りし、煌四の足は、三層目へつながる階段へむかっていた。最上階へのぼる階段は長らく整備されていないのか、踏む場所によってはみしっと大きな音を立て、煌四をあわてさせた。

天窓からそそぐ陽光と暖かさが、第三階層の床に白く積もった埃をにおいたたせる。

ざっと書架を見まわした煌四は、眉をひそめた。

(廃棄された本の置き場所、って感じだな……)

書架にならぶ本が、長らくだれの手にもふれられていないのがわかる。どれも古びて色あせ、装丁もかなり粗末なものばかりだ。中には活版所で製本されたものではなく、紙の束を綴り紐で綴じただけのものまである。

床の埃を不用意に舞いあがらせないよう、足の運びに注意しながら、書庫の三階へ踏み入った。煌四のほかに、この階層にいる者はなかった。学院の教師はいわくありげなことを言ったが、ろくな資料にはたどり着けそうにない……なかばあきらめつつ、書架へ近づいて、不ぞろいな背表紙の群れを見つめた。

「…………」

慎重な足どりでしばらく歩きまわってから、一冊の手綴じの本をぬきとった。無秩序な棚の中からその一冊を選びとったのは、紙の束を綴じている紐が、天窓からの日光を食いつぶすように黒々としていたからだ。粗くよりあわされた紐は……煌四の思いちがいでなければ、炎魔の被毛からできていた。黒く染めた糸ではない。人の毛髪ともそれはちがう。あらゆる明かりを荒々しく吸収する、獣の毛。煌四はその実物を見たことがある。狩りの最中にはぐれ、自力で森から帰ってきたかながくわえていた、ちぎれた炎魔の脚を。それをおおう毛皮を。

灰の色とも泥の色とも形容しがたい表紙の左下には、ナイフかなにかで削ったのか、小さな三日月のしるしがある。先端と先端がつながりそうな、ほぼ円形の三日月だ。

いまにもばらばらにほどけてしまいそうなその本を、おそるおそる開く。盛大に埃が舞いあがり、天窓から降りこむ光に細かな粒をきらきらと浮かびあがらせる。充分な明るさがあるにもかかわらず、ページにぐっと顔を寄せなければならなかった。煌四は、ぼろぼろに黄ばんだ手綴じ本に顔を近づけたまま、眉（まゆ）をゆがめた。

（なんだ、これ？）

――しち人長っもか用界れキ塔るまごわ初別大のひえ雲……中の文章が、支離滅裂だ。意味もつながりも持たない文字が、ただずらずらとならんでいる。煌四は粗い印刷のその本をぱらぱらとめくり、ほかのページも同じありさまであることをたしかめて、また最初のページへもどった。

刷り損じの本だろうか。……そんな本が、なぜわざわざ炎魔の毛でよった紐で綴じられている？

天窓を見あげる。まるく切りぬかれた光。そのまわりに配置された天体の石。円形の……

血管の中を、微細な泡がはぜてゆく。燠火家の応接室に置かれていた昔の時刻計――その針のめぐるむきは、どちらだった？　必死で頭の中に骨董品（こっとうひん）の時刻計の形を、作動の仕方を呼び起こそうとする。

（たしか……）

ページの上すれすれに、指を置いてなぞる。円の形に、文字を指で拾ってゆく。すると、真円からは微妙にはみ出しながらも、文章が浮かびあがってきた。

――北方の山岳地帯にしか棲息（せいそく）しない。

煌四はそろそろとページを繰り、そこにも円形になぞることのできる文章を見つけた。

——落獣はその生態が判然としないこと、にも拘らず強大な火を持つ生物種であることから、ほかの炎魔とは呼び名によって区別される。

深い鼓動がつきあげた。過去の天然の火や、炎魔の火についての資料はたくさんあったが、落獣について書かれた本は第一階層にはなかった。

自分が立ちあおうとしているものの得体の知れなさに、指先がしびれた。しびれた指で、文字をつなげてゆく。

——その火もまた、〝雷火〟と呼ばれ、炎魔の〝火〟とは呼称を異にする。

足先からつむじまでを、速やかにしびれが駆けあがる。煌四はほとんど呼吸を忘れて、つぎのページをめくった。手もとから、ためらいは消えていた。書くものを持ってきていないのがもどかしい。一見して意味のつながらない文字の中から、雷火や落獣にかんする記述をめまぐるしく探す。

——いかなる炎魔も落獣も、火の鎌でしとめないかぎり、体内の火を得ることはできない。

——落獣を狩るのが困難であるのは、火狩りの鎌でしとめることがひじょうに難しいことによる。

——矢であやまって絶命させてしまっては、雷火を収穫できないのだ。

ページの上に、つながる円は一つではなかった。位置をずらし、円を結ぶと、べつの文章が立ち現れる。いくつも、いくつも……それは、煌四が父親からも教わったことのない落獣や炎魔にかんする記述だった。

——炎魔は、かつて起きた天変地異によって生み出されたと言われている。

——地上の荒廃が、生物種への異変をもたらしたのだ。

——炎魔の姿かたちがかつて地上に棲息した哺乳類と酷似するといわれることからもそれがわかる。

——環境の異変と、それへの適応が、既存生物をあのように変化させたのだ。

いまや心臓の鼓動が全身を乗っとり、煌四の神経は、目的の文字列を探し、読むことだけに集中していた。

——ただし落獣にかんしては、その生態はより多くの謎につつまれている。

——かつての地上にこのような生態の生物が存在したという記録はなく、あるいはまったくの突然変異によって生まれた生物であるとも考えられる。

ページをめくると、突然、落獣の図版が現れた。一色刷りの版画だ。山の形や雲の影がかなり単純化されているので、実際に見てかかれたものなのかはわからない。が、そこには空から落ちてくる、犬、あるいは獅子に似た獣のすがたがあった。全身が黒く、太短い四肢を持つ獣。翼もないそれが、空を翔けくだってくる。雨か、あるいは稲妻をしめしているのか、獣の周囲には鋭い直線が幾本もつらなっている。

いったいだれが、こんな形で記述を残したのだろう。なんのために？　こめかみにしびれを感じながら、煌四は夢中で、古い時代の時刻計の針と同じむきに文字を追う。

――炎魔を狩る火の鎌は、その昔、神族の姫神が生み出したと伝えられている。

――このことは、炎魔の火が旧世界の〝残り火〟であるという仮説と、きみょうな符合をみせる。

――人の手から火が失われた闇の中、姫神はその身の内からはじめの鎌を生んだと言われている。

――それは当時あらたに生まれた炎魔の多くが成獣に達した時期と一致すると記録に残っているが、これはまるで、姫神による鎌の生成が人を生かす火の結実をまっていたかのようである。

――火を操る異能にたけた神族宗家の姫神が、火狩りの産土（うぶすな）となった。その名を、常（とこ）花姫（はなひめ）。

（火狩りの産土……）

粗い印刷の文字を追い、煌四は立ったままで表紙をめくる。

――神族とは、太古からこの国を治めてきた一族の呼称であり、火、水、土、木、風、それぞれをあやつる能力を持つ氏族からなる。

――その異能と、二百年をこえる長寿がかれらをひとびとから突出した存在たらしめてきた。

――その中でも、不死となったといわれる手揺姫（たゆらひめ）が、守（も）り神（かみ）としてこの国を支えている。火狩りの鎌を生み出した常花姫の妹だ。

——手揺姫はその命によって氏族たちの異能による治世を支える。

——一方、姉の常花姫は、火狩りの始祖であるとも言われている。

——常花姫は、天然の火を使い、火の鎌を鍛えた。炎魔の火を手に入れる以前のことである。姫神自らが人体発火を起こしながら鎌を生み出し、この世から隠れたが、いまわに残した言葉がある。

——「千年彗星のかかえる火があれば、人はもう黒い森におびえずともすむだろう。その星を狩った者は、こう呼ばれるだろう。〝火狩りの王〟と」……

見たことのない言葉に、煌四はきつくまばたきをくりかえす。千年彗星——黒い森におびやかされずに暮らせる？　そして、火狩りの王。こんなことは、学院でも教わらなかった。父親からも聞かなかった。もしそんなものがほんとうにあるのなら、それを手に入れさえすれば……

つづくページをめくる。もはや指で円を探さなくとも、文字がつぎつぎと、目の奥へ飛びこんでくる。

——千年彗星とは、かつて地上から飛び立っていった人工の星である。

——神族と人とが異能と技術を持ち寄って作りあげた、人のすがたに似せた機械人形。

——戦禍、天災、飢饉によって荒廃しきった世界で、それでも人びとになぐさみを与えるため、その人形すがたの小さな星は浮かべられたという。

——神族と人とが浮かべたその星は、だが最後の戦争ののち、虚空へさまよい出し、行方をくらました。

——二度ともどることがないと言われる人型の星は、その名を〝天の子ども〟、あるいは〈揺る火〉と呼ばれていた。

〈揺る火〉。

……目のかすみと、ずっとかがめていた首の痛みで、煌四はわれにかえった。天窓からさしこむ光が、ぐっとかたむき、その色におぼろげな朱色をにじませている。いつのまに、こんなに時間がたったのだろう。

「いて……」

つぶやきながら首に手をあてて顔をあげ、煌四はもう一度、手綴じ本をながめまわした。たしかに、黒い獣の毛であざなった紐が使われている。炎魔の毛皮を手に入れられるのは、火狩りだけだ。あるいは、〈蜘蛛〉も炎魔の毛皮を身にまとうというが……

まだ最後のページまでたどり着いていないが、日が暮れると書庫は閉館だ。表紙のすみに三日月のしるしが刻まれた本を慎重に棚にもどしながら、煌四は下の机に本を積んだままであること、そして帳面を置いたままで来たことを思い出した。

書庫の中に、時刻計はない。下の層を見ると、ポケットから携行用の時刻計をとり出したべれかが、縦長の文字盤をたしかめて出口へむかうのが目に入った。

（そうか、金持ちは自分で時刻計を持ってるんだ）

とたんに煌四は、自分の顔が赤くなるのを感じて、急いで階段へむかった。頭がくらくらしている。読んだ文字が、頭蓋の内側でまぶしくはぜているみたいだ。いったい、なにを読んだ？　神族が火の鎌を生み出した——自分たちの父親も持っていた、あの金色の狩りの道具を？

だれがなんの目的で、書庫にこんな文章を残したのだろう。手綴じ本のどこにも、書いた者の名前も、いつ書かれたものなのかも記述はなかった。火十先生は、知っているのだろうか？

落獣のすがたをかいた図版。星。千年彗星〈揺る火〉。火狩りの王……頭の中で、おさめる場所のない言葉たちが衝突をくりかえし、混乱と興奮はいつまでも消えなかった。あふれかえる疑問をこめかみに脈打たせたまま、階段を駆けおりる。天窓からの光は、もうすずめ色にかすみかけていた。一階の本棚のあいだですこし迷い、そして、煌四が本の写しをとっていた机を、やっと発見した。と……

その机の上に、痩せた背中がかがみこんで本を読んでいた。

「あ、あの」

煌四はわずかにはずむ息を静めながら、歴史学の教師に声をかける。くるりと、頬の削げた血色の悪い顔がふりむいた。

「やあ、どうだった。資料は見つかったかい？　……ところで煌四くん、そろそろ閉館時間だが」

「あ……はい」

煌四ははっと背すじを伸ばして、机に積みあげた本をかかえ、もとあった場所を探しながらもどしていった。登録証があれば書庫の本は自由に読めるが、外へ持ち出すことはできない。もう暗くなってしまう。いったい何時になっているのだろう。ひょっとして、もう夕飯の時間だろうか。緋名子が、不安に思っているかもしれない。

本をしまいおえて机のところまでもどると、火十先生が閉じた煌四の帳面と鉛筆を持っていて、こちらへさし出した。

「ぎりぎりだな。ノートの中身は見ていないよ」

ならんで、出口へむかう。妙な気分だった。うけ持たれたことのない、そしてこれからも授業をうけることのない学院の教師と連れだって、富裕層にしか閲覧権のあたえられない中央書庫を出ようとしている。

おもては書庫の中よりはずいぶん明るく、まだ街灯もともってはいない。思っていたほど遅い時間ではなさそうだ。ほっとしながら、煌四と学院の教師はならんで坂の上へ足をむけた。

「ありがとうございました、ご助言をいただいて」

「それで、どうだった？　本はあったの」

たずねられ、煌四は視線を泳がせながら、用意しておいた言葉をたぐり出す。

「……いえ。せっかく教えていただいたんですが」

「そうかあ。きみなら見つけられると思ったんだけどね」

そう言って火十先生は、ひょっこりと肩を上下させた。

「じつは以前、どうしても書庫に入りたいとたのみこまれて、こっそり人を入れてあげたことがあってね。登録証を持っていない人だから、ほんとうは違反なんだけれど、あんまり必死なものだから。それが、本を読みたいという感じじゃなかったんだ、なにか重要なものを隠そうとしている感じ。きっと彼、火狩りだったな。犬のにおいをさせていたから。学生時代のいたずらみたいで、ぼくまで、ちょっとわくわくしちゃってさ。いけないとわかってたけど、乗っかったわけ。その若者が、なんだかきみに似ているなあと思ったんですよ。きみとちがって、よくめだつ赤い髪をしていたけれどね。……そうかあ、見つからなかったかあ」

火十先生は、煌四のうそにはまったく気づかないようすで、残念そうに肩を落とす。

「あの、先生は、どうしてご自分で見に行かないんですか？」

「ああ、埃がだめなの、ぼくは。咳が止まらなくなっちゃうんだ。だから第三階層へは行ったことがない。ぼくの家は建材工場を経営しているんだけど、石綿なんかもあつかっているから、ぼくはあとを継げなくてさ。だから学院の教員になって、家業は弟にまかせちゃった。あんまり埃を吸いこむと、肺炎を起こして、それこそほんとに骸骨になっちゃうんですよ。……それにしても、目的のものが見つからなかったわりには、おりてくるのが遅かったじゃないの」

焦るな、と自分に言い聞かせる。それでも、自分をまるで疑っていない相手に事実でないことをしゃべるには、それなりの勇気が必要だった。

「はあ……すみません、ほかにおもしろい資料を見つけて、そちらに夢中になってしまって」

言ってから、煌四は自分がひどく卑しい人間になったと感じる。富裕層の家に迎えられ、上等の衣服や部屋をあたえられても、中身は以前より貧しくなった気がする。

「うん、熱中できるのはだいじなことだよ。とくにきみは、集中するとまわりがまったく見えなくなるよね。そういう学生、ぼくはきらいではないよ」

冗談めかしてそう言ってから、学院の教師は、くぐもった声の調子を落とした。

「ほんとに、来年きみに授業するのを楽しみにしていたんだけれどね。……たいへんだったろう。お母さんのことは、心からお悔やみ申しあげるよ」

「……はい」

煌四は、すなおにうなずいた。いったい何度、この言葉をかけられただろう。いつまで、この言葉を聞くのだろうか。しかし、前を歩く教師のぼそぼそとした声には、形式ばった響きはまったくふくまれておらず、煌四の心をざらつかせなかった。

「どう。妹さんの具合は、いいの」

「はい。燠火家の方々のおかげで……」

返事をしおわらないうちに、教師がやにわにふりかえって、坂の上から煌四を見おろした。夕間暮れがこの教師の顔に濃い陰影をこしらえ、骸骨、というあだ名を強調している。ぎょろりとした目が、煌四をじっと見つめた。

「それはよかった。学院をやめても勉強熱心は変わらないようだけど、煌四くん。いいですか。こまったら、ちゃんと信用できる人に相談なさい。ぼくでもかまいませんよ」

地面に影を縫いつけられたように、しばらく身動きがとれなかった。ややあってから、煌四はようやく、言葉になりそこないの返事をした。

「は……はあ」

たぶん、煌四がたよりない返事をするまで、まばたきもしていなかった教師は、坂のむこうから歩いてくるだれかに気づいて、するりと視線をそらした。

「おや。よかった、妹さん、ほんとうにすっかりお元気のようだ」

はじかれるように視線の先を追うと、道のむこうから、綺羅と手をつないだ緋名子が歩いてくるところだった。昼間はまだ、熱でふせっていたのに……おどろいている煌四に、聞きとりにくいわかれの挨拶をして、学院の教師はくるりと体のむきを変え、歩き去っていった。

それとほぼ同時に、緋名子の声が煌四を呼ぶ。

「お兄ちゃーん」

きれいな服を着、磨かれた靴をはいて、緋名子が歩いてくる。歩みにあわせてよく揺れるスカートの淡い空色が、緋名子をいっそうすこやかに見せている。出がけにすれちがった火華が、見繕ってくれたという服だろうか。緋名子と手をつないだ綺羅が、自分も軽く手をあげながら、煌四に笑みをむけた。

「緋名子ちゃんがね、迎えに行きましょうって。煌四は勉強に夢中になると、時間を忘れてしまうからって」

「それにお兄ちゃんは、片づけるのがすごく下手なんだよ。勉強がおわったあと、いつもお部屋はぐちゃぐちゃなんだから」

緋名子が、綺羅の手を引っぱる。煌四はばつの悪さから頭をかいて、こちらへ来る二人のほうへ歩みよった。

「ごめん。ひょっとして遅くなって、屋敷の人が怒ってる？」

するとと綺羅が、あっさりとかぶりをふった。

「ううん。緋名子ちゃんの気分もいいようだし、すこしだけ船祭りを見に行こうと思って。夜店の屋台も。もし疲れたら、緋名子ちゃんくらいなら抱っこしてあげられるわ。わたし、こう見えて力持ちなの」

綺羅の提案に、煌四はあわてた。

「だけど、屋敷の人は？　外に出るとき、綺羅一人じゃ危ないって言われてただろ？」

綺羅と緋名子のまわりに、屋敷の使用人はついていない。綺羅が、豊かに波打った髪を風に揺らして、坂の下、海のほうを指さした。

「だから、煌四もいっしょに来てね。煌四がいっしょなら、安心でしょう？」

はつらつとした声にさそわれて、煌四も海のほうを見た。ずっと本に近づけていた目は、思うように焦点をあわせない。が、暮れなずんでゆく町のむこう、ひと足早く夜を呼びよせている海に、ずらりとならんだ祭り船が、帆柱と帆柱に無数の照明を数珠（じゅず）つなぎにつらね、温かなともし火を浮かべているのが見えた。

「ね、行こう、お兄ちゃん」

緋名子に手を引っぱられ、煌四は苦笑いしながら、二人の言うとおりにした。

先頭に立ち、町を通過するとき、もとの家の前を通らないように気をつけた。吹き流しはまだ町中にはためき、店々の軒先の残りすくなくなった菓子を、緋名子が歩きながら一つずつもらってゆく。緋名子が得意そうにくれた焼き菓子を口に入れたとたん、自分が空腹だったことを思い出した。

「ああ、腹がへった。なあ、いまから船祭りを見に行ったら、屋敷にもどるころには夕飯の時間をすぎてるんじゃないのか？」

すると綺羅が、すまして口もとに手をそえた。

「平気よ。煌四とお祭りに行くって、台所へ伝えておいたから。今夜はお父さまもお祭りのほうへいらっしゃるのだし、お夕飯は炊き出しの場所でいっしょにとりましょう」

それならいいか、と煌四は坂をくだりながら、まだ中身のぐらついている頭を、トントンと手のつけ根でたたいた。中身はわずかだが財布も持ってきている。緋名子に夜店でなにか買ってやるくらいはできるだろう。

「緋名子、なにが食べたい？」

「うんとね、飴せんべい、うさぎの！」

「それ、なあに？」

緋名子のはずむ声に、綺羅が首をかしげる。すると緋名子が、くるっと目をまるく見開いた。

「綺羅お姉ちゃん、知らないの？　ぱりぱりの甘いおせんべいをお砂糖でくっつけて、縞模様の棒がついてるんだよ。お店屋さんが、動物の耳をつけて、顔をかいてくれるの。うさぎでも、熊でも、猫でも」

「まあ、すてき！　じゃあ、それを、ええと……二十個買っていきましょう。使用人たちも、きっと食べたことがないもの」

面食らっている緋名子のうしろで、煌四は肩をすくめた。綺羅は決していやな性格の持ち主ではないのだが、生まれ育ちがちがいすぎて、その感覚についてゆけないときがある。

連れだってゆく煌四たちと同じように、港をめざして人々がそぞろ歩いている。近所に住んでいた者や、学院のもと同級生……知っている顔もときおりあったが、煌四はみんな無視した。もうこれ以上、母への悔やみの言葉をかけられたくなかった。すくなくとも、いまは。

やがて港――舗装され、船が乗りつけられるようになっているが、首都ができてまもないころに漁を禁止された場所――へ着いた。首都を縦横にめぐる水路が、この港から海へ流れこむ。

　春の空は、とろりと夜に染まっている。祭り船が帆柱を高くかかげ、明かりをつらねている。波の音をせおって、露店が客を呼びこんでいた。むこうでは炊き出しの湯気があがり、たくさんの人が揺れる光の中を歩いている。子どもたちはおいしいものを求めて走りまわり、ふるまい酒を飲んだ大人たちは、そこここに用意された床几(しょうぎ)に腰かけて話に花を咲かせている。

　船のかかげる明かり、露店の明かりが、この場にいる人々の胸にも、くつろぎと高揚感のあわさった一体感をもたらしていた。

（ただの、錯覚だけどな）

　煌四は、露店のむこう、明かりの外側を、なにかを盗んだらしい人間が警吏に追われてゆくのを、ちらりと横目に見た。服装からして、おそらく貧民区の住人だ。警棒をふりあげている警吏からすぐに目をそらし、緋名子のほしがっている菓子を売っている店を探した。

　飴せんべいを、結局は綺羅の持ってきた金で大量に買い、船をながめながらならんで食べたあと、綺羅は炊き出しのほうへ行こうと二人をうながした。油百七に顔を見せておかなければならないのだろうし、夕飯はそこでとることになっているという。煌四たちは言われるままにした。

　たくさんの照明。煌四が作ろうとしているのは、ここにある照明すべてをあわせたよりも、もっと明るく、もっと強いものだ。

　争いが起きる。いつかはわからないが近々だろうと油百七は言っていた。口のまわりに砂糖をくっつけた緋名子の顔、そして綺羅の晴ればれとした笑顔。寄りそいあう二人は、作業台の上へこぼしたとき、ぴたりと一つに結びついた雷火にそっくりだった。あの小さな光の玉に。……危険から、身を守らなくてはならない。そのための道具を、自分が作るのだ。

（考えろ。急げ。雷火で――作れるはずだ）

　船の明かりを見あげたとき、ちっぽけな流れ星を見たように思ったが、あれも錯覚だろうか。まだ目が疲れたままだ。

　星……千年彗星。その名を、〈揺るる火〉と呼んだという。二度ともどらないと本に書かれていた、あれは、いったいなんなのだろう。〝火狩りの王〟とは、いかなる存在なのだろう……

「……工場」

　ふいに緋名子が、煌四のズボンにすがりつき、港のむこうを指さした。

　そこには黒々とした機械の群れが、宵闇に威容を浮かびあがらせている。

　工場地帯は、小さな安全灯だけを残して、すっかり静まりかえっていた。入り組んで屹立（きつりつ）する工場地帯の中には、あちらこちらに、工場の煙突よりも高く太い、巨樹がつき立っている。神族が大火災の慰霊のために植えたのだという巨樹は、まるで首都がここに作られるよりもはるか昔から、この地を見おろしてきたかに思える。煌四は自然と、工場地帯にそびえ立つ巨樹たちをにらんでいた。慰霊のためだとは、まるで悪い冗談だ。何百年、あるいは千年もの樹齢をへているかのような木々を数十年で育てあげた。あれは、神族の異能を誇示するための記念碑だ。

人や荷を行き来させる乗り物を伝わせるため、建物どうしをつないで縦横無尽に張りめぐらされた金属のロープ。その、工場地帯の奥……「神の庭」と油百七が呼んだ工場群を見おろして、神族の住まう神宮が、崖の上、月明かりに似た照明を、煌々とともしていた。

ここからでは遠すぎて、建物のこまかな造りまでは見てとれない。ただ、燠火家のある居住区のどの豪邸よりもなお大きく、美しさのためだけに設計されたものなのだとわかる。

（……〈揺るる火〉）

その名前が、いやに頭に引っかかった。

あそこに住まう人ならざる統治者たちは、いったいなにを思っているのだろう。緋名子に引っぱられ、綺羅に呼ばれながら、煌四は闇のむこうに輝く神宮の明かりを見つめた。

船祭りのにぎわいを遠くから見おろしている、冴えざえとした銀の光を。

手のふるえが、止まらなかった。

竜は車の上へ巨軀(きょく)を持たせかけてかさかさに朽ちはて、二度と動くことはなかった。

灯子と火穂を残して、照三は回収車の中を見に行った。二号車よりもひどく壊され、一号車は横ざまにたおれてしまっていた。それでもまだたすかる者があるかもしれない、そう言って両方の車輛(しゃりょう)の中をたしかめに行った照三は、死霊のように憔悴(しょうすい)しきった顔で出てくると、黙って首を横にふった。

炸六の「火がはぜる」という言葉が耳に刻みこまれ、灯子たちは黒い森を歩いて、できるかぎり車からはなれた。もしかすかな火花でも、そばで火が生じれば、灯子たちの体は内側から燃えあがってしまうのだ。

照三は作業着の上半身を着なおし、鉄の工具をにぎったまま、火穂をせおって歩いた。かなたは抜け目なく周囲の気配を探り、灯子は無垢紙(むくし)につつみなおした火の鎌を、両手できつく抱きしめていた。

だれも、口をきかない。

という音は死に絶えている。

ついさっきまで狂気じみた轟音(ごうおん)が耳をつんざいていたのに、黒々とした森の中で、音

（殺した……）

竜の血の脈を、灯子が絶ち切った。たいせつな形見の鎌を勝手に使って。生きているものの中身が、あんなにはげしく動いているのだと、灯子ははじめて知った。その動きを、絶ち切った。この手が。ずっと無様にふるえている、この手が。

紅緒の見開いた目を、照三が手で押さえて閉じさせるのを、灯子と火穂はただ呆然(ぼうぜん)と見ていた。体は竜の前脚の下敷きになり、動かすことができなかった。置いてきてしまった。紅緒を、あんなところに。ほかの乗員たちも、みんな。

かなたは危険がないか耳と鼻をすましながら、先頭に立って歩く。その足どりに、よどみはなかった。もう、回収車からどれほどはなれたのだろう。いまのところ、かなたが炎魔の気配を察知するようすはない。が、いつどこから襲われてもおかしくはない。ここは、人の踏み入る場所ではないのだ。

「……灯子」

照三の背中から、火穂がささやき声を発した。灯子がふりかえり、照三が足を止める。

「かなた、どこへ行こうとしてるの？」

「わ、わからん……」

やみくもに歩いているだけ――そう思ったが、それは二本足の自分や照三だけかもし

れないと、そのときやっと気がついた。かなたは、もとの飼い主であった火狩りと、森の中を歩いて旅していたのだ。車にも乗らずに。それなら、この中で森で危険を避ける方法をいちばんよく知っているのは、かなたのはずだった。

先頭に立ち、ときおり空気のにおいをたしかめながら、迷いなく歩いてゆく。犬は、どこへむかおうとしているのだろうか。

「ごめんなさい……」

一度口をきったことで、内からなにかがしたたるように、火穂はつづけてしゃべった。

「全部、あたしのせいだ。あたしが、回収車に乗ったから。逃げ出そうとしたから。だから、あんな——死んでしまった。みんな。守り神さまも。どうしよう。ごめんなさい……」

傷だらけの顔を、火穂は照三の肩に押しあてる。

「泣くなよ、おれが泣きてえよう」

疲れはてた声を、照三がしぼり出した。けがのないと思っていた照三のこめかみには、青黒いあざができ、血がにじんでいる。揺れたときに、たおれてぶつけたのだ。灯子の両ひざも、知らないうちにすりむいていた。ひざの傷に気づいたとたん、体中がずきずきときしんだ。あの衝撃で、骨の一本も折れずに動けているのが奇跡なのかもしれない。けがないのは、かなただけだ。

「こんなこと、あってたまるかよ。わけがわからねえ。でもよぉ、お前が謝らなきゃならねえのは、換気翼をへし折ったことだろうが。おれ、あのとき休憩時間中だったのに、修理に行かされたんだぜ。けどよ、お前が自分から嫁に出されたいって言ったのか？村の竜を呼んだのか？ちがうだろ。お前みたいなガキんちょに、あんなとんでもねえこと引き起こせるかよ。お前、謝るんなら、おれの昼寝の時間かえせよ」

言いつのりながら、照三はぐずっと鼻を鳴らした。

「それよりお前、熱があるんじゃねえのかよう。くそう、もう死ぬなよ。たのむから、もうだれも死なないでくれよ」

これから、どうなってしまうのだろう。紅緒も、乗員たちも、なぜ死ななければならなかったのだろう。自分たちも、まもなく死ぬのだろうか。森の炎魔に襲われて……

灯子は手のふるえと同時に、わけのわからない熱さを、ずっと感じていた。もうすぐ死ぬのかもしれない、いつ死んでもおかしくない、黒い森のただ中で、なぜだか胸の内側に、揺るがない火がともりつづけていた。ぜったいに死ぬものかと言っていた紅緒が、あの力強い花嫁が、あんなにあっけなくつぶされてしまった。厳しく、まちがいなく、仕事を遂行していた乗員たちも。――そのことに、とどめようのない感情がつきあげてきていた。あまりにはげしすぎて、その感情がなんという名前なのか、灯子には考えられない。

耳や肌の感覚を研ぎすまして、歩きつづける。かなたのたくましい足どりだけが道しるべだ。

……やがて犬がぴたりと立ち止まったとき、かなたのような嗅覚を持たない灯子たちも、異質なにおいをはっきりと嗅ぎつけた。あ、と、灯子と火穂は同時に声をもらす。革靴の照三とちがい、わらじをはいただけの灯子の足には、地面のねばつきが足袋にしみこんでまとわりついている。その足が、ある気配を感じとってぴりっとしびれた。

甘く不快なにおいの充満する森の中で、さらに異質なこのにおいは、村に住む人間なら嗅ぎ慣れたものだった。かなたがひと声、短く吠える。それにこたえて、森の奥、暗がりから口笛が響く。

木々のあいだを歩いて、あるいは猿のように枝から枝を伝って、すばやくこちらへ近づいてくる三つの人影があった。近づくにつれ、ますます異臭はきつくなる。

「な、なんだあ？」

照三があとずさる。

一人は細い杖をたずさえ、一人は横幅のひろいがっしりとした体つきをしている。そして最後の一人はまだ子どもで、すとんと木の枝からねばつく地面へ着地した。

すすけた砂色の髪に、灰色の肌。植物の繊維から作った粗末な衣服をまとった、それは、森に住む木々人たちだった。

「さわがしかったな。なにがあった？」

屈強な体つきの一人が、たずねる。木々人たちは、それぞれに透きとおった翡翠色の目で灯子たちをしげしげと見つめる。たずねてきたのは男、長い杖を持ったのが女、そして木から飛びおりてきたのが少年の、木々人だ。

「な、な、なんだよ、こいつら」

照三がうろたえて、じりっと身を引く。

「それ以上さがるな。炎魔が来る」

杖を持ち、長い髪を背に流した木々人の声に、照三がひっと息を呑んで全身をこわばらせた。

「照三さん、木々人さんよ。村にお薬を持ってきてくれなさる」

ばあちゃんの薬も、紙漉き衆のあかぎれした手に塗る薬も、この人たちの仲間が持ってきてくれる。青ざめた顔の照三を、灯子はなだめようとした。

「き、木々人？　首都の、隔離地区にいる連中か？」

すばしっこい少年の木々人が、かなたの背中をぽんぽんとなでる。

「へえ、首都の仲間たち、まだ生きてるのか？　カクリチクってなんだよ、首都の庭園に、仲間は住んでるんだって聞いたぞ」

「どちらでもいい」

杖をついた女が、少年の言葉をさえぎった。

「その狩り犬がわれわれを呼んだ。お前は、火狩りか？」

あざやかな緑の目をむけられ、灯子はあわててかぶりをふった。木々人の目に、かすかだが、いぶかしげな色が浮かんだ。

「火狩りではない……しかし、お前は鎌をふるったのだろう。火の鎌をふるうことができるのは、火狩りだけのはずだが」

なぜ、それを知っているのだろう。なにかこたえようとして、けれども灯子の口は、ぱくぱくとわななくばかりだった。灯子からあっさりと目をそらし、木々人はその目をかなたへむけた。石の色をした木々人たちの頰には、それぞれに、植物をかたどった刺青がある。

「火狩りがいない。しかし、この犬は狩り犬だな。火狩りとその犬をたすけることも、われわれの役目だ」

かなたに視線をそそぎながら、木々人はとうとうとしゃべる。かなたが、その目を見つめかえして尾をふり立てる。

木々人に警戒を見せないかなたをおどろきつつ見守ってから、灯子はのどに力をこめ、やっとの思いで声を出す。

「た、たすけてください！　竜が回収車を襲うて、みんな死んでしまいました。車が燃えるかもしれんって、逃げてきて……」

「竜？」

いかつい男の木々人が、眉を寄せた。照三の背中で、火穂がひどくふるえている。

三人の木々人は一瞬、目を見交わし、かすかなしぐさでうなずきあった。

「ついてきなさい。まずは傷の手当てをしなければ。われわれといっしょなら、炎魔に襲われることはない」

　杖を持った木々人が、はじめにきびすをかえした。灯子たちについていくようにとうながし、男の木々人が、しんがりをつとめる。少年はまたするすると黒い木にのぼって、枝伝いに一行の頭上を移動した。

「なんだよ、このにおい……」

　異臭に耐えきれず、照三が顔をゆがめる。腐った花のそれと似た森のにおいとちがい、木々人たちがはなっているのは、苦み渋みを煮つめたようなどぎついにおいだ。カメムシによく似たこの体臭で、木々人たちは炎魔を寄せつけないのだと、灯子は村の大人たちから教わった。さすがに三人もの木々人にかこまれたことはないので、灯子も息がつまったが、まわりをかこんで歩くことで、おそらく炎魔から守ってくれているのだ。

「む、村は……あたしの村はどうなりましたか？　いつも、薬をくれたでしょう？　水晶の村。守り神さまが、竜神さまが、工場の車を襲った。竜神さまが死にました。村は――」

　照三にせおわれたまま、ほとんど熱に浮かされたようなふるえ声で、火穂がたずねた。先頭を行く髪の長い木々人が、かすかに横顔をふりむける。

「さあ……その村のそばに住む仲間に訊いてみなければわからないが。だが、守り神を失えば村の結界は用をなさなくなる。炎魔に襲われる前に、仲間が動いているといいのだが」

なかばその返事はうわの空で、火穂の顔をますます青ざめさせた。灯子は、先頭を木々人にゆずってとなりを歩くかなたの背中に手をそえた。かなたは灯子たちを安心させようとしてか、ぶるっと威勢よく頭をふるって、速度を変えずに歩きつづける。

「なあ、しゃべるのは着いてからにしろな。炎魔がこっち見てるからよ」

木の上から、少年がほがらかな声を降らせ、灯子や照三をすくみあがらせた。

「……じきだ。よそ見をせずに歩け」

うしろから、いかつい木々人が呼びかける。照三が顔を引きつらせながら、木々人をふりかえった。

「ど、ど、どこに連れてくんだよ」

「われわれの住みかだ」

そっけなくこたえたのは先頭に立つ木々人で、今度はふりむきもしなかった。灯子は、とにかく黙ってついていこう、と合図するために、照三の作業着を引っぱった。見おろす照三の顔には脂汗が浮き、目が血走っている。照三は、こらえていた息を大きくつくと、ずれてきた火穂の体をはずみをつけてせおいなおし、ちくしょう、とまた悪態をついた。

黒い森の奥、結界もなく炎魔のうろつく森に住み、村に暮らす人間たちのもとへ、森で採れた薬草から作る薬をとどける……木々人たちは、火狩りとほぼ同時期に現れ、村人たちのけがや病気を治してくれる森の民だ。

灯子は、村へ薬をとどけに来る木々人のすがたを何度も見てきたが、こんなに近くを歩くのははじめてだった。彼らがどうやって森の中で日々を営んでいるのか、あれこれ想像してみたことはあったが……連れてこられた場所は、灯子がえがいたどの想像とも一致しないものだった。

「入りなさい。この中に、炎魔は来ない」

先頭を歩いていた木々人が、杖でさししめす。その先にあるのは、生きた木でできた家、だった。森をなすほかの木々と同じく、ただれた樹皮におおわれた木だ。ただし幹の部分が大きく変形し、まるでふせたかごのようになって、枝わかれしながらまがりくねった柱を形作っている。壁はなく、柱どうしのすきまから中はまる見えになっている。くねり、枝わかれした幹が複雑な構造の柱となり、その上から伸び、あるいは枝垂れた黒い枝葉が屋根がわりだ。村の民家の、二つぶんほどはひろさがあるだろうか。

その中から、偵察に出た三人のほかの仲間たち、十数名の木々人が、興味深げな視線をこちらへむけている。みな石の色の肌にかさかさした砂色の髪、翡翠色の目と、頰にはめいめい、植物の刺青がある。年齢はさまざまで、このすくない人数が一つの村にあたる集団なのか、それとも血縁のある者ばかりで集まっているのかはわからなかった。

いっしょにここまで歩くうちに、木々人の体臭にも鼻が慣れてきた。灯子たちよりずっと鼻がきくはずのかなたが平気な顔をしているのだ。きっとかなたは、もとの飼い主である火狩りとともに、何度も木々人に接したことがあるのにちがいない。

　こちらをうかがう木々人たちの目に、警戒の色はなかった。にこにこと笑みを浮かべている老婆さえいた。

「行くぞ、チビすけ」

　照三がためらいを嚙みつぶすように言い、先に中へ入ったのは、背中の火穂がまたぐったりしはじめていたからだ。火穂は回収車が襲われる直前に目をさましたばかりで、まだ傷が癒えきったわけではない。このままでは、炎魔に襲われるまでもなく、命に障るかもしれない。

　灯子もかなたといっしょに、木々人の住みかへ足を踏み入れた。ぞわりと、下腹のあたりがざわついた。見知らぬ人たち、自分たちとは理のちがう、森の民の家。

　住みかの中には、木の繊維で編んだらしい、かなり頑丈なゴザのようなものが敷かれ、それが床になっていた。中央は四角く切りぬかれ、そこから木が生えている。人の背丈ほどの、森では見ることのない緑の木だ。

　灯子たちが入ると、中にいた木々人たちは主に照三のすがたにおどろいて場所をあけたが、かなたになつっこく近づいてくる子どもたちもあった。

「犬だ、狩り犬だ！」

「強そうだなあ」

　木々人の子どもたちがじゃれついていても、かなたは牙をむかなかった。そのことにほっとしながら、灯子は、照三が火穂を床へおろすのを手伝った。火穂は半分目を閉じて、苦しそうに浅い息をしていた。高い熱がある。

「火穂、大丈夫、木々人さんの家に着いたよ。もう平気じゃ」

わらじを脱ぎ、横たわった火穂のそばに、灯子はひざをついてかがみこむ。照三は土がむき出しの部分にしゃがみこんで、ひたいを押さえ、深い深いため息を吐き出した。

「なにがあった？」

たずねてきたのは、引きしまった体つきの壮年の木々人だ。頬の刺青は顔全体をおおうほどにほどこされ、首から琥珀の飾りがついた複雑な編み紐をさげている。おそらく、この木々人たちの長にあたる人物なのだろう。灯子たちにかわり、杖を持った偵察役の一人がそれにこたえた。

「首都の回収車に乗っていたそうだ。守り神の竜が気を狂わせて、車を襲ったらしい。そこから逃げてきたのだ」

「守り神の竜……とすると、水晶の村のものか？」

杖の女がうなずく。かなたは、小さな子どもたちに毛づくろいをはじめられ、それをいやがることなくじっと座っていた。木のぼりが得意なあの少年も、それにくわわる。偵察役のもう一人、しんがりをつとめてきた木々人が、刺青のある頬を爪の先でかきながら言った。

「村の守り神は、首都の姫神の分身だ。水晶の村の竜神も同じ。大きな生き物に姫神の

分身が憑依している村はほかにもあると聞く。その竜神が人を襲ったというのなら、おそらく、だれかがけしかけたのだろう——考えられるとすれば、〈蜘蛛〉が」

糸が切れたようにうずくまっていた照三が、そのとたんに目をひんむいた。

「〈蜘蛛〉だとぉ？」

いかつい肩幅の木々人は、表情を変えずにうなずく。

「あちらこちらで、異変が起こっているそうだ。回収車でも、それは聞いたのではないか？」

たしかに、そうだった。回収車に乗った花嫁たちの生まれた村では、土が悪くなっていた。琥珀の首飾りをした長らしき木々人が、険しい表情でそれを引きついだ。

「どうやら、世界が朽ちはじめようとしている。神族の治める世界が、その形をたもてなくなりかけている。われわれにはあずかり知らぬことだが、〈蜘蛛〉が動くとすれば、絶好のしおどきだろう」

「ちょ、ちょっと待てよ。〈蜘蛛〉が、なんでその、竜神だかを操れるっていうんだよ。守り神ってのは、たしか神族の、姫神の分身なんだろ？」

狼狽しきっている照三に、木々人たちが透きとおった目をむけた。

「……知らないか？〈蜘蛛〉はもともと、神族の血をわけた一族だ。宗家や氏族たちと反目し、森へすがたをひそめた。神族には自然物を操る力があるが、神族に反旗をひるがえした〈蜘蛛〉があつかいにたけているのは、虫——毒を持った虫だ。毒虫に咬ませて、竜神を狂わせることもできるだろう」

照三は目をむき、口を開けたまま、愕然とひざをついている。

照三と木々人たちの話すあいだにも、べつの木々人たちが、火穂に粗布のふとんをかけ、頭をかかえ起こして薬を飲ませている。集まってきたのは、生きていたころの灯子の母親を思わせる女の木々人と、灯子や火穂と年ごろの変わらない娘たちだった。火穂のひたいに、木の葉のすじをかさねて作った布を濡らしてしぼり、あてがってくれる。

「あ……ありがとうございます」

灯子が礼を言うと、木々人の娘たちは仲間うちだけの目くばせをして、くくっと笑いながら中央に生えた緑の木のむこう側へ行ってしまった。木々人たちには髪を結ぶという習慣がないのか、女たちは長く髪を垂らしたままにし、男たちは短くざんばらに切っている。

照三は靴を脱がず、しりだけをゴザのすみに乗せて座り、頭をかかえこんだ。

「〈蜘蛛〉に……〈蜘蛛〉なんかにやられたのかよう、おれたちは……」

わななきながら背をまるめるその服のそでをつかんで、灯子は揺さぶった。

「しょ、照三さん、〈蜘蛛〉ってなに？」

照三は、ぼさぼさの髪を力まかせに引っつかむ。

「うるせえ。聞いてただろ。いま木々人が言ったとおり、もともとは神族の仲間だ。だから神さまの親戚だ。仲間割れして、この世界を引っくりかえそうとしてる……首都の敵だ」

灯子は、混乱した。守り神さまとして村で祀る神さまは、知っている。祠にいつもいる、まっ白で小さな子どものすがたの。首都に座する姫神の分身が、各地の村に結界を張り、炎魔から人々を守ってくれている。火穂は回収車を襲った竜を守り神だと言った。あんなすがたの守り神というものは、聞いたこともなかったが……

とにかく首都にはこの国を治める姫神と、それを支える神族たちが住む。だからこそそこは、首都と呼ばれるのだ。それはわかるが——

（親戚？　仲間割れ？）

おまけにそれが、首都をおびやかす存在で、火穂の村の竜神を狂わせたかもしれない……回収車を、襲わせたかもしれない？

「もとはわれわれも、首都の人間の中から選ばれ、神族の力で体を変えられたのだ……森に住まい、結界の中の人間たちをたすけるようにと。そんなことができる神族の血筋の〈蜘蛛〉が、姫神の分身が憑依する獣を狂わせるくらいのことを起こしても、不思議はあるまい」

灯子たちをここまで連れてきた三人のうちの一人、いかつい木々人が、そう言って腕を組んだ。

手のふるえは、知らないうちにおさまっていた。灯子は、火穂のそばに置いた火の鎌を、背中の風呂敷づつみの中へしまった。

「のどがかわいたろう。水を飲みなさい。その娘の傷が癒えるまで看てやりたいところだが、村人を森に長く置くわけにはいかない。やがてこの中にいても、お前たちのにおいを嗅ぎわけて、炎魔が襲いに来るだろう。明日、いちばん近い村まで案内しよう」

　琥珀の首飾りの木々人が、当惑している灯子たちに落ちついた声をかけた。すぐにさっきの娘たちが、柱をなしている木の根の内側に点々と置かれた甕から、木をくりぬいて作った椀に水をすくって運んできた。甕の中に、雨水をためてあるのだ。灯子も照三も、とまどいながらそれをうけとる。かなたのためにも同じものが運ばれ、犬は木々人の娘たちに礼をしめすかのように鼻をつき出してから、ちゃぷちゃぷとためらわずに飲みはじめた。

「近い村まで……なあ、そこからの移動手段は、なにかないのか？」

　照三の問いに、木々人はたくましいおもざしを揺るがすことなくこたえた。

「すまないが、その先へ同行することはできない。われわれは、あの生き木からあまり遠くはなれては、生きられないのだ。体が、そういうふうにできている」

　灰色の指が、住みかの中央にすっくりと生えたあざやかな緑の木をさししめす。あの木だけが、森に生えるほかの木々とちがう。あれが、木々人たちの生命のよりどころ……灯子たちにとっての、炉辺の火のような存在なのかもしれない。

　灯子と照三は、すこしのま、顔を見あわせた。手わたされた水ににごりはないが、森の黒い木の肌を伝ってきたものだ。黒と灰色のまだらの、腐りかかったにおいのする木を。……それでも、のどのかわきには勝てなかった。かなたにならい、灯子もひと息に水を飲みほした。

（おいしい……）

そう感じた瞬間、胸がばくりと割れたようで、灯子の体を痛みがつらぬき、目から涙があふれ出た。体が、がたがたふるえる。せっかく手のふるえが止まったのに。

火穂の手には、まだ血がついている。頭を打ちつけて即死した医師をなんとかたすけようとして、傷口を押さえていたその血だ。みんな、一瞬でつぶされてしまった。なんのためにかもわからないまま、なにが起こったのかもわからないまま。

かなたが心配して、灯子の頰に鼻を寄せる。ぐいっと水を飲みほした照三が、灯子の頭に強く手を載せた。

眠れなかった。眠ろうと目を閉じると、回収車を襲った衝撃と、死んでいった者たちの顔がつぎつぎによみがえり、腹の底から寒気が湧き出た。

木々人たちは、客人である灯子たちのそばを避けて、中央に生えた緑の木のむこう側でそれぞれ眠っている。炎魔を見張るためか、偵察に出たあの三人が、交代で起きていた。

前脚にあごを載せて休息をとるかなたのとなりで、灯子は体をまるめて横たわった姿勢のまま、照三と火穂をかわるがわる見やった。森の夜は、まったくの闇だ。二人のすがたも影になり、ほとんど闇と同化している。照三は横にはならず、鉄の工具をいつでもにぎれる位置に置いたまま、瘦せっぽちのひざに頭を埋めている。苦しそうだった火穂の呼吸は、もう落ちついていた。木々人の薬が効いたのだ。

「……なあ」

ぐったりとうつむいていた照三が、ふりむいて低めた声を発した。灯子にではなく、見張りの木々人に呼びかけている。それに気づいてこたえたのは、あの杖を持った女の木々人の声だった。

「どうした？」

木で編まれた床の上を、こちらへ歩いてくる。杖は、いまは持っていなかった。もともと力のこもらない照三の声は、疲れきって、ほとんどかすれそうになっていた。

「ここから近い村って、どれくらいの距離なんだ？」

「休みながら歩けば、三日ほどだ」

よどみなくこたえる木々人に、照三は長いため息をつく。髪の毛をぐしゃぐしゃとかきむしって、またたずねた。

「なあ、ほんとなのか。〈蜘蛛〉が回収車を襲わせたって」

木々人の翡翠色の目は、闇の中でもほのかに光って見える。それは、姫神の分身である、村の祠の童さまにどこか似ていた。

「わからない。しかし、考えられないことでもないだろう。回収車を襲えば、首都にと

って は痛手になる」

　木々人の声はおだやかだ。仲間の子どもたちを起こさないよう、声を低めているのだろう。灯子はかなたに背中をくっつけたまま、大人たちの会話を聞いていた。

「痛手どころじゃねえって……」

　いらだちのぶつけ先を見つけられず、照三がうつむいて自分の後頭部を引っかいた。

　木々人はそのそばにひざをつき、火穂のようすにもさりげなく目をくばっている。

「こんな話を聞いたことがある。〈蜘蛛〉は人の手に、ほんものの火をとりもどそうとしていると。火狩りに火を採らせ、結界に人々をかこいこむのではなく……その昔のように、人が自在に火をあつかう世界を、とりもどそうとしていると」

「――うそ！」

　灯子と照三をびくりとすくませた声の主は、火穂だった。いつのまにか火穂は起きあがって、まともにものの見えない暗闇の中、木々人のほうへすがるように身を乗り出している。

「人が火をなくしたのは、いいことだって。火を思いどおりに使えたせいで、昔の人間は、人どうし殺しあったんだ。人に操れない雨や風を使って、戦争をすることはできない。だから、火が人間の手をはなれたのは、いいことだって」

　声をわななかせて訴える火穂に、灯子はひどくおどろいた。起きあがって、手探りで火穂の肩に手をそえる。

「火穂、大丈夫……？」

背中をさする。小刻みにふるえているが、それは熱や恐怖のためではなく、おそらく怒りによるものだった。その感情の動揺が、灯子にまで伝わる。突然起きて声を高める火穂を、灯子はゆっくりと背をなでてなだめようとした。

火をなくしたのがいいことだと、灯子は、そんなふうには考えたこともなかった。ばあちゃんはよく、昔の人間のような体にもどれたらいいとぼやいていた。人間が火を失ったために、暗闇に閉じこめられ、目をつぶされた自分は、産んだ子の顔すら見たことがないのだと。……その産んだ子である母さんが焼け死んでからは、その嘆きすら、口にしなくなったけれど。

木々人が火穂に顔をむけ、おだやかさを失わない声で言った。

「さあ……〈蜘蛛〉がなにを考えているか、われわれにはあずかり知らない。ただ、お前の村の竜神が、なんのきっかけもなしに気を狂わせるとは、考えにくい」

「で、でも、こいつの村は、厄払いが必要なくらい、こまってたんだろ？　たしか、土がおかしくなったとかって。〝きっかけ〟ってのは、それじゃあないのか」

照三が言葉をさしはさむ。火穂が、力なくかぶりをふった。

「……わからない。竜神さまは、いつも土の中にいて、人間の前にすがたを現すことはないから。よそ者が来てたようすもない。村に起きてたのは、ほたるさんや、紅緒さんの村と同じ」

ほたるさん、紅緒さん、と口にするのにあわせて、火穂の声が痛ましく引きつった。

火穂が二人の名前を呼ぶのを、灯子ははじめて耳にした。

「土が、おかしくなった。そのせいで坑道が崩れて、石が採れなくなったの。崩落が起きて、何人もが生き埋めになって。でも……」

ぽたぽた、と、灯子の手に温かいしずくがこぼれてきた。火穂の手をにぎっているほうの手に。火穂が泣いている。暗闇の中、それがじかにわかった。

「〈蜘蛛〉は……そんなひどいことをするような人たちなんですか……？」

静かに、しゃくりあげる。その声音に、たんなる疑問でない揺らぎを聞きとった照三が、姿勢を変えて火穂のほうへ体をむけた。灯子は無意識に、火穂の背中にあてる手に力をこめた。

火穂が顔をあげ、木々人のほうをむく。

「〈蜘蛛〉は、あの人たちは、あたしのこと、けがが治るまで、かくまってくれた。悪い人たちじゃ、なかった」

灯子は、そうしたからといって視界の暗さは変わらないのに、目をみはった。火穂の手から、声から、ふるえは消えている。背中を流れるすべらかな髪が、灯子の手の下にあった。

「……坑道は地下にあって、竜神さまがぐるっと土の中にとぐろを巻いて、地面の下にも結界を張ってた。掘りかけのせまい坑道には、子どもが先に入るのよ。ほかの仕事ができない、役立たずの子が。あたしはいつもその役だった。だけどその坑道は掘り方をまちがえて、竜神さまの結界から、はみ出してた。とたんに土が崩れてきて、息ができなくなって――死ぬんだと思った。でも……」

揺らいで消える火穂の声を、照三が言葉をふりしぼって追いかけた。

「待てよ。お前、〈蜘蛛〉と接触したことがあるのか」

火穂のうなずく気配がある。灯子は身じろぎもせずに、火穂の背中を支え、手をにぎっていた。

「〈蜘蛛〉は、おんなじ人間に見えた。おばけかと思ったの、最初は。だって森の中に住んでいて、炎魔の毛皮を着ていたから。だけど……崩れた土の中からたすけ出してくれて、あたしの脚が折れてるのを手当てしてくれて、治るまで、食べ物だってくれた。虫が、あたしが埋まっているのを見つけたんだって。親は、あたしのこと探しにも来なかった。脚が治って、〈蜘蛛〉は『自分たちは森の中を移動するから』って、『村にもどるかついてくるか、選べ』って」

〈蜘蛛〉のことを話す声に心がこもっているぶん、灯子の胸が、ぎりっときしんだ。火穂は結局、一度は自分を見捨てた村へもどったのだ。そして今度は、厄払いの嫁として、村から追い出された……

「お前、それ、いくつのときだ？」

四つ、と照三の問いに小さくこたえてから、火穂が深くうなだれた。

「ほんとなの？〈蜘蛛〉は怖い人たちじゃなかった。なのに、火をとりもどすって——竜神さまをあんなにしたって、ほんとなの……？」

しばらく、木々人も照三も黙りこみ、火穂のすすり泣きのかすかなこだまだけが、闇の中をさまよった。

（火をとりもどすなんて、そんなことが、できるんじゃろか。だって、わたしらの体は、火に近寄れば燃えてしまうのに。父さんも母さんも、そうなったのに）

灯子の疑問も、火穂のすすり泣きも、森の夜は闇の奥へと吸いとってしまう。木々人たちの住みかの外、遠くの闇の中に、ちらりと赤い光が見えた。炎魔の目だ。ずくんとはねた心臓を、灯子は必死で抑えこむ。悲鳴をあげそうになって、ぎゅっと火穂の肩を抱いた。

と、かなたが鼻をふんふん言わせながら、そっと火穂に近づいてきた。鼻面を寄せてくる犬に、火穂が身をこわばらせる。灯子は火穂を安心させようと、手を伸ばしてかなたの耳のあいだをなでた。すると、血がこびりついたままの火穂の手を、かなたの舌がなめはじめた。火穂を癒やそうとするかのように。

「……あったかい」

火穂の声は、心底からおどろいていた。犬の舌が、温かいということに。

「それから、くすぐったい」

火穂の声が、笑った。弱々しく、まだ涙にふるえながら、それでも笑った。

「仲間の言ったとおり、あまり長くここにかくまってやることはできない。お前たちのにおいは、われわれとはちがうから。明日には出立する。わたしと偵察に出たあとの二人が、護衛する。だからもう、休みなさい」

そう言って、木々人はもとの場所へもどっていった。

そのあと、どれほど時間がたっただろう。灯子はいつのまにか、かなたをはさんで、火穂といっしょに眠っていた。眠りのまぶたの奥も、森と同じに、まっ暗に塗りこめられて、どんな夢も見なかった。

三　宴

　船祭りがおわり、工場地帯からはまたもうもうと煙が立ちのぼるようになった。祭りの直後、火狩りたちは忙しくなる。工場が休止する祭りのあいだにも狩りはおこなわれているのだが、稼働が再開されるこのとき、一気に大量の火が必要となる。その供給を絶やさないため、火狩りたちは犬を連れて、森の中を駆けまわるのだ。

　崖に掘られ、結界で守られたトンネルのむこう……そこで、実際にどんなふうに狩りがおこなわれているのか、煌四には想像するしかない。そこが、どんな世界であるのかも。

　燠火家の地下室。煌四の目の前では、雷火の黄金の明かりが揺らめいている。五徳に支えられた卵型の容れ物の中で、その液体は静かに輝いている。

　油百七に用意してもらった諸々の資材は、結局、どれも雷瓶を武器へと導かなかった。

　煌四は、ここ数日通いつめた書庫——その第三階層でとってきた写しをくりかえし読み、雷火をひたすら観察しながら、新たにメモをつけていった。雷火にかんする本の写しと煌四の書き散らかすメモは、厚めの帳面三冊分におよぼうとしていた。気づかないうちに、二度も三度も同じ文章を書き写している箇所もあった。

（あの手綴じ本の内容を、うまく組み立てなおさなきゃいけないのかもしれない……一つ一つを読むだけじゃ、雷火のことはまだわからない。落下のときに見せた反応についても……）

書庫からとってきた写しの中には、あの落獣の図もあった。絵をかくのは得意ではないが、できるだけ正確に模写してきたつもりだ。天から地へ翔けくだる、黒い獣。犬にも見え、牙をむいた獅子にも見える。ほかの炎魔とはその存在を異にする、特別の獣……

かき写した図版は、もう一つある。第三階層に隠された手綴じ本を最初に見つけたときには気がつかなかった、べつの図版だ。その図版はなにかから写されたものらしく、筆致は落獣のものよりも、ずいぶんとたよりなかった。が、それを見たとき、煌四のこめかみはあわ立ち、しばらく身動きがとれなかった。

暗い空を背景に、図の下方にかかれた山並みのはるか上を飛ぶ光。幾すじもの尾をたなびかせたこのほうき星は、千年彗星〈揺る火〉の図であると、手綴じ本には記されていた。煌四はその図を、息をつめながらかき写した。

ゆらゆらとした尾を引いているが、機械人形のすがたまではかかれていない。人の形に似せて作られたという星は、そのまわりを燦然たる光につつまれているらしい。そしてその輝きは、目の前にある雷火の炎にも似ているのだろうと、煌四は想像した。

金色の炎を見つめていると、あとすこしでこたえが浮上してきそうな気がする。書庫でかき集めてきた資料と資料をつなぎあわせ、この雷火で照らすことで、この世界のなりたちが、なぜ炎魔や落獣が生まれたのかが、もう手のふれそうなところまで近づいてきているような……

しかし、いつも時間切れだった。

カチャリと、戸の開く音がした。油百七が顔をのぞかせる。

「手を止めさせてすまないが、すこしいいかね」

はい、と煌四は、ふりむかないままに返事をした。

油百七が地下室へ踏み入り、うしろ手に戸を閉める。とたんに、空中に満ちていた見えない秩序が壊れ、煌四の思考は雷火がささやくこたえをとらえられなくなる。

のどの奥で、油百七が小さな咳ばらいをした。このところ、煌四は油百七にたのんで、夜中にも地下室を使っていた。とり憑かれたように地下室へこもるくせ、成果をあげることのない煌四に、油百七は獣の尾めいた眉の下からいぶかしげな視線を送っていた。

「夕飯ですか？」

煌四がようやく目をあげると、燠火家当主は無機質な照明をうけて、ぶ厚い肩をそびやかした。

「……今夜は、火狩りの慰労の席をもうけていてね。お父上の知己の者たちが、きみが息災かと気にかけている。すこし顔を出してもらうことはできるか。綺羅も同席させているが、そう時間はとらせないよ」

「わかりました」

煌四は帳面を閉じ、ペンをしまった。卵型の容器から、塗りこめた密閉瓶へ雷火をもどす。前掛けをはずし、黒檀色の長衣をはおった油百七のあとについて、石の階段をのぼった。

「進捗のほうは？」

事務的にたずねられたので、煌四も同じようにこたえた。

「はい。いまのところ、正直あまりうまくはいっていません。ですが、神宮と工場地帯の見取り図、ありがとうございました。とても参考になります」

「そうかね」

「〈蜘蛛〉が攻めてくるとして……まだ時間は残っていますか」

「それもいま、火狩りたちが調査中だ」

書斎をぬけ、屋敷の中央に位置する広間へむかう。経営者仲間の会合も、火狩りをねぎらう宴席も、窓のない広間でもうけられる。落ちついた照明のならぶ廊下を歩くときも、煌四の頭の中には、さやさやと輝く火のなごりがめぐりつづけていた。

広間と台所を使用人たちがせわしなく行き来し、すでに到着している火狩りたちの談笑する声が響いてくる。それに――

（……なつかしいな）

煌四は一瞬、夕暮れの去った窓の外へ目をむけた。犬たちの声だ。火狩りの連れている狩り犬たちが、主が屋敷へ入っているあいだ、庭で待っているのだ。何頭ほどいるのだろうか、軽く吠えたり、空腹を訴えて細く鳴く声もする。犬たちの気配が、煌四にいやでもかなたのことを思い出させた。

広間には狩人たちが、すでにくつろいだようすで小さな盃をとり、十台の円卓にふんだんにならべられた料理をつまんでいる。酒が入ったことも手伝って、気心の知れた者と大きく口を開けて笑いながら、手柄話に花を咲かせている者。ひざを組んで椅子にかけ、うつむきがちに盃をちびりちびりかたむけている者。

そのどちらにもわけへだてなく、火華と綺羅が盃の中身をさりげなく気にかけながら、挨拶をしてまわっていた。火狩りたちの手柄話に丁寧に耳をかたむけ、酒や料理がたりなくなる前に、二人がすばやく使用人へ声をかける。

黒檀色の油百七の衣服とは対照的に、今夜の火華のいでたちは純白の夜会着だった。絹糸で蝶の刺繍がほどこされており、動くたびにその翅がほんとうにはためいているかに見える。優雅なしぐさで歩きまわる火華を、憧れをこめて見やっている火狩りもいた。

広間にはきらびやかに火がともされ、ガラスか水晶の照明飾りが光を反射させ、あるいは屈折させてはなち、室内をみごとに演出していた。

「あの席だ」

油百七が指さした円卓には、たしかに煌四の父親と組んで狩りをしていた火狩りたちが四人、ご馳走をつまみながら話しこんでいる。油百七といっしょに、煌四はそのテーブルへむかった。

「……ご無沙汰してます」

煌四が声をかけると、父親の仲間だった火狩りたちは一様に目をまるくして顔をあげた。多忙な時期のあとだということもあって、四人のうち二人は、伸びたひげをあたってもいない。森からそのまま宴会へ駆けつけたかのようないでたちだ。

「おお、元気だったか。灰十の野郎、病気の嫁さん置いて出ていきおってなあ。お前たち兄妹も、苦労したろうに」

「あいつは遠征ばかり好いてなあ、今度も、どこぞで狩りをしとるんだろうが……気の毒なことだったが、妹のチビもこの燠火家に置かれりゃあ安心だわい」

「お前も大出世じゃないか、なあ」

豪快に笑って煌四の背中をばんとたたいたのは、父親がすがたを消してまっ先に、どこへ行ったのかと家までたずねに来た火狩りだった。煌四は頭のうしろへ手をやりながら、はあ、と力のこもらない返事をする。笑うべきなのだろうか。どんな顔をすればいいのかわからなかった。

「では、ごゆるりと。わたしも、あちらで皿をとってこよう。失礼、今日は夕飯がまだで、腹ぺこでね。あとでうかがおう」

油百七はおどけた調子でパンパンと自分の腹をたたいてそう言うと、広間の奥へ歩き去っていった。

火狩りたちはみな、首都風の衣服ではなく、狩衣をまとっている。鎌こそ携行していないが、これが火狩りを生業とする者の正装にあたるのだ。髪やひげを整えていなかろうと、狩衣を汚したままでいようと、火狩りが蔑まれることはない。

「父のことではほんとうに、ご迷惑をおかけして……」

どうしても、声が平坦になってしまう。四人の狩人たちはたがいに顔を見あわせて、席にくわわったらどうかと煌四にすすめた。

「酒は飲めんだろうが、お前、せっかくこのお屋敷に住まわしてもらっとるちゅうのに、もちっと太らんか。ひょろすけのまんまじゃ」

その声には、煌四を仲間のせがれとして気づかっている響きがこもっていた。が、煌四はとても同席する気分ではなく、断るのにふさわしい言葉をめまぐるしく探した。

――と、

「煌四！」

ほとんど駆け足で割りこんできたのは、綺羅だった。きりっとした濃紺のスカートをつまみ、火狩りたちに丁寧にお辞儀をする。

「おじさま方、犬を見てきてもいいでしょう？」

晴れやかに言う綺羅のもとへ、つかつかと歩みよってきたのは、絹の蝶をまとった火華だった。

「まったく、はしたない。お客さまと煌四さんは、まだお話のとちゅうでしょう？」

はずんだようすの娘に、火華は眉を寄せてみせる。首をかしげると、綺羅の髪に留めつけてあるものとそろいの、真珠でできた耳飾りがくらくらと揺れた。

「それに、狩り犬たちはたいせつな狩りの相棒なのですよ。ご無礼があってはどうするつもりです」

火華が言うと、火狩りたちがどっと笑った。

「ほんとうに、綺羅お嬢さまの犬好きは筋金入りじゃ。いやいや、奥さま、綺羅お嬢さまになでてやってもらえるのなら、犬どももよろこびましょう」

「いっそ、火狩りになりなさってはどうじゃ」

火華も口もとに手をそえて、宴席の礼儀にはずれないよう、ころころと笑った。

「あら、からかわないでやってくださいな。この子、本気にとってしまうわ。娘はわたしに似ず学問が優秀なのですけれど、なんでもすぐに信じてしまうんですから」

母親のあでやかな笑みをまぶしそうに見あげ、そっとまつ毛をふせたあと、綺羅は長い髪を揺らした。

「お母さま、それじゃ、行ってきます。――煌四も行きましょ」

手をとり、綺羅が走りだすものだから、煌四は危うくもんどりうって転ぶところだった。火狩りたちと火華をあとにして、広間の出口へむかう。

ふと、壁際に人影が立っているのが見えた。狩衣すがたのため、火狩りの一人なのだとわかる。酒席につかず、壁にぴたりと気配をなじませて、腕を組んで立っている。その肌の色が褐色に近いせいもあって、贅を尽くした照明のとどく範囲のわずか外に立つ人影を、ともすれば見落として通りすぎてしまいそうだった。

　事実、煌四の手を引く綺羅の目に、その火狩りのすがたは映っていないようだった。広間をあとにしながら煌四が一瞬視線を投げかけると、壁際にたたずむその男は鋭利な眼光をこちらにむけ、錯覚でなければ、おかしそうに口角をあげた。


「見て。どの子もとってもきれい」

　数十頭いる犬たちを順番になでまわしながら、綺羅がうっとりと息をもらした。

「立派ねえ」

　手をさし出さずに、まず顔から犬に近づいてゆく。するとどの犬も——もともと狩り犬は、決して無防備な人間を咬まないようしつけられているのだが——親しげに綺羅の頰や口もとをなめ、脇腹やあごをなでさせた。整えた髪が、犬のよだれで乱れるのにも綺羅は頓着しない。うしろ脚で立ちあがり、じゃれつこうとしてくる犬には、かん高い笑い声をはじけさせながら抱擁をした。

「犬がそんなに好きだとは、知らなかった」

　煌四は庭木の根方に立ち、犬たちのあいだをはしゃいで歩きまわる綺羅と、それについてまわる緋名子をながめていた。はつらつとした顔で犬たちと遊びまわる綺羅が、ほんとうに油百七と火華の娘なのかと、煌四はあらためて不思議に思う。

「動物はなんだって好き。屋敷でもなにか飼いたいのだけど……お母さまは、獣がおきらいで」

ふと、綺羅の声の調子が沈んだ。煌四はそのすがたに、いやな引っかかりをおぼえる。広間を去る前に火華が綺羅へかけた言葉……あれは、あからさまな嫌味ではないか。火華が自分の娘に対する嫌味を、わざわざ他人のいる前で言う意味もわからなかったが……

「しまき、たつた、いわお、かぐら」

緋名子は顔を知っている犬の名前を、それぞれそっと頭をなでながら、神妙なおももちで復唱していた。どれもかなたと狩りで組んだことのある犬たち、先ほど煌四が短い挨拶をしてきた火狩りの狩り犬たちだ。緋名子には、犬たちはそれほどさかんにじゃれつこうとしない。細い足でたよりなく立つ緋名子を、気遣ってでもいるようだった。

「緋名子ちゃんと煌四の家にも、犬がいたのでしょう?」

綺羅は、もうその質問をするのに遠慮がいるほど、煌四たち兄妹と距離のある仲ではなくなっていた。緋名子が、前よりすこしふくらみをおびた頰に笑みを浮かべて、綺羅を見あげる。

「いたよ。かなたっていうの。毛並みは灰色で、とっても強くてやさしい犬。……また会いたいな」

「会えるわよ、きっと。火狩りの犬はみんな賢いもの。狩りの相棒でなくたって、家族のことを忘れたりなんかしないわ」

綺羅は、どこか沈んでいた声をはねのけるように言った。窓からこぼれる照明と、門柱の上にある常火のおかげで、夜の庭は明るい。守衛と庭師を務める老人が、空腹を訴える犬に餌をあたえていた。綺羅はそれをもらってきて、緋名子といっしょに犬たちに食べさせる。てのひらをなめまわされて、緋名子がくすぐったさにけたけたと笑い声をあげた。

「あら、この子は、はじめて見る……美人ねえ」

綺羅が、一匹の狩り犬の背すじを丁寧になでた。

嵐の先ぶれを思わせる、しっとりと濃い青灰色の毛並みをした、細い体つきの犬だった。鼻すじと尾は白く、同じ色の飾り毛が胸もとに生えている。脚が異様に長く、いまはおとなしくしているこの犬が、狩りのときにはすさまじい俊足を発揮するのが予想できた。

（信頼できる、火狩り……）

油百七が、〈蜘蛛〉のことを調べさせていると言っていた。ここにいる狩り犬の飼い主の中に、その火狩りはいるだろうか。いくら大金持ちであっても、油百七も町や貧民区の住人と同様、統治される側の人間にすぎない。秘密裏に火狩りを懐柔し、〈蜘蛛〉のことを調べさせたりするのは、神族にそむく行為だ。万が一神族にもれることがあれば、いまの地位も危うくなるのではないか。

「緋名子。そろそろ部屋にもどらないと。夜更かしすると、また具合が悪くなるぞ」

木の下から、煌四は呼びかけた。もちろん緋名子の体を気遣ってでもあったが、そろそろ地下室へもどりたかった。はあい、綺羅と緋名子の声がかさなる。

屋敷の中へ入り、階段の手前で、綺羅は緋名子の背中をそっと押した。

「緋名子ちゃん、先に行ってて。わたし、もう一度お客さまたちへご挨拶してこなくちゃならないから。すぐに行くわね」

綺羅の言葉にすなおにうなずき、緋名子は煌四におやすみを言って、階段をのぼっていった。まだつづいている宴の席へ、煌四も綺羅といっしょにむかわなくてはならない。書斎と地下室の鍵は、油百七が持っているのだ。

先に立って歩きだそうとする煌四を、けれど、綺羅がうしろから呼び止めた。

「……ねえ、煌四。こんなことを言って、どうか気を悪くしないでね」

さっきまで明るかった綺羅が、深刻そうに眉を曇らせている。手をにぎりあわせ、慎重に言葉を選びとろうと努めているのがわかった。

「書斎でしているのは、お勉強だけじゃないのでしょう？　このごろは、夜もまともに寝ていないようだわ。せっかく、緋名子ちゃんが快復してきているのに……こんな調子じゃ、あなたが病気になってしまう。お父さまは……ときどき、だれにもないしょで、企て事をなさるときがある。ときには、お仕事のために、あまりよくないことだって。

もしも煌四をそういうことに巻きこんでいるのだとしたら、わたし、心配で……」

綺羅の、少女にしては低い声が、どこかへ浮遊したままだった煌四の意識を、胸に縫いとめた。歯を食いしばって、煌四は耐えなければならなかった。綺羅のまっすぐな視線に、邪気もなく人を思いやるそのやり方に。

「──工場のことを」

うそが、口をついて出た。

「工場のことを教わっているんだ。自分で勉強もしてる。将来は、ほら……だれかが後継ぎにならなきゃいけないだろ」

それが、いちばん効果的に綺羅の口を閉じさせることを、頭の中で計算している。案の定綺羅は愕然とした表情を一瞬浮かべ、しかし、しつけられたつつましさで、あわててそれを笑みの下に隠した。

「そうなの。──ごめんなさい、さしでがましいことを言って。それじゃ、わたし、緋名子ちゃんのところへもどるわね」

広間へ挨拶に行かなければと緋名子に言っていたのは、煌四と二人で話すための口実だったのだろう。波打つ髪を揺らして、綺羅は階段を駆けのぼっていった。

「なんなんだ……」

煌四は眼鏡をはずし、ぐしゃぐしゃと髪を引っかきまわす。

腹が立った。自分を気づかってくれる綺羅を、ばかげたうそで追いはらった。そんなことをしてどうする。そんなことをしてまで、自分は、雷瓶の製作にとりくまなければならないのだろうか。武器となるものを、作らなくてはならないのだろうか。いや、ちがう。綺羅や緋名子を守るための、自分たちの身を守る道具を、作っているのだ。そのはずだ……

　ろくに眠っていないせいか、考えがまとまらないまま、煌四は油百七がいるはずの広間へ足をむけた。使用人たちは、まだ忙しく働いている。夜更けまでつづく宴のあいだ、酒と料理を絶やさないよう走りまわっている。早めに家路につく火狩りにはだれかが丁重に玄関までつきそい、さらに庭で待っていた犬とともに門の外まで見送る。

　父親もこのように、下にも置かないあつかいをうけていたのだろうか。この屋敷で。いったい、どんな顔をして酒を食らっていたのだろう。

　と、広間へ入る直前、中から扉が開けられた。

「見送りは結構」

「で、ですが……」

　きびきびとした足どりで玄関へむかうのは、広間の壁際から宴をながめていた、あの火狩りだった。頭のうしろで縛った長い髪が、狩衣（かりぎぬ）の背中で揺れる。こまったようすの使用人がついていこうとするのを、機敏にふりかえり、てのひらを前にかざして止めた。

「いや、ほんとうに結構。まだお忙しいでしょう。ここで失礼します」

　日焼けのせいにしては濃い褐色の頰に、礼儀にかなうだけの微笑を浮かべ、火狩りは軽く一礼する。

「はあ……」

使用人はすっかり気おされたようすで、一人で去る客人を不安そうに見送った。客人はかならず門まで見送るようにと、主から言いつけられているのだろう。

（ひょっとして、さっきの犬の飼い主かな）

綺羅がはじめて見る顔だと言っていた、脚の速そうな犬。やりとりを横目に見ながら煌四が広間へ入ろうとすると、おい、と声をかけられた。ふりむくと、使用人のむこう、玄関の扉の前から、先ほどの火狩りが煌四を呼んでいた。

「坊主、さっき庭へ出ていたろう。おれの犬はまだ起きてたか？」

おれの犬、と言われても、煌四にはこの火狩りの犬がどれだかわからない。が、おそらく綺羅が最後になでていたあの犬だろうとめぼしをつけて、うなずいた。まちがっていたところで、とがめられはしないだろう。

無駄な肉の削ぎ落とされた顔に、火狩りはくしゃっとしわを寄せて笑った。

「そうか、それはよかった。犬のくせに気まぐれなやつでな、寝てるところを担いで帰るのは、ごめんなんだ」

そうしてくるりときびすをかえし、どこか変わった風貌の火狩りは屋敷をあとにした。

煌四は閉じられた玄関扉を、しばらく見つめていた。出ていった火狩りからうけた謎めいた印象が、意識に引っかかったままでいる。

「……あの」

　小さな声を発したのは、所在なげに両手の指を組みあわせていた使用人だった。煌四は、数多くいる燠火家の使用人の名前をいまだにおぼえていないし、いちいち紹介される機会もなかったので、なぜ自分に声をかけてくるのか、見当がつかずとまどった。明るい灰色の制服をまとったその人は、思いがけず親しげなまなざしを煌四にむけてきた。

「おぼえていらっしゃらないかもしれないですね。はじめてここへいらしたときに、お茶をお出しした者です。あの……出すぎたことをすると旦那さまにお叱りをうけるのですが」

　そう断ってから、使用人は周囲を気にしながら、煌四に近づいてきた。

「あなた方のお宅の片づけに、ほかの者といっしょにうかがっておりました。そのときにこれを見つけて。たいせつなものではないかと、おわたしする機会を待っていたのです」

　すばやく、手になにかをにぎらされた。折りたたまれた紙だ。使用人は目をふせ黙礼すると、煌四と口をきいた痕跡を空気の中からかき消すように、最小限の動作でむきを変え、台所のほうへ歩き去った。

「…………」

　煌四はいきなり手わたされたざらついた紙を見おろし、はしをめくってみた。どくりと、脈がうごめくのを感じた。ひどくゆがんで、筆圧もでたらめだが、すぐわかった。

——母親の文字だ。

大急ぎで紙をポケットにつっこみ、にぎわいのやまない広間へ入った。油百七にたのみ、書斎と地下室の鍵を開けてもらった。書斎の扉、その奥の扉、地下室の扉、油百七が三つの鍵を開けてゆくあいだも、心臓はどくどくとさわぎつづけていた。地下室の戸が閉まるとき、なにか声をかけられたが、耳にとどいていなかった。

石壁がむき出しの地下室に一人きりになり、煌四は先ほどわたされた紙を慎重にひろげた。

それは、手紙だった。手のふるえとかすむ目のせいで乱れた筆致で書きとめられた、母の遺した手紙だった。

紙は、ずいぶん長く床のすみのどこかへ追いやられていたらしく、埃をかぶってしわくちゃになっていた。工場毒の汚染による病気の進行は急激で、母親は床についてまもなく人の言葉を話せなくなった。煌四たちの知らないあいだにこれを書き、どこかへ落としてしまったのだろうか。それが、家を引きはらうときに見つかったのだ。燠火家の使用人の手によって。しかしなぜ、人目をはばかってわたさなければならなかったのだろう?

その理由は、判読しがたい文字を拾ってゆくうちに明らかになった。

『こうし　ひなこ、お父さんをうらまないように。だまってでていかれたわけではありません。世界が、じきにもたなくなるだろうと　お父さんはもりかみさまにおつたえす

る手紙を　その紙をてにいれにいきました。いつかかならずもどります。らいかを　むかえ火のときにとっておく。お父さんがそういっていました。さきに死ぬことをゆるしてください。きっと　お父さんがもどってきて、こうしとひなこを守ってくれます。それまで、どうか生きていて。』

息ができなかった。頭が混乱した。

守り神への手紙？　統治者への直訴状でも書くつもりだったのだろうか？　しかし、それでどうして家を、首都を出なければならない？

雷火を、とっておく？　迎え火――なにを迎えるというんだ？

「〈揺る火〉……」

その名前が、口をついて出た。

空のかなたへさまよい出したという星。海へためこまれていくという死者の記憶……ざぶざぶと、頭蓋の内部へ水が入りこんでくる。ちがう。ここには水などない。錯覚だ。そう自分に信じさせるために、背後のぶ厚い扉に背中を押しつけた。

「状況が、変わったんだ。ぼくは……武器を作らなきゃいけない。自分たちの身を守るための、武器としての雷瓶を」

煌四は、はげしく頭をふった。頭に入りこんだ水を追いはらおうとした。幻覚だ。まともに眠っていないせいだ。ただ、それだけだ。

「……それが必要なんだ。生きているために。緋名子を、守るために」

おぼつかない文字ののたうつ手紙に目を落とし、そうつぶやいた。その声はほとんど、母への言い訳、懇願に近かった。

水——液体。はなした位置へこぼすと、するすると引かれあって一つに結びついた。さらに高低差をつけると、一瞬にして下にあるガラス皿、そこにすくいとった雷火を直撃し、容(い)れ物を粉々に砕いた。

煌四はゆっくりと深く、息をついた。

こたえが組みあわさる瞬間は、こんなふうなのかと思った。

中央書庫の第三階層で見た、落獣の図版。空から翔(か)けおりてくる獣。

いかずち。

煌四は手紙を折りたたみ、いつも持ち歩く帳面のページとページを糊(のり)で貼りあわせ、その中に隠した。そしてすばやく図面をかいた。

今夜が慰労の宴会であることを、腹立たしく、じれったく感じた。油百七に、すぐかけあってみなければならない。偽肉工場には、巨大な冷却装置があるはずだった。

四明楽

「ね、ねえ、もう歩けるよ。おろして」

「いいから、おとなしくしてろよ。無理だって、すぐへばるって」

　木々人に先導され歩きはじめて、二日。火穂と、その体をせおう照三は、ずっとこのやりとりをくりかえしていた。灯子はかなたとならんで歩きながら、そんな二人をときには見あげ、ときにはふりかえる。

　木々人たちの住みかへ案内されたときと同じに、杖を持った女が先頭に、少年が木の枝伝いに、がっちりとした男がしんがりについて、灯子たちを炎魔からかばいながら歩いた。三人はそれぞれ名前をアセビ、エニシダ、シキビというのだと、住みかを発ってすぐに教えてくれた。頰にある刺青は、それぞれの名前になっている植物をかたどっていて、木々人はみなそうする習わしなのだという。

（この人たちが、神族さまに体を作り変えられた――？）

　灯子は、いかつい体つきのシキビが、木々人の住みかで言っていた言葉を、何度も頭の中にめぐらせては混乱した。それではまるで、守り神さまが……神族が、古い世界の人間のようではないか。灯子たちの体を、かすかな火で自動的に燃えあがるように作り変えてしまった、古い世界の……

黒い森のにおいは、朽ちかけた花に似ている。それは、灯子にあのときの弔いを思い出させた。両親と燐の父親と、村人の大人たち十九人が人体発火によって死んだあとの、長い弔い——新しく積まれた十九の墓石に、生き残った村の者は、ありったけの花を供えた。春のことだったから、花はつぎからつぎへと咲き、雨もまた、花を散らしに降りそぼった。弔いの花はすぐに傷み、腐って、甘ったるく近づきがたいにおいをはなちはじめた。……

炎魔はこれまでのところ、襲ってはこなかった。木々人たちの体臭が、炎魔を寄せつけないでいる。それでもアセビたちは、それぞれに石の矢じりをつけた短い槍（やり）を携行していた。

もう歩ける、と火穂は何度も言う。しかし、まともに食事もとらず、傷をおって寝ついていた体が、そんなに早く回復するとは思えなかった。木々人が、しょっちゅう火穂に薬をあたえていた。火穂は照三の体を気遣っているのだろうが、熱があるだろう、と顔をゆがめる照三は、いっそ黙っていてくれるほうがありがたいようだった。

「なあチビすけ、お前、この先どうするんだ」

前を歩くアセビの背中を見つめながら、照三が灯子に言葉をむけた。

「この先……？」

灯子はあやふやな言葉をつぶやいて、しばらく口をつぐむ。見れば、さっきまでおろせと訴えていた火穂は、照三の背にもたれかかって眠っている。やはりまだ、体が弱りきっているのだ。

灯子は、あたりの気配に目をくばりながら歩くかなたの尾が揺れるのを見つめ、くちびるを噛んでから顔をあげた。

「……首都へ行く。かなたと形見を、火狩りさまの家族にかえさんと」

「おいおい、簡単に言うなよなあ。回収車で走ったって、相当の距離だぜ。足で歩いて、着けるかよ」

照三のひたいには、汗が浮かんでいた。休憩のときには、木々人たちが森の木のくぼみや梢から集めてきた水をくれる。それに灯子の風呂敷づつみの中には、首都まで食いつなぐことも考えて保存食があったので、それをすこしずつわけあった。が、それだけで体力をたもちつづけるのは厳しい。かなたは、ときおり地を這う小動物を見つけては、すばやく捕らえて食べていた。炎魔ではないネズミやリス、それに虫も。狩り犬は狩りのあいだ、自力で空腹を満たすようしつけられているのだろう。

「だってわたしは、そんためにに村を出たんです。かなたを……家族に会わすために」

「家族ったってよお」

照三が、ずり落ちかけた火穂を、はずみをつけておぶいなおす。

「いるかどうか、わからねえじゃねえか。おれだって、首都へもどりたいけどよ。親が待ってんだ。親父は下請けの工場勤めなんだけどよ、稼ぎがたりねえわけ。おふくろが病気でさ。医者に診せるのに、もっと金がいるんだよ。なのに親父は変に職人気質で頑固だからよ、自分にはこの仕事しかできないって、ほかの働き口を探そうともしねえ。だからおれ、回収車の乗員試験をうけたんだ。まさかうかるとは思わなかったが、乗員になれば、かなりの報酬が出るからな。……まあ、いまさら、どうにもならねえけどよ」

首を痛そうなほどうつむけて、照三はそう話した。しゃべってでもいないと、気が変になってしまいそうなのだ。

「チビすけ、お前こそ、村に家族は待ってねえのかよ」

たずねられ、灯子は照三の顔を見あげずに、わからない程度の動作でうなずいた。

「家族はばあちゃんと、いっしょに住まわしてもろうとるおばさんと燐。両親は、死にました」

そうか——としぼり出した照三のあごから、しずくが落ちた。そんなに汗をかくほど暑いだろうか、具合でも悪いのかと見あげた灯子は、照三が歯を食いしばって泣いているのを見てしまい、あわてて目をそらした。

「照三さん、その工具、持ちます」

「うるせえ、重いぞ」

「だって、汗かいとってじゃもん。火穂がいやがりよる、おじさんの汗なんか」

ぐっと目をつぶった照三は、鼻水まで垂らしていた。

「チビすけ、てめえ、おれはまだ二十二だ。お兄さんっつうんだ」

うしろにまわした照三の手からとった鉄製の工具は、ほんとうに重かった。思わず足の上に落としそうになったそれを、灯子はあわててにぎりなおす。

どの方角を見わたしても、森のはてはない。灰と泥に汚染されたように黒くただれた木々が、昼間は木洩れ日をぼやかし、夜には完全な闇を充満させた。ときおり、遠くを獣が歩くのを見た。黒い獣の影に、灯子の体はぞわっと総毛立つ。炎魔だ。しかし、赤い目でこちらを見やった炎魔は、そのままふいと鼻先をそらし、歩き去ってゆく。

狼か熊に似たもの、火穂を襲ったのと同じ、猿のすがたのものも見かけたが、一匹もこちらを襲いに来ることはなかった。襲ってこない炎魔というのも、不気味だ。自分たちはえがかれた絵の中を歩いているのではないか……そんな錯覚が、灯子の頭を何度も乗っとろうとした。

木々人たちが案内する道は、平坦ではなかった。足場の悪い岩の斜面や、とがった下生えに疲弊しながら、灯子たちは歩いた。

夜が訪れると、三人の木々人たちは、立ち木をたくみに利用して、仮の住みかをこしらえる。エニシダがよくしなる枝を選んで、それをつかんだまま地面へ飛びおりる。すると、シキビが枝をつかまえ、石のくさびで地面に留めつける。アセビが葉のついた枝を集めてきて、周囲をおおう。

中へ入ろうとするとき――昼間一度見かけたはずの、猿のすがたをした炎魔が、遠くからじっとこちらを見つめているのを灯子は見た。赤い目が闇に光っている。あのときの炎魔が、まさか火穂を追ってきたのだろうか。とっさにそう感じて身がまえたが、すぐにその考えをかき消した。あのときの炎魔は、炎千が狩ったではないか。

「早く入れよ」

最初の見張りに立つエニシダにうながされ、灯子は混乱する頭をふるって、仮ごしらえの天幕の中へ入った。ねばつく地面には、アセビが集めた木の葉が敷かれているが、それも灰色に黒々としたまだらをまとった毒々しい葉だ。しかし、とにかくその上で体を休めるしかない。

麦粉のせんべい、煮つめて笹の葉にくるんだ棒状の飴（あめ）、あとは乾燥させた野菜や木の実。灯子の保存食を、照三たちとわけあって腹に入れる。はじめはだれも、食べ物を口にする気になどなれなかった。それでも村へたどり着くまで、体力を消耗するにまかせるわけにはいかない。回収車ではなにも口にしなかった火穂も、折りとった飴を口に入れ、木々人のさし出す薬を、おとなしく飲んだ。

「あの……アセビさんたちは、ほんとに食べてのうて、ええんですか？」

灯子はおずおずと、アセビにたずねた。歩きはじめてから、木々人たちは三人とも、水と、それから捕まえた虫しか口にしなかった。宙を飛ぶ虫や地を這う虫を素手で捕らえ、そのままぱくりと食べるのだ。

「お前たちの食べ物は、食べない。食べれば腹を壊す。水を飲んで虫を食う、木々人の体はそういうふうに作られている」

アセビのそっけない返事が、また灯子の腹をうずうずと不安にさせた。作り変えられた体。村の祠の童さまは、いつもなんだか読みとりがたい、いたずらめいた頬笑みを浮かべていて、その顔を見ると、灯子は心が落ちついた。祠から出ず、しゃべることもない守り神に、心底から親しみをおぼえていた。それなのに……木々人たちの話を聞いていると、童さまを分身として生み出した首都の姫神が、それを頂点にすえる神族という存在が、おぞましいものに思えてくる。

たしかなものだと信じていた地面が、ざらざらとした砂になってこぼれてゆくような気がした。まったく知らないあいだに、灯子の足が踏む地面が、致命的にむしばまれて消えてゆく。

歩き、休み、また歩き……そして、村へたどり着いた。

「ここだ」

先頭に立つアセビが、灯子たちをふりかえって言う。

白く塗られた結界の柵。そのむこうには、山の斜面を背景に、村があった。人の声がし、食べるもののにおいと、働く音が結界の外まで伝わる。

村の門には、灯子の村と同じく、しめ縄がかけられている。アセビが手をのべて、閉ざされた門にかかった鈴を揺すった。ぶどうの実のようにつらなった鈴は、わずかに揺するだけでもにぎやかな音色を響かせる。遠くまで響くこの鈴の音は、炎魔がきらうものとされていた。

トン、と、門が内側からたたかれた。誰何の音だ。

「木々人だ。道に迷った人間を案内してきた。中へ入れてやってくれ」

あわただしい気配が内側であって、すぐさま閂の動く音が聞こえてきた。黒い森から、やっと逃れることができる。体が浮くような安堵が押しよせてきた、そのときだ。

森をふりかえり、かなたが吠えた。枝の上にいるエニシダがチチッと舌を鳴らし、警告音を発した。

一匹の炎魔が、じっとこちらを見ている。猿のすがただ。遠い。あの距離ならば、襲われる前に結界の中へ入ることができる。いや、木々人たちがいっしょにいるのだから、そもそも襲われる心配はない。

が、その猿の立ち方は、不自然だった。二本の脚と背中を伸ばし、直立している。さらにその手が、細い棒きれのようなものを顔の前にかまえた。灯子のかさぶたにおおわれたひざがすくんだ。

「炎魔ではないぞ」

シキビが、短い槍をかまえる。

門が開きかける。ひょ、となにかが飛んできて、灯子の耳の横を鋭い風がかすった。

炎魔が、棒きれになにかをつがえるしぐさ。――吹き矢だ。

「な、なんだあ、あいつ！」

照三が顔を引きつらせる。よどみない動作でかまえられた吹き矢の照準が、今度はぴたりとあったのがわかる。灯子は、動くことができなかった。

「急いで村へ入れ」

アセビがうながし、槍を持つ手に力をこめる。枝の上のエニシダが、鳥の警告音に似た鋭い舌打ちをくりかえした。早く門の中へ入らなければ。ところが、かなたが吠えたてながら駆けだした。狩り犬は飛ぶように灯子からはなれ、こちらをねらうにせの炎魔へ咬みかかろうとしてゆく。

「かなた……!」

犬を止めようとする灯子の首根っこを照三が捕まえ、うしろへ引っぱる。

が、かなたが到達するその前に、べつのなにかが吹き矢の猿に接近し、カンと乾いた音をさせて、手から吹き矢をはじきとばした。炎魔……ではない。木々人ともちがう。あざやかに足をさばいて、にせ猿を引っくりかえし、のどにひじをめりこませる。

ぐぁ、とにせ猿ののどから、たしかに人間の悲鳴がもれた。

当て身をくらって組みふせられながらも、にせ猿はすさまじい身のこなしで体をねじるように飛びあがり、走って森のむこうへ消えた。ねらうべき相手が逃げ、かなたはその場で猛々しくうなりながら、じれったそうな足踏みをくりかえす。

「危ない、危ない」

パッパッと手をはらいながら、軽やかな声が言った。にせ猿を撃退した何者かの声だ。

声の主には警戒することなく、かなたがこちらへ駆けもどってくる。灯子は走ってくる犬に、必死で両の腕をさしのべた。木々人たちは三人とも、武器のかまえを解いた。

「いまのなに？　物騒だな。──おや、工場者が木々人といっしょだなんて、めずらしい」

黒い森に似つかわしくない、明るい声。かなたのうしろから歩みよってきながら、その人物は、灰色の作業着すがたの照三に目をとめる。口もとをおおっている被布をずりさげると、若い女の顔が現れた。マントをはおった下には、見慣れない作りではあるが、狩衣(かりぎぬ)らしい装束をまとっているのがわかる。当惑している灯子たちに、にっと笑いかける。

「おやおや、明楽(あきら)さんですか」

開かれた門の内側から、村の者がちらりと顔だけをのぞかせた。褪(あ)せたねず茶色の着物を着た、四十ほどの年の男だ。さっきの、猿のすがたをしたあやしい存在とその攻撃は、門の中からは見えていないようだった。背の低い門番は護衛用の棒をにぎっていたが、狩衣すがたの女をみとめると、明らかにほっとして表情を崩した。声をかけた門番のうしろに、同じ棒を手にした数人の男たちが立っている。

「護衛してたの？」

女は、武器を立ててにぎる木々人たち三人を、親しみをこめて見やる。アセビはごく短く、ああ、とだけこたえる。

「明楽さん、車は？」

門番が問うと、若い女はあっと声をあげて、なんと先ほどのにせ猿を追いはらったところまで、走ってもどる。おどろくほど足が速い。狩り装束の女は幌つきの木製の車を、全身の力をこめて引いてくる。小型のものだが、あれは、動物に引かせる車のはずだ。が、その動物がいない。

「あんたたち、なにしてんの。早く門に入りなさいったら。炎魔が来るよ」

汗をびっしょりかきながら、女が言った。

「お、おい、あんたこそなに言ってんだ。危ないぞ」

照三は、青ざめた顔で黙りこくっている火穂を灯子のとなりに立たせると、駆けていってうしろから車を押した。シキビも、それにくわわる。木々人がそばにいるうちは、炎魔が襲ってくることはないはずだ。が、さっきのにせ猿は、炎魔ではなかった。またもどってきて、飛び道具でねらってくるかもしれない。

ねずみ茶の着物の門番はひやひやした顔で、車を運んでくる女と、アセビと灯子たちをかわるがわる見やっていたが、やっと門のところまで車が到達すると、心のこもったしぐさで木々人たちに頭をさげた。

「ご苦労さまでございました。たしかに、村にかくまわせていただきます」

アセビがうなずき、エニシダが早くもべつの枝へ飛び移ろうと、ひざにはずみをつけている。

「あんたたち、住みかへもどるまで、気をつけなよ」

「ああ、そうする」

狩衣の女の親しげな呼びかけに、木々人たちは慣れた調子でこたえ、灯子たちに一瞬、翡翠色のまなざしをくれたあと、あっさりと歩きだそうとした。

「あ、あの、ありがとうございました！」

火穂の肩を支えようとしていた灯子は、あわててふりかえり、三人の木々人たちに深く頭をさげた。エニシダのはだしの足が、勢いよく足場の枝を蹴った。アセビ、シキビがごく浅くうなずき、そうして木々人たちは、森の奥へ行ってしまった。


灯子たちが連れてこられたここは、ガラス作りをしている村だった。

門を入ると、回収車が乗り入れるための広場があり、そのむこうに結界に守られたなだらかな山裾の斜面が、入ってきた者たちを迎える。山のふもとには、煙を噴く何棟もの工房がつらなっていた。ものの強く熱されるにおいというのを、灯子はいままで、こんなに嗅いだことはなかった。熱気とにおいが、波になって空気を揺らめかせているようだ。

森を一歩はなれたとたん、頭上に空が現れ、こっくりとなめらかな紫色をした夕闇が、おぼろげな春の星をちらちらとまたたかせている。灯子が生まれた紙漉きの村より、ここはずっとひろい。

「夜には工房の仕事もしまいますが、この村では、火が絶やせませんもんで。回収車で買う火だけではたりんのです。そういうわけで、こちらの明楽さんのような、流れの火狩りさまにたよっておるわけでして」

　ねず茶の着物の小柄な門番は、護衛の棒を仲間にわたし、森から入ってきた一行を案内する。門番に立っていた男たちが、明楽の車を広場のすみにある荷車置き場まで運んだ。車が動かされるとき、明楽は小さな手さげかごだけをおろし、腕にかかえて歩いた。

「じゃあ……火狩りさまなん？」

　おどろきのこもった灯子のささやき声に、旅装の女は口の両はしをあげて笑う。開けっぴろげな、明るい笑顔だ。

「そう。あんたたちの仲間にも、同業者がいるんじゃないの？」

とび色をしたその目は、灯子のかたわらを歩くかなたを見つめている。灯子はなぜかどきりとして、目をみはったままかぶりをふった。照三におぶさろうとせず、よろよろと歩く火穂の背中を支える。

「回収車では、品に見合っただけの火をもらえますが、作るほうとしては、それではとてもまかないきれんので……おっと、首都の方の前で、こんな話はいけませんでしたかな」

　顔をのぞきこまれて、照三はぎくりと引きつりかけた頰を、のどもとに息をつめてごまかした。

「……いやあ、おれはたしかに首都の人間ですが、回収車のことは、わかんないですね。ただの、工場勤めで。この二人が、村から賊にさらわれてきて、首都で人買いに売られそうになってたんですよ。賊は警吏に捕らえられたんだけど、こいつら村に帰さねえとかわいそうだ、ってことになって。湾を経由してこっち方面までは来たんすけど、ほら、あの、森で炎魔に襲われて、道に迷っちまって」

たよりない顔にへらへらとした苦笑いを浮かべて、照三がうそをまくしたてる。回収車が竜に襲われたことは、まだ村の人間には知らせないほうがいいのだろう。村が大混乱におちいるのは、目に見えていた。

門番の男は、まるい目をしばたたいて、はあ、と口までまるく開けた。

「それはご苦労なさいましたな。この村はさっき言いましたとおり、流れの火狩りさまがよく訪れられる村ですよって、宿もあります。けがもしておいでのようじゃ、よく休んでお行きなさい」

はあ、どうも、と頭をさげる照三を、明楽と呼ばれる若い火狩りは、うさんくさそうに横目で見ていた。

山の斜面の中ほどには村人の住む集落が、工房と道でへだてられた山裾には、宿場があった。灯子たちは門番に案内され、なつかしい卵型の照明のともる宿へと通された。明楽は慣れたようすで門番に礼を言い、灯子たちにも軽い調子で手をふると、さっさと宿の中へ入っていった。

「……まずい。支払いができねえぞ」

宿の入り口で立ち止まった照三のそでを引き、灯子は背伸びして耳打ちをした。

「わたし、無垢紙を持っとる」

「おお、でかしたチビすけ！　けど、いっぺんには出すな。一枚しか持ってないふりしろ、いいな？」

照三に言われて、灯子は民家をつらねただけの造りの宿の、管理棟の入り口をくぐった。先に明楽という火狩りが入っていった建物だ。障子戸のところどころに、赤や模様擦りの薄いガラスがはめられている。管理棟の者はそこが住まいであるらしく、自分たちの夕食を片づけているところだった。灯子はついてきたかなたといっしょに障子戸をくぐり、流しと炉のある土間へ入ると、束からぬいておいた無垢紙を一枚、さし出した。

「……これ、わたしの村でこさえたものです。あのう、ほかにお出しできるものを、なんも持っとらんで。これで、泊まらせてもらえますか」

宿を管理する派手な顔立ちの女は、洗い物をしていた手を前掛けでごしごしとふき、純白のしとやかな紙をうけとって目をむいた。

「こりゃあ、献上物じゃあないか。じいちゃん、ちょっと。これ、ほら、無垢紙だよ。神さまの字を書きなさる紙！」

土間から一段高い座敷の奥に座る老爺に、大声で呼ばわる。が、老人は耳が遠いのか、白いひげをなでつけながら、うんうん、とおだやかにうなずくばかりだ。あのおじいさんも目が見えないのかもしれないと、灯子は思った。顔中がしわだけでできたような、灯子のばあちゃんとよく似た顔つきをしている。どうやらこの管理棟に暮らす二人は、親子であるらしい。

「あのねえ、お嬢ちゃん。うちは安宿で、こんなものをいただいてつりあうような寝床も、食事も用意できないけどね」

囲炉裏の奥で噛みタバコをもぐもぐやっている老人のかわりに、女の管理人が、細長く曲線をえがく眉をひそめた。

「そ、そいでも、これしかないんです。お願いします」

灯子の心臓は、どくどくと大きくはねていた。朱一たち紙漉き衆の作る紙は、よその村の者をこんなにおどろかせるほどよい品なのだ。献上物だ、特別な品だと、村の人間がそう言うのは幾度となく聞いてきたけれど、村の外でもそれがみとめられていると知るのははじめてだった。

「あれあれ、お嬢ちゃん、その履き物、もうだめなんじゃないの。まあ森の中なんぞ、長く歩いちゃ、わらじも足袋もだめんなるわ。あの兄ちゃんはいい靴はいてたようだけど。そうだ、あんたともう一人のお嬢ちゃんと、新しい履き物をあげましょう。わらじを編むのが、とびきり上手なばあちゃんがいるのよぅ」

たしかに、灯子のわらじには、べとつきぬめる森の土がこびりつき、ふやけて、ぐずっと腐りかけたようになっていた。灯子は宿の主人に、勢いよく頭をさげた。

「は、はい。ありがとうございます、たすかります」

「着物は？　お連れのぶんも、洗ったげるわよ。木々人さんにはうちのじいちゃんもお世話になってるけど、においが……ねえ」

　木々人たちといっしょにすごした灯子たちの衣服には、あの苦い異臭が移っていた。灯子は自分の着物のそでに鼻を近づけ、けれど、丁重に首をふった。

「……いいえ、これはええです。まだ森の中を、歩かんといかんから」

　かなたが、ぐふんとのどの奥で音をさせた。アセビ、エニシダ、シキビたちは、行ってしまった。この先をどうするかはまた考えなくてはならないが、木々人のにおいをまとっていれば、すくなくとも炎魔よけにはなるはずだ。

「それじゃ、せめてお風呂には入んなさい。かわいそうに、あんたらみたいなちっちゃな女の子が、苦しい思いして」

　うけとった無垢紙を座敷の奥にある小さな箪笥へしまうと、女主人はおいで、と灯子に言い、先に立って歩きだした。照三と火穂にも手まねきをする。

「泊まってもらう部屋はむこうね。——ちょっと。工場の兄ちゃん。この子たち、順にお風呂に入らすから、あんたは先に部屋で待っときなさいな」

　下駄をはいた女主人に、長屋になった宿のひと棟へ案内される。宿の正面には手洗い場があり、ひとまずそこで顔と手足を洗っていると、じきに湯気の立つお茶が運ばれてきた。

「すぐに食事も用意しますよ。お風呂を使ってもらってるあいだに」

火狩りもよく泊まる宿だからか、最初から土間には狩り犬用の敷き藁が用意され、かなたのために栄養のありそうな餌が出された。かなたはがつがつと派手な音をさせて餌を一瞬でたいらげ、うまそうに口のまわりをなめまわすと、さすがに疲れたのか、その場で腹ばいに寝そべって即座に目を閉じ、体を休めた。

風呂場は、宿の裏側にあるらしい。宿の裏庭は川に面しており、その手前に小屋が二つ。小屋の窓から、もくもくと湯気があがっていた。先に火穂が風呂に入っているあいだ、灯子は長屋の障子戸に張られている紙を、そっとさわって歩いてみた。ひょっとしてこの紙も、灯子の村で作ったものだろうか……そう思ってから、かぶりをふった。

(紙には、いろんな種類があって、うちの村で漉いているのは、文字を書くもの。障子紙や傘紙は、またべつな村でこさえている——)

文字を書く紙。いったい守り神さまは、無垢紙に、どんな文字を書くのだろう。なにを書くのだろうか。それを、だれが読むのだろう……村でもはっきりしたことは知られていない疑問を、頭の中でくりかえす。小さくできた破れ目に、花の形に切りぬいた色紙が貼ってあって、灯子はその薄桃色を、指先でなでた。

頃合いを見計らって、灯子も風呂に入った。湯船にはなみなみと湯が満たされ、湯気を立てて熱せられていた。それだけで、ここが豊かな村なのだとわかる。旅人のためにたくさんの湯を沸かせるだけの火を、ここでは手に入れることができるのだ。灯子はすっかり汚れのこびりついた体を、手ぬぐいで二度も三度もこすって洗い、木々人のにおいの染みついた着物はたたんでそのままに、用意されていた夜着に着がえた。

と、庭のむこうから、ばしゃばしゃと派手な水音が聞こえた。行ってみると、工房の方角から宿場の裏手へ流れてくる川の水に、かなたが飛びこんで水浴びをしていた。ざぶざぶと満足そうに水をはね散らし、川の中を泳いでいる。

灯子のすがたをみとめると、かなたはどこか得意げなおもざしでひと声吠(ほ)える。草むらに脚をかけて川からあがると、ぶるぶるっと勢いよく全身をふるわせた。

思わず、灯子は笑ってしまった。ぴたりと体に貼りついていた体毛が、一気に空気をふくんで逆立った。

「かなたもお風呂じゃね。体中、森の土でべとべとじゃったもんね」

犬が心地よさそうに空気のにおいを嗅(か)ぐのにつられて、灯子も鼻を上へむけた。そして、ああ、と思わず声をもらした。

星だ。光る砂をまいたように、空いちめんに星が息づいている。星を見るのなんて、何日ぶりのことだろう。あんなにおとなしく光るものが、いつも頭上にあったのに、回収車の中でも、森の中でも、それを見ることはかなわなかった。

（ほたるさんも、いまごろ星を見とってじゃろか……）

視線を空へ吸いよせられたまま、灯子はぼんやりとそう思った。

「……こんなの、ほんとうじゃないみたい」

　ふいに声がして、灯子の心臓を飛びあがらせた。火穂だった。先に湯につかって夜着に着がえた火穂は、川にかかった簡素な橋の上に座って、かなたが水を浴びるのをさっきからながめていたらしい。

　灯子はすこしためらってから、火穂のとなりへ行き、同じように腰かけた。ネズミでも見つけたのか、かなたは草むらに鼻をつっこんでにおいを探っている。

「け……けがは、もう大丈夫なん？」

　おずおずとたずねる灯子の、手首に巻きつけた結い紐に、火穂が視線をよこす。すっかり汚れて、もう花嫁のしるしにはとうてい見えなくなっている。風呂で体を洗い、着がえたあとも、なんとなくはずしがたくて、守り袋といっしょに身につけていたのだ。

「それ……なんであんたが持ってるの」

　切りそろえた前髪の下、火穂の顔には、表情がない。灯子は顔が熱くなるのを感じて、ほとんどにらむような視線で火穂を見つめた。

「だ、だって。火穂は、いやだったんじゃろ？　知らん村に、お嫁に行くの。火穂は、けがしてずうっと眠りよったから、じゃから、わたし、あずかっておこうと思うて――」

　灯子の顔が熱くなるのとは反対に、火穂の表情は、しんとひえている。かすり傷はほとんど消えたが、爪のあとは赤黒く頬やあごに残っていた。消えない傷になるかもしれない。

火穂はぼんやりと星空へ視線をやって、思いもよらないことを言った。

「……ここ、あたしがおりるはずだった村だ」

「え？」

火穂が、おりるはずだった——嫁にやられるはずだった村？

火穂は懐から、灯子と同じく首から紐でさげた守(も)り石(いし)をたぐり出し、てのひらに載せた。灯子の持っている白茶けた石ころとちがい、それは透きとおった水晶でできていた。守り袋にも入らず、針金で留められ紐を通されて、先のとがった石は火穂の手の上で澄みとおっている。

「ガラスなんていうもんは、床へ落ちればたやすく割れるまがいものだ、土が産む鉱石こそがほんものだ、なんて見くだしていたくせに。あたしの村は、そんなことを言っていた罰があたったのかな。ここは、にぎやかで人のいい村みたい」

遠くを見やって、歌でも唱えるようにつぶやいてから、火穂は灯子のほうをむいた。

「……あんたが、車を飛び出してあたしをたすけに来たんだって、お医者さまから聞いた」

淡々と、火穂が言う。川の音が耳の奥まで流れこんでくる。山の中腹にある家のどこかから、赤ん坊の泣く声がして、じきにやんだ。

「……ほたるさんは、もう、お嫁に行ったの？」

平坦(へいたん)だった声が、かすかに揺らいだ。灯子はうなずき、顔をあげて火穂を見つめた。

「ほたるさんは、火穂に、いっとう幸せになれって言いなさった。ちゃんと目をさましてって、火穂には、友達がおるのだから、って……」

「友達……」

火穂が、細い眉を寄せる。しんとひえた顔を見つめるのには勇気がいったけれど、灯子は火穂の瞳をまっすぐに見、声を強めて言った。

「わ、わたしが、火穂の友達になる。火穂が一人ぼっちになるんは、もういやじゃ」

そばにいられるわけではない、灯子はこれからどうにかして、首都をめざす。それでも、火穂に自分は一人ぼっちだと、もう思わせたくはなかった。

きれいな形の火穂の目が、見開かれた。星明かりと宿からこぼれる照明しかない中で、その目が深く澄んでいることに、灯子はおどろいた。水晶のような目だ。守り神を失った、火穂の生まれ故郷の村で採れたという、美しい石のような。

そのまなざしをこちらへむけたまま、火穂は、思いもよらないことを言った。

「じゃあ、あたし、あんたと行く」

あまりにあっさりと告げるので、灯子は動揺した。

「え？　そいでも、ここは、とてもええ村のようじゃよ。お嫁さんとしてじゃのうても、もし、ここにおられるんなら……」

そのほうが安全で、火穂にとって幸せであるのではないか。けれども、火穂の小さな顔には、かたい意志がやどっていた。

「あの乗員さんも……あたしが〈蜘蛛〉とかかわりがあったって知れば、もうあたしのこと、見捨てるんだと思ったのに。ここまでずっと、おぶってくれた。灯子が首都へ行くんなら、あたしも、いっしょに行く」

火穂は言葉を見つけられずにいる灯子の手首から、汚れた結い紐をほどくと、それを川へ流してしまった。花嫁のしるしは、水の流れをじれったがるようにするすると身をくねらせ、泳ぎ去っていった。


宿の部屋へもどると、のべられたふとんの上に、夜着に着がえた照三がだらしなくうつぶせて細い手足を伸ばしていた。座卓の上には、根菜の味噌汁と雑穀米、焼いた川魚が、まだ温かいままにならんでいる。

「照三さん。ええのかな、わたしらだけ、こんな……」

火穂とならんで畳にあがりながら、灯子はだらりと寝そべる照三に声をかけた。すると、うつぶせのまま、くぐもった声がかえってきた。

「いいんだよ。おれは、頭領からよく言われてたけど、生き意地が汚いんだ。生きのびたからには、飯食って寝て、つぎのことを考えるんだ」

難儀そうに首をまげて、顔を横へむける。森を歩くうちにひげの伸びてきた顔は、風呂で洗ってもあまりこざっぱりしては見えない。

「生きてるんだから、そうしていいんだ。でなきゃ、死んだやつらに、面目が立つもんか」

　眠そうにゆがんだ顔から、思いがけず、決然とした声が発せられた。だらしなく投げ出されているその手首に、なにやらじゃらじゃらと重そうに巻きついて光るものがあった。

「……これ、おれも首都までとどけなきゃならねえしな」

「なぁに、それ？」

　おずおずと、灯子はたずねた。こたえる照三の声は、ひどくぶっきらぼうだ。

「形見だよ。仲間の乗員の。全員ぶんの鑑札。名前と登録番号と、住所が書いてある。おれもチビすけと同じだ、首都の家族のとこまで、これをとどけに行かなきゃならねえ」

　細い鎖の先に、銀色の小さな金属板がついている。生き残った者がいないか、破壊された回収車の中へ一人もどったとき、集めてきたのだろう。息絶えている仲間たちから。

　灯子は息をつめ、着物をにぎった。

　――と、ふいにべつの声が割りこんできて、全員をびくりとこわばらせた。

「首都をめざすんなら、手伝わせてもらえない？」

　知らないまに障子戸を開け、戸口に立っているのは、あの若い火狩りだった。灯子たちのように夜着には着がえず、略式の狩衣（かりぎぬ）とでもいった動きやすそうな袴（はかま）に、工場者の肌着に似た上衣（うわぎぬ）をまとっている。護身用のものなのか、帯には短刀をさしていた。

「お邪魔していい？」

明楽、という名だった。火狩りは高いところで縛った赤みがかった髪を揺らして、灯子たちの返事も待たず、部屋の中へ入ってくる。腕には、車からおろしたあのかごをさげていた。

かなたが立ちあがり、においを嗅ぐ。そのかなたを、若い火狩りは明るいまなざしで見おろした。

「こいつ、狩り犬でしょ？　いい犬だね。あんたたち、門番に話してた身の上は、うそだよね？」

「な、なに言ってんだ。つうか、勝手に入ってくるなよ」

照三があわててふとんの上に起きあがり、眉をつりあげるが、火狩りは気にもとめない。上がり框に腰をおろすと、身をかたくしている灯子と火穂にも、人懐こい笑みをむける。年齢が読みとりがたいが、その笑顔だけを見るとまるで子どものような印象をあたえる、不思議なおもざしだった。

「ねえ、門の手前であんたたちを襲ったあれ、〈蜘蛛〉でしょう？」

はっと、照三の顔色が変わった。火穂が目を見開く。灯子の耳に、間近の空気を裂いていった吹き矢の音がよみがえる。明楽が表情を引きしめ、とび色の眼光を鋭くした。

「あたしは流れの火狩りだって言ったろ。ここより西のあたりで、ずたぼろになった回収車を見たんだ。あんたたち、あそこから逃げてきたんじゃないの」

「う、うるせえ、あんたに関係あるかよ。そ、そう言うならそっちこそ、火狩りだなんてほんとうか？　女の火狩りなんて、聞いたこともない。だいいち、犬も連れてねえじゃねえか」

虚勢を張ろうとした照三の声は、すっかりうわずってしまっている。

明楽は、さげていたかごを、ぽんとたたいた。それを合図に、かごの蓋が中から持ちあげられる。あずき色をした鼻がのぞき、てのひらにおさまりそうなほど小さな頭が、ぴょこりと現れた。

「犬ならいるよ」

かなたが、ぱたっと尾をふる。かなたのうれしさをしめすしぐさと、かごから現れた生き物とが、灯子の中でつながらないままだった。これがなんという生き物か、わからなかったのだ。

白い毛におおわれ、耳は三角に立っている。子犬だろうか、それとも猫かもしれない。が、どちらであるにしろ、かごから飛び出てあたりのにおいを嗅いでまわるその生き物の体の作りは、どこかしら不自然だった。

「あたしの狩り犬。てまりっていうよ」

明楽に名前を呼ばれて、生き物ははずみをつけて畳の上でとんだ。猫よりも小さく、骨もたよりないが、狩り犬だというそれは、濡れ濡れとした鼻からしぶきを飛ばして、高い声で吠えた。

「赤ん坊……」

　まばたきも忘れて、てまりという名のおかしな犬を見つめながら、火穂がつぶやいた。明楽が、鼻にしわを寄せて笑う。

「大人だよ。これで、立派な狩り犬なの。体は小さいけど、気性は荒いんだ」

　気性が荒いと言われているのに、ちっぽけな犬は作り物めいた小さな脚で歩きまわり、灯子や火穂のにおいを嗅いでいる。胴体も尾も、白いにこ毛におおわれ、かなたの灰色にごわついた体毛とはまるでちがう。同じ犬だとは、とうてい信じられなかった。こんなちっぽけな犬が、狩り犬として役立つのかどうかも。

　照三のそばまで行くと、てまりはやにわに、ギャンギャンとうるさく吠えたてた。照三はこのおかしな生き物から体を遠ざけ、いやそうな目つきで見おろす。

「あんたたち、この先の見通しはついてるの？　森を行くときのあては？」

　灯子たちの顔を見まわしながら、明楽が問う。

「どのみち、森をぬけなきゃどこへも行けない。炎魔たちだけじゃなく、あんたたちはどうやら、〈蜘蛛〉にもねらわれている。木々人は森で行きあえばたすけてくれるけど、聞いたでしょ？　木々人たちは、住みかの生き木からあまりにはなれると、弱って死んでしまうんだ。いつでもたよれるってわけじゃない。あんたたちだけで行こうとするのは、自殺行為だ。

　あたしとてまりが、道中を護衛するよ。かわりに、その子が持ってる無垢紙（むくし）を、わけてくれるっていうならね」

　ぱっと指さされ、灯子は背すじをのけぞらせた。土間から、かなたがふんふんとてまりのにおいを嗅いでいる。てまりは、かなたの鼻がしりにふれるのをいやがって、シャア、と毒づきながら、明楽のひざの上へ飛び乗った。

　とまどいとおどろきで返答できずにいる灯子たちを、明楽は笑みを引っこめ、真剣な顔で見まわした。

「早く決めてよ。門のそばであんたたちを襲った〈蜘蛛〉は、炎魔じゃない。旅人になりすまして、村の中へも入ってこられるんだよ。この村で物騒なことが起こっては、あたしたち、こまるんだ。流れの火狩りが世話になってる村だもの、迷惑はかけたくない。発つなら、急がなきゃならない」

　その声の調子から、この火狩り自身にも焦りがあるのが感じられた。

　ひょろりとたよりない首のうしろを、照三がやたらにかきむしった。突然つきつけられた選択肢のどちらをとるべきか、必死に考えているのがわかる。顔をあげ、照三は明楽のまっすぐなまなざしを、にらみかえした。

「……たしかに、村のやつに話したのはうそだ。おれたちは、これから首都へ行く。あんた、護衛をすると言ったが、歩いて首都まで行くつもりか？　あの荷車を押して」

　すると明楽が、にこやかに口をひろげた。とたんに鋭さは霧散し、ただ明かりがともるような笑みが咲く。

「あれに乗るんだよ。ここへ着く手前で、馬が逃げちゃったもんだから。いっしょに行くなら、夜明けまでに馬を調達してくる。まあ、回収車ほど速くはないけど、足で歩くのとじゃあ、雲泥の差でしょ」

照三さん、と灯子は背中へ声をかけようとした。もうこの数分のうちに、話は決まってしまうのが目に見えている。しかし、それで大丈夫なのだろうか？　この明楽という火狩りを、信じていいのだろうか？

灯子の心配にも同時にこたえるかのように、照三はあぐらをかき、姿勢の悪いままに、明楽にきっぱりと言った。

「それなら、おれにあんたの車を見させろ。馬が逃げたと言ったが、車軸が相当傷んでいそうだった。車輪との角度も調整しなおさないと、あんなもん、走りきれやしないぞ。あんたに、首都までの道中をたのむ。おれは、死んだ仲間から、このガキたちをたくされてるんだ」

その手が、仲間たちの鑑札をきつくにぎりしめていた。

「よし、決まり！　さっそく馬を調達してくる。夜明け前にここを出よう。村の者には、あたしが話をつけておく。いつでも動けるように着がえて、寝ずの番を立てておいて。〈蜘蛛〉が来ないとも限らない」

すばやく言い置いて、てまりをかごに入れ、女火狩りはきびすをかえして出ていった。

五　狩る者

村の中からは白々と明けてゆくのが見えていた空も、ひとたび森へ入れば黒い枝葉にさえぎられ、朝の近しさは一気に遠のけられてしまう。

灯子たちは、明楽の車に乗っていた。小型の荷車はせまいが、積み荷のほとんどであった火袋の中身は、ガラス作りの村へ売ってきたので、荷台に全員で乗れないことはなかった。馭者台（ぎょしゃだい）のほかには座席もないので、板の上にひざを折って座る恰好（かっこう）になる。幌（ほろ）には、あちこちにつぎ布があてられ、木の板の手ざわりもまちまちで、修理をくりかえしながら使われてきたものなのだということがわかる。

「なあおい、それ、その〝馬〟、ほんとに大丈夫なのかよ？」

荷台の後方へ這（は）いつくばるように体を折りまげて、照三が馭者台の明楽へ言いたてた。

「心配ご無用。回収車の技術者が、このおんぼろを整備してくれたんだもの」

「そういうことじゃなくってよお」

車を引いている動物、明楽が調達してきたそれは、馬ではない。まっ黒な体毛に赤い目をした熊――なんと、炎魔だった。明楽はふだんからこうして、森で捕まえた炎魔に車を引かせているというのだ。

「この車も、借り物。流れの火狩りは仲間うちで、乗り物を使いまわすんだ。この炎魔は、一度こてんぱんにのしたから、大丈夫。襲いやしないよ。あんたたちも、怖がりなさんなって。狩るのは、こっちなんだから」

明楽が、二人でかたまっている灯子と火穂に横顔をふりむける。てまりは、くつわをかまされた炎魔を怖がるそぶりもなく、小さな背中を主とならべて、駅者台で前をむいている。かなたはこの木の車の揺れにひどくとまどっているようすを見せ、灯子にぴたりと体をくっつけて座った。

「朝飯は、そこにあるぶんから食べて」

明楽が、自分の背後の床をぽんぽんとたたく。そこが上げ蓋になっていて、どうやら中に食料が備蓄されているらしかった。

「で、首都までの道のりだけれど、きのうあんたが言っていた口から出まかせ。あれを逆にたどるのが、いちばん確実なんじゃないかと思ってる」

「それって……」

照三はしゃべりかけたが、大きく揺れた車に両手をついて口をつぐんだ。大きな頭をふりたてる炎魔へ鞭をあたえ、明楽は手綱をさばく。大熊の炎魔は、その図体からは思いもよらないほど、すばやく獣道を進んでいた。この巨体に、もし気まぐれに手綱をふりまわされたなら、車はひとたまりもないだろう。それなのに炎魔は、くつわをかまされたまま、ときおり荒い息をつきつつ、おとなしく車を引いてゆく。いったいこの大きな炎魔を、どうやって手なずけたというのだろう。

「森をぬけたら、あんたが言ったように、湾を経由して首都へむかう。ここから湾まで、距離は南へ、ざっと七千ってところでしょ、工場者？」

照三は顔をしかめ、幌の天井をにらんで頭の中に地図をえがく。

「まあ、だいたいあってるが……」

「じゃ、こいつに走らせれば、半日で着く。そこからは船に乗る」

「おい、船ったって、首都から出る船は年に一便だぞ。それも、乗りつけるのはもっと遠方の島だ。こっちの港なんか、森の出現といっしょに消えたって……」

「ばか、首都の調査船をあてにしてるんじゃないよ。火狩りが使う船があるんだ、湾に行けば。もちろん、乗るには支払いがいるけれどね。ねえあんた、無垢紙はあと何枚持ってるの」

呼びかけられ、がたがた揺れる荷台で舌を嚙まないよう気をつけながら、灯子は正直にこたえた。

「半束、五枚持っとって、一枚は、きのうの宿の人にわたした」

宿では照三に、一枚しかないふりをしろと言われたが、この明楽という火狩りは、ただ者ではない。隠したところで、意味がないと思ったのだ。

「ふうん、残り四枚か、結構すくないな。それを使っちゃうのはもったいない。とちゅうで、狩りをしよう」

「あ、あの」

灯子は、荷台に四つ這いになって、身を乗り出した。

「流れの火狩りさまなんですよね？　こ、この犬を、知っとりませんか。かなたというんです。飼い主の火狩りさまを、知りませんか」

「かなた……？」

灯子の声に引っぱられるようにうしろをむいた明楽が、くるりととび色の目をめぐらせる。が、すぐに、首の動きにあわせて赤毛が揺れた。

「いや、同じ名前のべつの犬になら会ったことがあるけれど、その子は知らない。灯子っていったよね。あんた、その子を連れてるのは、どういういきさつなの？」

それで灯子は、すなおに、自分が引き起こしたことを話した。首都をめざす目的を。

「ふうん――」

明楽は手綱をにぎったまま、顔をまっすぐ前へむける。そのせいで表情は見えないが、声には真剣さがこもっていた。

「あんたをたすけたというその火狩り、ほんとうに流れ者だったのかな」

「え？」

灯子は目を見開いた。手綱をさばく明楽のかわりを務めようというのか、てまりが体ごとふりかえり、大きな黒い目をこちらへむけた。

「だって、かなたはこの車にあまり慣れていないみたいだ。流れの火狩りはこういう車で移動するの。守り石から首都の出身者だろうとめぼしをつけたんだって？　石には、なんと記されてたの？」

　しばらくためらってから、灯子はひざをついて馭者台のそばへ移動し、背中の風呂敷づつみを解いて、しぼり模様の和紙袋に入れた守り石を、明楽に見せた。明楽は一瞬の、けれども鋭い視線をその石にそそぎ、そしてきっぱりとこう言った。

「それは、首都で登録されている火狩りだけが持つ石だよ。流れの火狩りは、そんなきれいな守り石は持たない。かなたの主は、流れ者じゃなかったんだ」

　灯子は息をつめ、荷台の二人をふりかえった。照三は肩をすくめ、かなたは、灯子の手にあるすべらかな石をじっと注視している。まごついた表情を浮かべる灯子にかわって、火穂が口を開いた。

「首都の火狩りが、遠い村のそばまで狩りに来ることがあるの？」

　それに対して、明楽の赤いくせっ毛がまた揺れる。

「回収車の火狩りはべつだけど、ふつうは首都の近辺で狩りをするはずだ。近くの狩り場に獲物がへって、遠征するというなら、すくなくとも最低四人の隊を組むはずだよ。そうじゃなく、一人であんたの村のそばにいたというんなら……あたしと、同じ目的があったのかもしれない」

「目的……？」

形見の石をつつみなおしながら、灯子は若い火狩りの、重そうなマントをはおった背中へ問いかけた。無意識のうちに、かなたの首に腕をまわしている。

「無垢紙がほしかったんだ、きっと」

そう言う明楽の声が、深みを帯びた。

かなたのかたくしなる灰色の毛が、耳にふれる。どくどくと脈打つ心臓の音が、犬のものか自分のものか、灯子には判別がつかなかった。

「……無垢紙を、なにに使いなさるんですか？」

おそるおそる、たずねる。すると明楽は、先ほどと声の調子を一変させ、ほとんどうたうように短くこたえた。

「手紙を書きたいんだ」

灯子も、それに照三も、ぽかんと口を開けた。ほんとうのこたえだとは思われない。しかし……かなたの飼い主が、もしほんとうに無垢紙をほしがっていたとすれば、あと一歩のところまで来ていたことになる。なにごともなければ、火狩りとして村に歓迎され、紙漉き衆が無垢紙をわけただろう。灯子を、たすけさえしなければ。

腕から首すじへ、さあっとつめたさが流れた。森で灯子を救ったその人の鎌の、黄金の軌跡と、自分が鎌をつき立てた竜神の血の脈の感触とが、一度によみがえってきた。

青ざめて黙りこむ灯子の肩を、火穂が抱いて支えた。

うああ、とあくびといらだちを同時に吐き出すような声をあげて、照三が髪の毛をかきまわした。

「なんなんだよ、どれ一つ現実味がねえな。だいたい、流れ者で未登録だろうがよお、女で火狩りやってるやつなんて、聞いたこともないぞ」

しかもその犬、とどこかうんざりした調子で、照三はてまりをにらむ。投げられた言葉をはねかえして、明楽が短く笑った。

「そのせりふは、会うやつみんなから何度も言われて、もううんざり。さっきの守り石に記された名前、見たでしょう？　常花姫。いまこの国を治める手揺姫の姉であり、火の鎌を鍛えた姫神であり、最初の火狩りだと言われている。常花姫はその名のとおり、春を栄えさせ、命の産土となり、そして日々絶えない火を守る女神だった。最初の火狩りは、神族だろうがなんだろうが、女だったの。だからあたしにだって、なれない道理はなかったってわけ。むしろ、なんでこんなに男ばっかりになったのか、そっちが不思議だよ。賭けてもいいけど、あたし、あんたと腕相撲したら、その手首の関節壊しちゃうと思うな」

照三は、ひょろ長い体を小さく折りたたみながら、車を引く大熊と馭者台の明楽を見くらべた。

「いや、その……むきになるなよ」

灯子は、ふるえを呼びそうになっていたつめたさが、明楽の声と言葉で消えてゆくのを感じていた。……不思議だった。いま、灯子たちはまた黒い森のただ中にいて、アセビたち木々人はもうおらず、きのう知りあったばかりの若い火狩りが操る、炎魔が引く車に乗っている。恐慌をきたしてもいいはずの状況で、それなのに明楽がしゃべるのを聞いていると、怖さなどたいしたことではないという気持ちになった。

ガラス作りの村の手前で、にせ猿を撃退したときの、目をみはる身のこなし。息一つ切らさず、明楽は武器を持った相手を追いはらった。けれど、いくら鍛錬された体を持っていようと、明楽は照三よりも小柄だ。てまりがどんなふうに戦うのかわからないが、かなたのように炎魔に致命傷をあたえて狩りをたすけるということは、とてもできないだろう。

いったい、どんなふうにして、この人は火狩りになったのだろうか。なぜ、こんなに明るい声でいられるのだろう。

（そうじゃけど……）

灯子は、かなたに身を寄せながら、自分たちの護衛を買って出た火狩りの背中を見つめた。

開けっぴろげな声の底に、ぽかりとさびしい風穴を感じるのは、ただの思いすごしだろうか。

森の中では、東も西もわからない。どの方角へむかっているのか、灯子たちには見当もつかなかった。かなりの距離を進んでから、手綱を引いて、明楽が馬がわりの炎魔を止まらせる。森の悪路で、荷車はななめにかしいだまま止まった。

「お、おい、どうした？」

怪訝そうに眉をゆがめる照三に、明楽はにこやかなほどの表情でふりむき、口の前に指を立てる。笑っているが、その目は刃物のように鋭い。

「近くに獲物だ。狩りをする。あんたたちは、車の中で待ってて。さわがないようにね」

被布で顔の半分を隠しながら、明楽は腰に帯びた金の鎌をぬきとり、にぎる。武器をとったかと思うと、てまりを片手にかかえ、身をひるがえして車をおりた。灯子たちが、声をかけるひまもない。着地と同時に、炎魔にかませたくつわの留め具に、細長いくさびを打ちつける。鼻面を地面に縛められた炎魔は、前脚の爪で土をかき、弱々しい抵抗を試みた。

空気に、緊張が満ちる。いま、すぐ近くに炎魔がいるのだ――灯子も火穂も、耳をそばだてる。

照三が、そばに置いていた鉄の工具をたぐりよせた。幌にさえぎられて、外のようすが見えない。

突然、ギャンギャンと吠えるてまりの声が、けたたましく空気をかき乱した。そのほかには、炎魔のうなりも、明楽の声も聞こえない。足音すら。明楽がどこにいて、どんなすがたの炎魔が、どの距離、どの方角にいるのか、灯子たちにはわからない。

かなたがすばやく馭者台に立ち、身をかがめて、いつでも動ける姿勢をとった。

「おい、行くなよ、犬ころ」

照三がひたいに汗を浮かべながら、小声で警告した。

火穂が、顔をまっ青にしてくちびるをかみ、ふるえる手をもう一方の手で押さえこんでいる。恐怖で、いまにもさけびだしそうなのを、必死でこらえているのがわかる。

自分もふるえだしそうになりながら、灯子の頭を、一つの考えが射ぬいた。

火穂をたすけに行ったあのとき、もしも灯子が火の鎌を持っていたら……火穂の体についた傷は、もっとすくなかったのではないか。

外で、てまりがめちゃくちゃに吠えまわっている。と、ふいに獣のうなりが間近までせまった。来た。しかし、幌の中からすがたは見えない。

「……あのチビ犬、うるさいだけで、役に立ってんのか？」

工具をかまえて息をひそめ、照三が歯を食いしばる。てまりのけたたましい鳴き声は、灯子たちの感覚を狂わせた。

（これは、形見の鎌じゃ。勝手に使ったりしては、ならん……）

心の中で、そうつぶやく。こめかみで血の脈がずくずくとうずいている。

けれど、灯子はすでに一度この鎌を使って、竜神を殺した。火穂の村の地下に棲み、結界を作っていたという竜を。

青ざめてふるえている、火穂の顔。炎魔の爪をつき立てられた無数の傷あと。知らず知らず、灯子の手が、風呂敷の結び目をにぎっていた。この中に入っている鎌を使えば――そしてかなたがいれば、いま、火穂を守れるのではないか。明楽を、たすけることができるのではないか。

収穫の鎌。金の三日月。人の手に、火と光の恵みをうけるための。

……けれど、灯子のひざは動かなかった。自分が森へ立ち入ったために、この鎌の持ち主は死んだのだ。灯子が出ていけば、今度は明楽まで死んでしまうかもしれない。

息をつめ、灯子はただじっとしていることしかできなかった。

ぴたりと、てまりの声がやんだ。かわりに、かなたがたくましい声で吠えたてる。全身から、血の気が引いてゆくのがわかった。同時に、血の中に無数のあぶくがはぜる。村のそばでの光景がよみがえる。灯子をたすけて、その人は炎魔から傷をうけ、目の前で死んでいった。たおれて、二度と動かなくなった。

「――明楽さん！」

照三に捕まりそうになりながら、灯子は夢中で車を飛びおりた。かなたも、それについてくる。大熊の炎魔を避け、車の横手へまわりこむと――

もう、狩りはおわっていた。

「こら、出てきちゃだめだろ」

炎魔は後脚で立ちあがり、いましも明楽ののど笛めがけて牙を立てようとしているところだった。が、獣の首には先に金色の鎌がつき刺さり、狼のすがたをしたその黒い体は、もう動いてはいなかった。

どさっと地面にたおれた狼の頬に手をそえ、明楽はすっと弧をえがいて鎌を引きぬく。

細かな金の火花が、獣の首から飛び散った。とろりと、傷口から光があふれ出る。明楽はそれを、手際よく火袋にとり入れる。

炎魔の目から、凶暴に燃えていた光が、瞬時に失われる。

「待ってるように言ったでしょ。無茶する子だなあ」

火袋の口を縛って、明楽が灯子の頭をこづく。のどがつまった。耳の中まで、ふるえがおよぶ。その場で泣きだした灯子に、明楽はひどくあわてて、とび色の目をみはった。

「え？　なになに？　ごめん、痛かったの？　悪い悪い、力加減、あんまりよくわかってなくてさ。いつもなぐるの、悪いやつか炎魔だもんだから」

涙で息がふさがって、安堵から泣いているのだということを、灯子は伝えることができなかった。


熊型の炎魔を、明楽はさっきよりもいくらかゆるやかな速度で走らせた。荷台で火穂が、なかなか落ちつきをとりもどさない灯子をなだめつづけていたからだ。

「おいこら、なに泣かせてんだよ。おれはなあ、死んだ仲間から、このガキども守れって言われてんだぞ」

照三が、眉をひんまげて明楽につめよる。

「ああもう、悪かったってば。でも、なにもそこまで泣くことないでしょ……灯子さあ、あたし、あんたならいい火狩りになれるんじゃないかと思うけど」

ぎり、てまりが米粒みたいな牙をむいてうなった。

「あたし、あのとき灯子が車をおりたのに、気づかなかったよ。あんたは、ほとんど気配を消してしまえるってこと。それに、森に踏みこむ度胸もあって、かなたがそれだけなついてる。灯子には、火狩りの素質があると思うよ」

灯子は、火穂の腕の中で、力なくかぶりをふった。火穂が、灯子の髪をなでつける。

「なんだよ、こんなガキにまでそんなこと吹きこんで。未登録の火狩りは、人手不足なのか？」

荷台の揺れが小さくなったおかげで、明楽のかすかに低めた声も、ちゃんと聞くことができた。

「うん、そのとおり。たよれる火狩りが、何人だってほしい。あちこちの村で、異変が起きているんでしょう？　そのせいで火穂たちは、嫁に出されたんだよね。おそらく今年は、大きな変化が世界に起こる」

「なんで、そんなことがわかるんだ？」

明楽が、頭上をあおぐ。黒くただれた枝葉に隠されて、灰色に鈍った空のほうを。

「千年彗星――〈揺るる火〉が、帰ってくるからさ」

耳慣れない言葉が、歌のように火狩りの口からたぐり出された。

「はあ？」

ますます食ってかかろうとする照三を、明楽が面倒くさそうに手甲をはめた手でさえ

「村の土が悪くなり、炎魔の数もふえた。獣たちは異変を察知して、多く子どもを産んでおいたんだ。これまでつづいた世界の仕組みが、崩れようとしている。そこへ、〈揺るる火〉がやってくる。空のかなたから、帰ってくる」

「〈揺るる火〉て、なに……？」

そっと顔をあげた灯子の声は、自分で聞くにもたよりない。しかし、明楽の耳はしっかりそれをとらえて、朗々とこたえた。

「星だよ。人が作った星」

灯子はもちろん、火穂も照三もあぜんとした。灯子をなだめようとして、こんな突拍子もない話をするのだろうか？

「おいおい、人が星を作るだなんて、そんなこと、できるわけが……」

けれど、明楽の声にためらいはなかった。

「昔の人間なら、できたさ。火の粉がはぜただけで、中から発火する人間だって作れたんだ。大昔、人間たちはたくさんの火を使い、世界の全土を征服し、同族どうしで戦争をした。でもね、争うのにもよくよくいやけがさしたのか、自分たちで作った星を、月の手前に浮かべたというんだ。いまのこの国を治める神族が力を貸して、人のすがたに似せた、機械人形を。妖精（ようせい）、天の子ども、さまざまな名で呼ばれたそれは、空からこちらを見守り、和平を司（つかさど）る星になったんだという」

まるで寝物語のようなその話は、しかし、黒い森の木々が生み出すいびつさを、なおさら際立たせるようだった。

「しかし、最後の戦いで世界が黒い森におおわれたとき、その星はめぐる道をはずれた。虚空のはてへさまよい出て、二度ともどらないと伝わっていたけれど――どうもようすがちがいそうだって、火狩りたちが嗅ぎつけたんだ。もう、十年も前から。木々人の中には、精密な星の暦をもとに薬草を育てている連中があってね。彼らが最初に星の動きに異変を読みとり、流れの火狩りにそれを伝えた。火狩りから火狩りへその話は伝わって、やがては首都までとどいた」

手綱をにぎる明楽の声が、ふいに調子を低くした。

「首都の火狩りは、神族にそのことを伝えに行った。大昔の技術と燃料をかかえたこの星を狩ることができれば、世界はもっとよくなるはずだ、って。機械人形の燃料の核には、神族宗家の火が使われたらしい。炎魔の火が人を燃やさない火に変化したように、虚空をさまようあいだに、その星の火も人を生かすものへ変容しているかもしれないと。……それを伝えに行った火狩りは、神族の宮から、二度と出てこなかったけれどね」

しばらくだれもが黙り、車を引く炎魔が土を踏む音、木の車輪がまわる音だけが、空気を満たした。

いびつな枝葉にはばまれて見えない空を、そのはるか高みを、明楽のうしろすがたが遠くあおいだ。

「千年彗星〈揺る火〉を狩った火狩りは、火狩りの王と呼ばれるだろう」

火狩りの王——その言葉が明楽の声によってつむがれた瞬間、かなたの首すじの毛がかすかにさわいだ。

「いまのように、一匹ずつ炎魔を狩るどころじゃない。首都にいる者も、村に住む者も、みながいまよりずっと豊かな力を得ることができる。森をおそれる必要すら、なくなるかもしれないんだ」

「……でもそれを、神族がもみ消したのは、なんでなんだ」

照三の顔は、はっきりと青ざめていた。首都に暮らしていた照三も、この話を知らなかったのだ。いやな緊張感から、灯子はくちびるを噛みしめた。人が住むには過酷な環境になった世界で、あたりまえの寿命と体しか持たない人々をたすけ、守るのが神族の役目であるはずなのに……

「火狩りの王が生まれれば、神族による統治が必要なくなってしまうからさ。たしかに鎌を生み出したのは神族、火狩りの始祖は姫神だけれど、いま火狩りを生業としているのは人間だ。首都づきの火狩りは、その収穫を神族へ献納する義務がある。いくらたくさん炎魔を狩っても、火狩りが神族より力を持つことはできない。けど、火狩りの王が現れれば、そんな必要はなくなる。火狩りの王を頂点に、人が人を治める世界が出現するんだ。

だけど、そんなのは、神さまにとっては都合が悪いだろ。首都づきの火狩りには箝口令がしかれ、見張りもついたけど、あたしたち流れの火狩りは、〈揺るる火〉をねらっている。――それに、おそらくは〈蜘蛛〉も」

火穂が、ひくっと息を呑む気配が伝わってきた。

「〈蜘蛛〉の目的は、人の手に火をとりもどすこと。火狩りにも神族にもたよらず、人が自分たちで火を使えるようになること……昔の人間たちと同じに。そして、〈蜘蛛〉たち自身も、また火をとりもどしたいんだろう。いまの宗家は、その異能である火を使えない。もし過去の火を手にすれば、〈蜘蛛〉は宗家をあっさり上まわる存在になる。〈揺る火〉が手に入れば、たしかにそれも可能かもしれない。〈蜘蛛〉は各地で起きている異変に乗じて、首都にも揺さぶりをかける気だろうね。回収車を襲ったのは、その手はじめだろう」

照三が、ぐっとくちびるを噛む。火穂も、視線を落とした。と……

うつむきかけた火穂が、はっと目をみはって、上体を浮かせた。

「待って。いま――」

明楽がなにごとかと、ふりかえる。点々と傷におおわれた火穂の顔が、はっきりとこわばり、ひどい緊張をやどしていた。

「い、いま、人がいた」

「人？」

明楽が、顔をしかめる。駅者台の明楽やてまりが気づかなかったのなら、それは気のせいか錯覚だろう。しかし、火穂はさしせまった表情のまま、明楽の肩にすがりつく。

「ほんとなの、だれかいた！　子どもが。お願い、止めて」

見まちがいじゃないのか、と照三が呼びかけたが、火穂はかぶりをふるばかりだ。灯子は火穂のただならないようすに気おされて、口をはさむことができない。と、かなたが幌のむこうへ耳をむけて、「おん！」とひと声吠えた。

舌打ち混じりに炎魔の脚を止めさせ、明楽は火穂を灯子のうしろまでさがらせると、

「見てくる。今度は、ほんとにじっとしててよ」

そう釘を刺し、炎魔が暴れないようまたくつわをくさびで地面に縛めて、駆けていった。駅者台に残されたてまりが、落ちつきなく小さな脚で同じ場所をくるくるまわる。明楽のすがたが見えなくなると、荷車の中は、またもいやな静けさに支配された。

が、その静けさは、さっきの狩りのときほどはつづかなかった。

「……あんた、どんな目してるわけ」

なにかを肩に担ぎ、明楽が車の前へもどってきた。ほっとしかけた灯子は、ほぼ同時に、息を吞んでいた。照三が顔をしかめ、色めきたつ。

「おい、それ……」

険しい顔のまま、明楽は荷台へあがってきて、担いできたものを床板の上におろした。火穂の言ったとおり、それは子どもだった。獣ではなく、木々人でもない、人間の。年のころは三つか四つくらいだろうか。男の子だ。その子を床へおろすやり方が多少手荒だったのは、明楽や照三からしてみれば、自然なことだったのかもしれない。

うっすらと目を開けたまま横たわっている男の子に手を伸ばそうとし、火穂はぴたりと手を止めて、明楽を、照三を見あげた。灯子とかなたをふりかえる。

短く刈った髪は森の土で汚れたあとに乾き、白茶けた色になっている。頰にまるみはあるが、くちびるはひび割れていた。身につけているものといえば、下帯と黒い毛皮の半纏（はんてん）っきり――

「……炎魔の、毛皮？」

かすれる声が、灯子ののどからもれた。そうだ、この黒い毛皮は、車を引く獣の体と同じ色をしている。汚れた顔の中に、小さく目だけを開いて、その子はひと言も口をきかずに荷台の上に転がっている。

「仲間はほかにいなかった。捨てられたんだろう、どういう事情だか知らないけど。どうする？〈蜘蛛〉の子どもだ」

灯子の腹の底で、つめたさがうごめいた。〈蜘蛛〉。竜神を狂わせ、回収車を襲わせたかもしれないという、神族と敵対する者。目を見開いたままつぶされた紅緒の顔が、脳裏にはっきりとよみがえった。

とっさに身を遠ざけようとする照三の動きに、触発されたかのようだった。一度引っこめた手を伸ばし、火穂は、動こうとしない〈蜘蛛〉の子どもの体を、炎魔の毛皮ごと抱きかかえた。

「み、水を、飲ませなきゃ。体、なにかでくるまないと、手も足も氷みたい……」

そう言う火穂の肩が、危なっかしくふるえている。

〈ガラスの村でも言うとった。〈蜘蛛〉とかかわりがあったと知れたら、見捨てられるのとちがうかって……〉

そうして灯子は、自分が火穂の友達になると、言ったのだ。

「かなた」

灯子が呼んだだけで、かなたはするべきことを察した。あるいは、弱った人間に対してとる行動を訓練されているのかもしれなかったが。かなたは、炎魔の毛皮をまとい、ぐったりと力のぬけている男の子に体をくっつけると、自分の体温をわけあたえはじめた。灯子は食料が入っているはずの荷台の上げ蓋を持ちあげ、竹でできた水筒をつかみ出した。蓋を開け、乾いて半開きになった男の子の口へそそぎこもうとする。

「待って」

明楽の低い声が、灯子の手を止めた。灯子は目じりを引きつらせながら、明楽をにらみあげた。

「み、見殺しになんか、できん。まだ、小さい子どもじゃのに」

声のふるえを必死にこらえながら訴える灯子に、明楽は大きなため息をつき、肩を上下させた。

「ちがうってば。一気に飲ましちゃだめだよ。これ、ほら、この布にふくませて、すこしずつ口を湿らせるの」

食料庫から明楽は、汚れていない布をとり出し、それを灯子にわたした。灯子が言われたとおり水をふくませ、口にあてると、かさかさに割れた口がかすかに動いた。

「……おいおい」

照三が立てたひざに顔を埋め、短い前髪を引っつかむ。

「どうすんだよ、こんなガキ拾って」

けれど、それ以上のことを言わなかったのは、火穂の話を思い出したせいかもしれなかった。火穂が〈蜘蛛〉にたすけられたのも、この男の子と同じくらい、四つのときだったと、そう言っていた。

いばらの棘でも刺さったのか、あるいは虫に咬まれたのか、男の子のむき出しの腕を無数の細かな傷あとが点々とおおい、全体が青黒く変色していた。病気なのかもしれない。

明楽はくつわの留め具からくさびを引きぬき、すばやく馭者台にあがって手綱をとった。また、車が動きだす。

「いざっていうときには、人質に使えるさ」

その言葉がどこまで本気かわからないまま、灯子は、火穂に支えられた〈蜘蛛〉の子の口に、すこしずつ水をあたえつづけた。

六　トンネル

庭から、歌声がする。小鳥がさえずるように高い、それは緋名子の声だ。

このところ、体調も落ちつき、ふせっている時間のへった緋名子は、火華の見立てで新調された服を着て、庭で遊んでいることが多くなった。

煥火家の庭には、季節ごとに咲く花や果樹が幾種類も植えられ、この家の者が口にする料理に使うための野菜を育てている畑もあった。煌四は、二階の学習室で綺羅と授業をうけながら、ちらりと窓の外を見やる。

朝の水があたえられた庭はまぶしい露をやどしている。畑の上を飛ぶ蝶を追って、緋名子がはねまわっていた。畑というものを、煌四はこの家に来てはじめて目にした。森のむこうの村にはあるのだと聞いていたが、首都で人々が口にするのは、工場で作られた偽肉や野菜だ。

「ではきのう教えた詩を、綺羅さん暗唱してみてください」

丁寧な物腰の家庭教師に名ざされて、綺羅ははい、と返事をして椅子から立ちあがり、本も見ずに、外国語の長い詩を唱えあげはじめる。詩の暗唱であれ、歴史の解説であれ、数式を読みあげるときでさえ、まっすぐに背すじを伸ばした綺羅は、ごくひかえめに言っても、とてもきれいだった。学ぶことによって呼吸し、自分のすがたそのものを輝かせているかに見えた。

ふと、煌四がふたたび窓へ目をやると、緋名子がいない。屋敷の中へ入ったのだろうか。

綺羅の暗唱がまだつづいているが、気になって、煌四は窓のほうへ身を乗り出した。すると緋名子が、また走って庭に現れた。煌四に気づいたのか、笑顔でこちらへ手をふる。おもちゃかなにかをとりに行ったのか。そう安堵しかけた煌四は、緋名子が手に持っているものに、息をするのを忘れた。

「緋名子……」

煌四が立ちあがると、綺羅がおどろいて暗唱を中断し、年老いた家庭教師が目をむいた。

「煌四くん？　どうされましたか」

呼びかける声は、ほとんど煌四の耳にはとどいていなかった。

緋名子の小さな手に、卵型のガラス容器が光っている。中に閉じこめられた金色の液体が、昼間にもまばゆい光をはなっている。雷瓶だ——けれど、どうして？　書斎にも地下室にも鍵がかかっているし、油百七の書斎に、緋名子が無断で入るはずがない。煌四は混乱して、窓を開けた。下にいる緋名子にどなる。

「それをおろせ！　さわっちゃだめだ！」

けれどなぜか、緋名子にはその声が聞こえないらしかった。緋名子のさえずるような歌声が、窓を閉めていてもこちらへは聞こえたのに。

緋名子は黄金の液体に見とれながらそれを日光に透かし、頭上へかかげた。

そして雷火が、炸裂（さくれつ）した。

空から大気を白熱させていかずちが落ち、雷瓶を持つ緋名子を直撃した。

窓枠に手をついたまま、煌四は緋名子の体がばらばらに砕け飛ぶのを見ていた。皮膚が破れ、血と肉が蒸発しながらはじけ飛ぶ。骨の結合はあえなくでたらめに崩壊し、内臓もろともに霧散した。あとには、地べたに原形を失った赤い汚れが残るばかりだった。

　ふりかえる。さっきまでそこにいた綺羅と家庭教師も、同じことになっていた。学習室の壁や天井に、微細なかけらに粉砕された赤い綺羅や教師の体が、派手な絵の具のように飛び散り、こびりつき、生々しい熱さを室内に充満させていた。

　悲鳴をあげたはずだった。

　が、学習室の机につっぷしていた煌四の口からもれたのは、居眠りへの言い訳めいたうめき声だけだった。

「……大丈夫？」

　となりから、綺羅が遠慮がちに顔をのぞきこむ。夢だ。いやな夢を見た。頭ではそうわかるのだが、ひどい動悸がして、まともに返事をすることができなかった。夢の中では、詩の暗唱をしていた綺羅は、帳面の上でペンをにぎっている。

「すこし休憩しますか？」

おだやかな声をかけられ、煌四はまがったままの背すじを、一気にまっすぐ伸ばした。家庭教師の耿八先生が、教本をかかげ、にこにことこちらを見守っている。

なんの授業中だったのか、とっさに思い出すことができない。いつのまに、居眠りなどしてしまったのだろう。あんなにはっきりとした夢まで見て。

「……す、すみません。大丈夫です。えっと……授業のつづきを、うけてもかまいませんか？」

学院では、教師にもよるが、授業の妨害をしたとみなされた生徒は退室させられる。内心冷や汗をかきながら立ちあがって頭をさげる煌四に、高齢の家庭教師は穏和な物腰のまま、軽く首をかしげた。

「体調が悪いのでなければ、つづけましょう。席について……おや？　このあたりは、学院の授業とも重複しているかもしれませんね。しまった、居眠りの原因を、こちらがうっかり作ってしまいました」

そんなつもりではない、とさえぎろうとする煌四を、しかし、家庭教師はひらひらと手まねきした。

「こうしましょう。今日の単元を、煌四さんから授業してもらいます。かわりに、わたしが綺羅さんといっしょに生徒になります。人に教えるというのは、非常に効果のある学習の方法ですよ」

「はあ、あの……でも」

ぎこちなく視線をめぐらせると、綺羅と目があった。綺羅のまっすぐな視線をうけることに結局耐えきれず、煌四は自分の教科書をかかえて、本来家庭教師の立つ位置へ移動した。煌四の椅子に、耿八先生がどこかわくわくしたようすさえ漂わせながらかける。

夢とちがい、いまは数学の授業中だった。耿八先生はああ言ったが、ここはまだ学院でも学んでいない項目だ。が、これはやんわりとした罰なのだろうと思い、煌四はあわただしく教科書に目を走らせた。

「……正弦定理の応用において重要となるのは、図の中に円をまず見つけることであり」

最初に油百七に作れと言われたのは、武器となる炸裂型の雷瓶だ。言われたものを、煌四は作ることができなかった。そのかわり、雷火を武器として使うべつの方法を発見した――それを、油百七にはまだ言っていなかった。

〈蜘蛛〉が万一首都へ攻めてきたとき、自分たちで身を守る力が必要になる。自分自身や親しい者たちだけではない、工場、町、貧民区に住む人々にも、神族たちの戦いが影響しないようにしなければならない。だが……ほんとうに、こんなものを使うべきなのだろうか。ほんとうに雷火の威力なしには、〈蜘蛛〉に対抗することができないのだろうか。

（落ちつけ。ただの夢だ。実験もしてない。あんなふうになるのかどうか、まだつきとめてない）

「直径を中心とした円が、図の各点に接している。そこから……」

散らかりきった地下室で、煌四は結局、炸裂型の雷瓶を作らなかった。かわりに――

「工場の冷却庫を、借りたいんです」

そう申し出たときの、油百七のたまげきった顔が、忘れられない。まる一日、煌四は工場で偽肉を保管しておくための冷却庫を借りた。一日、その区画が使えないことで工場の損失がどの程度あったのか知らないが、使えるものはなんでも使っていい、当の油百七からはじめにそう言われていたのだ。

冷却装置で、煌四は雷火を凍らせた。液体であるからには、氷にもなるのではないか。偽肉工場には、大量の偽肉を一気に凍らせて保存する装置がある。予測どおり、氷の形状にかたまった雷火をサイコロ状に切り、小型の冷却庫に入れて持ち帰った。

雷火が威力を発揮するのは、瓶に閉じこめた状態ではない。空から落ちてくるとき、この火はもっともはげしく炸裂するのではないか。上空で帯電し、一瞬のうちにすさまじい威力をともなったいかずちとなる。あの図版の落獣がまとっていたそれと同じに。

石弓で、あるいは工場の起重機などを使い、結晶した雷火を空へ打ちあげる。落下地点の照準が、残る問題だった。地上から打ちあげた雷火を、ねらった地点に確実に落とすことは、ほぼ不可能だろう。実際に試してみないことには、いかずちとなった雷火がどのような反応を起こすかはわからないが……

　完成した武器を、煌四はまだ試していない。そもそも、どこまでの威力があるのか、わかってもいない段階なのだ。そして煌四は自分の作ったものを、燠火家当主へわたすのが怖かった。凍った雷火の入った冷却庫は、地下室のすみに無造作に置いてあった。もし油百七が煌四のいないあいだに地下室の中を探して凍った雷火を見つけたとしても、その使い方はわからないはずだ。紙にも書き残していない。

　けれども、いつまでも隠しとおせるものではない。本来なら、武器としての使い道を見つけたことを油百七に伝え、判断をあおぐべきなのだ。……しかし、煌四にはその決心がつかなかった。麻芙蓉のにおいをさせていた火華。煌四が地下室でなにをしているか、家族にも伝えていない油百七。自分の両親に、遠慮と礼儀をつらぬいた態度しか表さない綺羅。たしかに、煌四の家庭だってふつうではなかったかもしれない。父親は家族とよりも、狩り犬と心を通わせていたようだし、母は自分たちにだいじなことをちゃんと伝えないまま病にたおれた。

　それでも、煌四はこの家の者たちを信用できない。緋名子に腕のいい医者をつけてくれ、日々栄養のあるものを食べさせてくれる。豪奢な部屋に住まわせ、煌四に綺羅と同じ教育をうけさせてくれる、それでも。

　綺羅が真剣なまなざしと手つきでノートをとり、老いた家庭教師までが、楽しげな顔で煌四のかたい声を聞いている。

考えなくてはならない。これから、どうするか。

授業がおわると、煌四は綺羅と緋名子より先にいそいそと昼食をとり、自室へ引きあげた。先ほどの授業で、まちがったことをしゃべってはいなかっただろうかと、自室で教科書を再読していたのだ。今日は午後も工場での仕事があるらしく、地下室の鍵を持った油百七がいない。また中央書庫に出むこうと煌四が考えていたとき、部屋に綺羅が駆けこんできた。

「煌四、来て来て！　庭に、あの犬が来ているの！」

あの宴の夜のやりとり以来、おたがいに他人行儀な、最低限の会話しかできないでいた煌四は、そんなこともけろりと忘れたようすで顔を輝かせている綺羅に、あっけにとられた。

「……あの犬？」

「そう！　緋名子ちゃんもさそって、ねえ、いっしょに見に行きましょう」

手を引いて身をひるがえそうとする綺羅を、煌四は足を踏みしめて、食い止めた。ゆるく波打つ髪をはずませて、綺羅がおどろいた顔をむける。

煌四はその顔を見つめ、結局まごついて目をそらし、ぼそぼそと言った。

「こ、このあいだは……悪かった。綺羅のいやがることを言った。その……ごめん」

綺羅は、すなおに上をむいたまつ毛にふちどられた目をまるくして、まばたきをくりかえす。……ややあってから、くすっと吹き出した。

「煌四はやさしい人ね。わたしにいやがらせをしようと思ったのなら、大失敗。だって、煌四のほうがずっといやな思いをしてたみたいだもの。お食事のときだって、じっと黙って、青い顔をして。緋名子ちゃんまで心配していたわよ」

屈託のない笑顔を、煌四はひどくまぶしく思った。

「ねえ、それより早く、犬を見に行きましょう。あのとってもきれいな、脚の速そうな犬がね、また来ているの」

つないだままだった手を、綺羅が今度こそ引っぱる。その力は、思いがけず強い。前に、こう見えて力持ちなのだと冗談めかして言っていたが、ほんとうなのかもしれなかった。

（このあいだの犬……）

ということは、火狩りが屋敷を訪れているのか。煌四は、慰労の宴席を一人陰の中から見やっていた、見慣れない風貌の火狩りを思い出した。あの火狩りが、燠火家へ来ているのかもしれない。けれど、なぜだろう。火狩りを管轄しているのは神族で、工場の経営者の自宅へ、仕事で訪れることなどないはずだが。

（〝信頼できる火狩り〟って――ひょっとして、あの男なのか？）

油百七が秘密裏に〈蜘蛛〉の動向を調べさせているという……あの謎めいた火狩りが、そうなのかもしれない。

「行きましょ、ね？」

　あのときのとっさのうそを許してくれている綺羅に、煌四は心の中で感謝した。自分の手で壊しかけた、綺羅とのあいだにできていた親しさを、だから煌四のほうからも、とりもどす努力をしめさなくてはと思った。

　部屋を出るとき、煌四は言った。

「なあ、ぼくと緋名子がもらっている部屋は、綺羅のおじいさんとおばあさんのものだったんだろ。どんな人たちだった？」

　先に廊下へ出た綺羅が、足を止めた。

「え……？」

　うまく聞きとれなかったというふうに、煌四のほうへむきなおる。その顔は、もう笑っていなかった。不安げな緊張が、綺羅の顔に貼りついていた。不用意な質問を後悔しながら、煌四は今度は、自分が笑おうと努めた。口のはしを持ちあげる。

「えっと――そう、聞いたんだけど。綺羅のお父さんから。おじいさんとおばあさんが前の年に亡くなったんだ、って」

　そのときの、綺羅の首を絞められているような表情が、目に焼きついた。綺羅は煌四の目をのぞきこみ、できうるかぎりに声を落ちつけて、ゆっくりと言った。明らかに、煌四に衝撃をあたえまいと、注意をはらっていた。

「……煌四、あのね。ときどき、お父さまは、お話を円滑に進めるために、ほんとうとはちがうことをおっしゃることがあって……だから、どうかおどろかないでほしいのだけど、わたしの祖父も祖母も、わたしが生まれたときには、もういなかったわ。父方の祖父母も、母方の祖父母も。もともとこの家に住んでいた父方のおじいさまとおばあさまは、お父さまがまだ若いうちに亡くなられて、お部屋はいまはお母さまが。……煌四たちの部屋は、ずっと客間として使われていたの」

　そして、ごめんなさいと、綺羅はつけくわえた。父親のついたうそに、自分が罪悪感をいだいているようだった。

　そうか、とできるだけ平然とかえしたつもりの返事が、かすれて、綺羅の耳にとどいたかわからなかった。綺羅はもう煌四の手を引っぱらず、二人は黙って、緋名子の部屋へ足をむけた。

　背中を錆(さ)びた刃物で斬りつけられたような怖気(おぞけ)が、煌四の足どりを鈍らせた。

　綺羅の言ったとおり、屋敷の庭には、あの細い体つきの美しい犬が一匹だけ、門のわきにおとなしく座って主(あるじ)を待っていた。

「……みぞれというんだそうですよ」

　庭師の老人が、綺羅にそう教えた。

「みぞれ。すてきな名前」

　綺羅は、人さし指で犬の名前を空中に書きつける。そして宴の夜にほかの犬たちにしていたように、自分の顔を犬にそっと近づけたが、このみぞれという犬は気位が高いのか、白いまつ毛に飾られた目を細めたまま、綺羅のにおいを嗅ごうともしなかった。犬というよりは、どこか馬にも似た体つきだ。

緋名子は人形を抱いて、綺羅のうしろから犬をながめ、そして顔を空にむけて、その場でくるくるとまわった。

「焚三先生がね、気分のいいときは、お日さまをたっぷり浴びなさいって。だから、なるべくお庭にいるようにしてるの」

「うん。えらいな」

緋名子が持っているのは、部屋に飾られている豪華な人形ではなく、前の家から持ってきた薄汚れたそれだった。火華は「綺羅の小さかったころを思い出す」と言っては、緋名子に服や人形をあたえた。おかげで、両手の指ではたりないほどの人形が部屋にあるのに、緋名子はこの古い人形を手ばなそうとしない。

「焦二のおじいちゃんが、お庭のお花の名前、みんな教えてくれるよ」

小さな指にさししめされ、年老いた庭師が、軽く帽子を持ちあげて煌四に頭をさげた。煌四はおどろいて、妹を見つめた。緋名子が気を許しているのは煌四と綺羅、そして焚三医師だけだと思っていたのに、いつのまにあの寡黙な老人と口がきけるまでになったのだろう。

「お花だけじゃなくて、野菜も。育て方も、肥料の種類も……わたしもいっぱいお勉強して、お兄ちゃんや綺羅お姉ちゃんみたいになりたいな」

人形を高く抱きあげ、あやすように揺すりながら、緋名子が言った。

「お兄ちゃんはいま、とってもだいじなお勉強をしてるんでしょう?」

首をかしげるその顔が、どこかさびしげで、煌四は眉をこわばらせた。雷火に夢中になって、このところ、緋名子のそばにいてやれていない。煌四がなにをしているのかも、緋名子は知らないのだ。

(母さんの手紙……)

煌四は、帳面の中に隠した母の書き置きを、妹にも見せてやりたかった。母が自分たち兄妹のために、痛みに悲鳴をあげる全身をふるい立たせて書いただろう、最後の文字。けれど、あれを読ませれば、緋名子に煌四のしていることを説明しなくてはならなくなる。油百七との約束を破れば、自分たちはいつこの家を追い出されるか、わからないのだ。

「あの……この犬を連れた火狩りって、このあいだの宴席に来ていた客ですか? 髪が長くて、肌の浅黒い」

花壇の下葉をはさみで切りとっている焦二老人に、煌四は声をかけた。緋名子がそのそばにしゃがみこんで、熱心に手もとを観察している。

「ああ、その人です。いま、応接室で旦那さまと」

顔をあげずにこたえる老人の言葉がおわる前に、べつの声がかぶさってきた。

「――旦那さまと商談をしようと思って来たんだが、だめだあ、門前払いされちまった」

狩衣をまとった長身の火狩りが、いつのまにか庭に立っていた。肩から背中へ、とても状態がいいとはいえない重そうなずだ袋を担いでいる。またあの夜のように、見送りについてゆこうとする使用人を断ったのだろうか。応接室まで通されたのだから、門前払いとは言わないはずだが、火狩りは一人、からからと笑った。

門のそばでおとなしく綺羅になでられている狩り犬は、飼い主が現れてもしっぽ一つふらず、楽な姿勢で座ったままだ。

「こちらの旦那さまは豪胆な御仁のようだからなあ、雷火を買いとってもらえないかと持ちかけてみたんだが、さすがにそんな危険物を、一企業主としちゃ買いとれんと。神族に引きとられるよりゃ、こっちは儲かるんだがなあ」

あっけらかんとそう言いながら、火狩りは軽く舌を鳴らして犬に呼びかけ、庭師に頭をさげて屋敷を出てゆこうとする。煌四は、自分の耳がとらえた言葉を、何度も反芻した。

（雷火？）

どくんと、鼓動が大きくなった。この火狩りが、雷火を持っている？　まさか、あの粗末な袋の中身がそうなのだろうか。首都の火狩りであるなら、収穫はまず神族へ献納するのが規定だ。破れば罰則をうける。が、なぜか、この男は雷火を直接、油百七に売りに来たのだという。

油百七に〈蜘蛛〉の調査をさせられている火狩りでは、ないのか。

綺羅に挨拶をし、狩り犬を従えて火狩りが門のわきの木戸をくぐるあいだも、煌四の心臓は大きく打ちつづけていた。同時に頭の中、耳の奥で、ざわざわとなにかがめまぐるしくさわいだ。

「……ちょっと」

犬が帰ってしまったので、連れ立って屋敷の中へもどろうとする綺羅と緋名子に、煌四はほとんど走りだしながら声をかけた。

「書庫へ行ってくる。夕飯までにはもどるから」

ごまかしになったのかどうかあやしい言い訳を口走り、煌四は門を出た。昼間にも常火が点々と輝く居住区の、迷路の様相を呈した街路に、火狩りと狩り犬のすがたはすでになかった。

どちらへ行っただろう。煌四は周囲を見まわし、町へ至る道、坂の下をめざす道順をとっさに選びとって舗装を蹴った。火狩りのほとんどが住まうのは町だ。さっきの火狩りが、雷火を神族へさし出す前に油百七に売ろうとしたのなら、商談が通らなかろうともその足で神宮へむかうとは考えにくい。それなら、いったん自宅へもどろうとするのではないか。そう見当をつけたのだ。

平らな舗装で、思わずよろけそうになる。自分でも抑えられないなにかが、煌四を前へ走らせていた。さっきの人物、あの謎めいた火狩りが、燠火家当主の息のかかった者ではないのなら——そして落獣を狩り、雷火を手に入れるほどの腕を持つ火狩りなら、いまの時代の人間を生かす火の正体、森の炎魔や落獣に対する疑問のこたえを持っているのではないか。よるべのない確信にすがりつくように、煌四は火狩りと犬のすがたを追って、ひとけのない道を走った。

「おい」

ふいにかけられた声に、煌四は本能的に飛びすさり、どこかの屋敷の塀に肩をぶつけた。

塀と塀のすきま、この居住区にはめずらしい暗がりがわだかまる場所から、すらりと人影が現れた。こちらを見るその目が、一切の無駄を削ぎ落として引きしまった顔立ちと体が、ぬきとられたひと振りの刀に見えた。

「坊主、おもしろいやつだな。なんの用だ？　そんなに呼吸音と足音をめだたせては、尾行にならんぞ」

荒い息をする煌四の目の前で、ずだ袋を担いだ火狩りが薄笑いを浮かべていた。背後には、あの脚の速そうな犬が、退屈そうな顔をして立っている。

「……さっき、屋敷に」

雷火を持ってきたのだろう、煌四がそう口にする前に、火狩りが頭上をあおいだ。その視線を追って、煌四はふりかえる。背後の屋敷の屋根の上、そこに、なにかが動いた。カラスか野良猫か、それにしては大きさのある黒い影は、ふっとまばたきのあいだに消えた。

　ひらりと、風に吹かれて屋根のむこうへ、ちっぽけな紙きれが飛んでゆくのが視界のはしをかすめた。

「見張りがついておるのだ、首都の火狩りというのは不便だな。表むきには仕事中だけの見張りだと言われているが、あのとおり、いつどこで見ているかもわからん。神宮のしのびだ。坊主、あんまりかかわると、お前も目をつけられるぞ。そうなったら、養い親がこまるのじゃないか」

　養い親、という言葉が、だれをさすのか最初わからなかった。が、それが油百七のことだと理解したとき、なぜかはっきりとした怒りが、煌四の腹の底に湧きたった。

「親じゃない。屋敷に置いてもらっているだけだ」

　そして、吐く息を下腹まで落とし、焦りでざわつく思考を落ちつかせた。煌四は目をあげ、自分より頭一つ背の高い火狩りの、浅黒い顔をまっすぐに見た。古い傷によるものか、眉の片方には、とちゅうで断裂したあとがある。こちらもかなり古い、質素な耳飾りが、片耳にくっついていた。首都の住人では、まず女性しか身につけない装身具だ。

　身なりから察するに、この火狩りは、首都の生まれの者ではない。村から来たのか、流れの火狩りだったのか。とにかく、油百七の思惑の外に、計画の外に、この男は位置している。そして、雷火を持っている……できあがりつつある武器を確実に完成させるには、そのかなめである雷火について知るためには、この火狩りに訊いてみるしかない。

煌四はそう判断して、火狩りのあとを追ったのだ。油百七に知られる前に。

「……雷火について、炎魔の火について、知りたい。教えてもらうことは、できないですか」

火狩りの口の横に、くっきりと笑いじわが刻まれた。

「やすやすと人に言うわけにはいかない。仕事だからな。……軽々しく口外できないことをしているのは、坊主、お前もだろう？」

黒々と鋭い目は、一瞬にして、この半月以上にわたる煌四の日々を見透かした。腕を組んで楽な姿勢をとり、火狩りはおもしろがるように、煌四をながめまわす。そして、言った。

「おれは、炉六（ろろく）という。もとは島の出身だ。知りたいことがあるのなら、狩りに同行してみるか？　百聞は一見に如（し）かずというだろう。来る気があるなら、今日の夕刻、トンネルへ来い。森へ連れていってやろう」

ずくん、と心臓が衝撃をうけた。――森へ？

返答にまごつく煌四に、炉六と名のった火狩りはそのまま黙ってきびすをかえし、せまい路地のむこうへすばやく歩き去った。みぞれという名の犬が、白い尾を揺らしてそれにつき従い、火狩りと狩り犬のすがたは、まぼろしかなにかのように遠ざかって視界から消えた。

煌四は、まだおののいている全身の脈を感じながら、それでも、胸の奥の一点に、こたえを置いた。あとは、どういう口実で夕刻に屋敷を出るか、それを順序立てて考えはじめた。

宵の訪れた工場地帯は、海風の吹きつける町よりも暖かい。

神宮の見おろす工場地帯には三か所に大型タンクが設置され、そこに備蓄されている火によって、昼夜を問わず機械群を稼働させつづけることができる。富裕者の居住区にともる常火よりも煌々と、飾り気のない照明がともされ、稼働をやめない機械群が熱を生んで、金属で構築された広大な区画そのものが、まるで一つの生き物であるかのようだ。

夕食のあと、屋敷を出るのには、すこしだけてまどった。連日連夜、地下室にこもって作業しているので、すこしだけ外の空気を吸ってきたい……そう言ったのだが、油百七はすぐには承知してくれなかった。

「外の空気なら、庭でも充分だろう。夜に出歩くと、なにかと物騒だ。とくにこのところは、物盗りがふえているからな」

「じゃあ……今夜は、自室で雷火の資料を読みかえしてもかまいませんか。もちろん、ほかの者の目にはふれないようにします。ずっと同じ場所にいると、考えがまとまらない」

やや声音を高揚させ、早口で言った。その演技が功を奏したのか、油百七はしぶしぶながら納得してくれ、煌四を書斎へ連れていかなかった。

二階の西むきの部屋、窓の外には、大きく育った樅の木がある。いっしょに本を読むのだという緋名子と綺羅に夜の挨拶をし、部屋の扉を閉ざすと、しばらく時間をやりすごしてから煌四は窓を開け、いちばん近い枝までの距離を目で測った。さらに、木から塀までの距離を頭に入れる。資料を読むのに必要な最低限の明かりだけを残し、部屋の照明を落とした。

靴下をはいただけの足で塀から路地へ飛びおりるとき、足をくじかないか心配だったが、なんとか着地に成功した。衝撃で骨までしびれが走ったが、どこも傷めていない、走れる。靴音を立ててはすぐに見つかる、昼間、炉六という火狩りが言っていた。夜間、この居住区には警吏の見まわりが入る。まだそれがはじまる前のぎりぎりの時間ではあったが、左右の紐を結びあわせて肩にかけた靴をしばらくはそのままに、煌四は舗装された道を工場地帯へむけて走った。

首都の居住区と工場地帯は、海へ流れこむ大型水路をはさんで、幾本もの橋でつながっている。その一本をわたりおえ、建物の陰で靴をはいて、煌四はトンネルをめざした。

崖のトンネルへは、一度も近づいたことなどない。父親とかなたは何度もそこを通り、森へおもむいて狩りをしてもどってきたが、火狩り以外がそこを通過することは禁じられているし、立ち入ればたちまちに、炎魔の牙にかかって死ぬだろう。

なぜ、ここまでして——

急ぎ足で工場のあいだを進む煌四のそばで、機械が轟音を立て、休まず働いている。なぜここまでしているのだろう。

頭上を、運搬用の黒い金属かごがロープ伝いに移動してゆく。煙と湯気、油と廃棄物のにおい。人が作り、人が操っている機械群が、人のおよばない力でものを持ちあげ、壊し、生産をくりかえしている。宵闇に浮かぶ照明、それを乱反射させる湯気。てらてらとそびえ、空よりも濃い闇となって頭上に入り組む武骨な金属の楼閣、その中に神々のように屹立する慰霊の大樹たち。ここは神の庭なのだと、油百七はそう言っていた。

黒い森へ立ち入れば、火狩りがいっしょにいようとどうなるかわからない。あの炉六という火狩りが信用できるという確証もない。それでも、煌四はただ、知りたかった。炎魔の火、そして雷火などというものが、そもそもなぜ存在するのか。自分たちを発火させない、自分たちをいまだ生かす火とは、いったいなんであるのか。この世界がなぜ、こんなふうに存在しているのか。

地下室で何度も見た、美しくさざめく炎。あの黄金の正体を知りたい。それを使って、自分が燠火家の当主の望むものを作っていいのか……作ったものが、守りたい者たちをほんとうに守れるのか。

そして煌四は工場地帯の南端、切り立った崖が黒い森と首都とをへだてている、その場所へたどり着いた。

崖にうがたれたトンネルは白塗りの鳥居にかこまれており、神族の力であざなわれたしめ縄が、炎魔が迷いこんでくるのをふせいでいる。巨大なトンネルだ。この近くに回収車の格納庫があり、車はこのトンネルをぬけて黒い森へ旅立つのだ。その奥にわだかまる暗さは底が知れず、あらゆる不吉を結晶させた黒さをやどして虚ろな口を開けている。

化け物じみた暗闇のその手前に、火狩りと狩り犬はいた。

「思ったよりも早く来たな」

腕組みをした炉六と、涼しげな表情で立つみぞれ。ほかの火狩りも犬もいない。ここまで、ほとんど走りとおしてきたせいで、煌四の息はあがり、すぐには返事ができなかった。すこしはなれた場所から、すえたにおいがしてくる。工場のそれとは異質なにおいをはなっているのは、見れば崖に張りつくようにあばら家をつらねた貧民区の一つだった。そこにも、小さな明かりはともっている。

「見張りは……？」

息を整えながら問うと、火狩りはおもしろそうに口の片はしをあげて笑った。

「お前が来るだろうと思って、席をはずしてもらっているぞ。なに、神宮のしのびというのは、呪術で動く人形だ。まじないを断ち切ってやれば、身動きなどとれなくなる。ほら、これがしのびの一人だ」

そう言い、炉六が指につまんで持ちあげてみせたのは、人の形に切りぬかれた薄い紙きれだった。墨で、呪文かなにかが書かれている。神族の書いた文字なのだろうか。煌四の心臓が、痛みを発しながら縮む。炉六は悠然とした表情のまま、紙人形を二つに裂き、ひらりとその場に捨てた。

「森に入ったら、おれのそばからはなれるなよ。心配するな、死にはせん。不用意に動かず、そばについていれば大丈夫だ。準備はいいか？　行くぞ」

余裕のある表情のまま、炉六は後頭部で縛った長い髪を揺らし、四角くうがたれた闇のほうをむく。狩衣の帯に、父親が持っていたのと同じ、革製の入れ物にさした三日月鎌がさげられていた。狩り犬のみぞれは、ためらいなくしめ縄の下をくぐる。

じっとりと、煌四の手は汗ばんでいた。もうすこしちゃんと、せめて緋名子には声をかけておくのだった。このトンネルのむこうから、ひょっとすると自分は出てこないかもしれないのだ。

（もしそうなっても、燠火家は緋名子を見捨てたりしないだろうか――）

綺羅がいてくれる。きっと大丈夫だ。

そう自分に言い聞かせ、炉六につづいてしめ縄をくぐった瞬間、背後にまつわりついていた不安はすばやく闇に呑みこまれて、消えた。

「森へ入るまで明かりはつけん。みぞれの足音をたどれ」

炉六の声が、すぐそばで聞こえた。太刀打ちしようのないものに対峙したとき、恐怖心は消え去るものなのだと知りながら、煌四は足を前へ前へ動かした。頭の中では、雷火の虹色をふくんだ黄金の光が、おだやかに揺らいでいた。

七　湾

衰弱していた〈蜘蛛(くも)〉の子は、すこしずつ水を飲んだあと、ことんと眠り、一時間もたたないうちにぱっと目をさました。おどろいたことにその頬には、もう赤みがもどっていた。

「これ、食べる？」

灯子が、笹の葉にくるんだ飴(あめ)をさし出すと、男の子はすばやく手を伸ばし、夢中で甘いものにむしゃぶりついた。いったいどれくらい、飲まず食わずでいたのだろう。森の中で、一人ぼっちで。〈蜘蛛〉というのは木々人と同じように、炎魔に襲われることはないのだろうか？　灯子にそれはわからなかったが、緊張した空気をはなっている明楽にも照三にも、思いつめた顔でじっと〈蜘蛛〉の子を見つめている火穂にも、たずねてみることはできなかった。

やがて炎魔の引く車は、黒い森のはずれに到達した。

森のとぎれるところを、灯子は生まれてはじめて目にした。村の丘の上からながめる黒い森は、四方にどこまでもはてがなかった。その森が、煙が晴れるように、ふいに眼前から消えてゆく。

ねじれた木々がしだいに細くなり、枝葉の密集が崩れ、そうして唐突に、森はとぎれた。目の前には岩場が、そのむこうには、灰色にたゆたう海がひろがっている。大きく伸びた岩の腕にいだかれた灰色の湾が、手ざわりすらありそうな独特のにおいをさせて、横たわっていた……が。

身を削ぐ刃物のように灯子をすくませたのは、海のにおいではなかった。森を出る直前から、かなたとてまりが車の進む方向へ顔をむけ、首すじを緊張させていた。おそらくは本来の、塩気と生き物の気配をはらんだ海のにおい――そこに、異臭がどぎつく混じっている。

狩りをし、〈蜘蛛〉の子を拾ったために、明楽が考えていたよりも移動に時間がかかった。そのうえ、車を引く大熊の炎魔はひどい疲れを見せはじめ、鈍る足どりにはっぱをかけながら湾へたどり着いたときには、夕焼けをにじませた空に、早い星がまたたいていた。

鼻にねばついてくるこのにおいを、灯子は知っていた。故郷の村で、嗅いだことがあった。炎のにおい。人が焼ける、不吉な脂のにおいだ。本能的に、体が近づくことをいやがる。岩場のむこうには、莫大な量の水が揺れている。それなのに、なぜ、火のにおいがするのだろう。

「……うそだろ」

明楽が口の中でささやくのと、ぎゅう、とのどの奥で声を押しつぶし、〈蜘蛛〉の子が背中をまるく縮めたのが同時だった。

くつわをかまされた熊型の炎魔が、深く長くうなる。空腹の訴えに似たその声は、獣の本能の混乱から発せられたものだった。

舌打ちをしながら立ちあがると、明楽は短刀を引きぬいて反対の手にてまりをかかえ、駆者台(ぎょしゃだい)から飛びおりた。

「ここで待て！」

くさびを打ちこめない岩場で、車を引かされていた炎魔の綱は、短刀で切り裂かれた。とたんに、熊型の炎魔は大きな頭を地になすりつけながら、背後の森へ逃げこんでゆく。

ここでなにが起きたのか、灯子たちの目にも、ようやくそれが像を結びはじめた。人がたおれている。幾人も。それに、犬……狩り犬たちが、死んでいる。ある死体は黒く焦げ、ある死体は炎魔に引き裂かれていた。犬たちがすさまじく戦ったあとがうかがえ、絶命した炎魔もいっしょにたおれふしている。

「だれか、生きていないか！」

明楽が声を張りあげ、死体だらけの岩場を駆けまわる。てまりが転げまわるように走り、吠(ほ)えたてる。

「な、なんだ、これ……」

照三がこぶしでとっさに口を押さえた。目の前にひろがる光景が、ぐにゅうとゆがんで見えた。なにが起こったのか、なぜこんなところで火狩りと犬と炎魔がいっしょくたに死んでいるのか、なぜ焼けた死体があるのか。目が見ているものを拒絶しようとして、胃が逆流を起こしかける。

かなたが馭者台に立ち、いつでも動ける姿勢をとる。〈蜘蛛〉の子はますます体を縮めて、がたがたふるえだした。極細の針で刺したようなあとと青いあざがおおう腕や肩が、きしみそうなほどにこわばり、火穂からはなれてどんどんあとずさろうとする。幌に、小さな体があたる。

逃げ道を断たれた獣のような子に、灯子はとっさに手を伸ばした。灯子にふれられてますますこわばるその体を、抱きしめた。

「静かにして――あっちは、見たらいかん」

ささやきかけながら、汚れた細い肩を抱く。こんなにふるえては、この子の体は砕けてしまうのではないかと思った。首都の敵であり、回収車を、乗っていた人間もろとも竜神に襲わせたのかもしれない〈蜘蛛〉の仲間なのだとしても。

ふるえながら、男の子は引きつけるように泣いていた。灯子は呆然と座りこんでいる火穂をふりかえり、そして紅緒を思い出していた。竜に踏みつけられ、一瞬でひしゃげてしまった紅緒を。

明楽が岩の上を駆けまわり、息のある者がいないか必死になって探している。なぜあの人たちは、死ななければならなかったのだろう。

「なんでだ？」

照三の声が、空気を、灯子の意識をかき乱した。

「おい小僧、こたえろ、なんで〈蜘蛛〉は、火を使える？」

どなりつけられ、男の子はひくっと大きく息を吸って、そのまま止める。

「や、やめて。この子に訊いたってわからないよ」

怒りでこめかみの引きつった照三を、火穂がなだめようとする。火穂の声はひどくかすれて、まともな音を形作れていなかった。

「ちくしょうが、なにがどうなって――」

食いしばった歯のあいだからもれる照三の声が、すっと消えた。

灯子に抱きすくめられてふるえていた〈蜘蛛〉の子が、くらりと顔をあげたのだ。泥と埃の中に涙のすじをくっきりとつけ、けれどもその目は黒々と、近寄りがたい虚ろをやどして見開かれていた。

「……虫」

幼い声が、ぞわりと耳の奥へ這いこむ。

「あ？」

眉をひそめる照三の顔には、はっきりとした恐怖が浮かんでいた。

「虫が生まれたんだ、燃えない体にする虫が。みんなは虫に体を咬ませて、炎魔のじゃない火を使えるんだ。ほかにもいっぱい虫が生まれた。獣を狂わせる虫に、竜と炎魔を咬ませたんだ」

　灯子はついさっきまで腕の中でふるえていた小さな子どもから飛びすさりたくなり、けれども手をはなすことすらできなかった。〈蜘蛛〉の子のしゃべったことと、目の前の光景をつなぎあわせようとする。頭のどこかがそれをこばんで、いま耳にした言葉は灯子の中でばらばらになる。けれど照三の声が、逃げようとする灯子の思考を、たたき割った。

「つまり、お前らがやったってことか！　火狩りに炎魔をけしかけて、火をはなって皆殺しにした！　回収車をやりやがったのも、やっぱりお前らか！　こたえろ、ほかの〈蜘蛛〉たちはどこにいる！」

　荷台の上で立ちあがろうとする照三の肩を、よろめきながら火穂がはたいた。ほんとうはぶとうとしたのだろうが、そこまでの力がこもらなかった。

「やめてったら！　〈蜘蛛〉がやったんだとしたって、やったのは大人だ！　こんな小さな子を責めたって、なんにもならない。この子は、森に一人で、捨てられてたんだよ？」

と、せまい荷台の幌の内側で暴発しそうになっていた空気が、さっと風になぎはらわれるように消えた。

　生存者を見つけられず、岩場に立ちつくす明楽のうしろから、わらわらと、黒い群れが現れた。それはさながら、海から漂ってきた亡者の群れだ。岩場のむこうで生き残り、あるいは傷をおって、気配を消していたのだろう。それがゆっくりと、標的を見つけて立ちあがってきた。黒い毛皮、眼窩には炎。

炎魔が、明楽をとりかこんだ。

てまりがうるさく吠えまわる。明楽はためらわずに、腰に帯びた金の鎌をとる。炎魔の数は、ざっと三十頭……狼のすがたのもの、熊のすがたのもの、猿に狐、鹿や猪。火を逃れようと海に飛びこんだ人間たちを、貪っていたのだろうか。みな、黒い毛皮から水をしたたらせている。重たげに体を濡らす水を、けれど、一匹も体をふるって吹き飛ばそうとはしない。濡れた体を重いままに引きずり、獣たちの赤く燃える目は一様に明楽をとらえていた。

いくら明楽でも、あの数に一人で太刀打ちできるはずがない。かなたが牙をむくが、明楽とてまりのほうへ行こうとはしない。灯子たちを、ここで守ろうとしているのだ。最初の一頭、などというものはなかった。眼窩の奥に炎をやどした獣たちは、たがいの体をぶつけあいながら、なだれかかるように明楽へむかってゆく。回収車を襲った竜神と同じく、炎魔たちも、その本性のどこかを狂わされているのだ。男の子の言うとおりならば、〈蜘蛛〉の手によって……

「おい、炎魔っていうのは、あの鎌じゃなくてもたおせるんだよな？」

だれからのこたえも期待せずに、照三が工具をにぎって立ちあがった。罵りの言葉を吐き捨て、荷台の床を蹴りつける。

「ガキどもは、ぜったいにここにいろよ」

照三はそう言い置いて、荷台から飛びおりた。たよりない体に、なけなしの力をこめて走ってゆく。

灯子は腹から体温がぬけ落ちてゆくような不安をおぼえ、それと同時に、頭の片すみがすっと静まりかえるのを感じていた。あんたなら、いい火狩りになれるんじゃないかと思うけど――明楽の言葉がよみがえった。

（かなたの飼い主の火狩りさまは、わたしのこと、たすけてくれなさった）

見ず知らずの、ただの小娘を。灯子をたすけさえしなければ、あの火狩りはもう、目的地へ着くというところだったのに――明楽の言ったとおりだとすれば、無垢紙を手に入れられるはずだったのに。

それなのにあの人は灯子をたすけて死に、そして灯子の命を救った鎌が、いまここにある。かなたがいる。傷つき、主を失っても、狩り犬の使命を忘れていない犬が、自分のそばにいる。

「ここで、じっとしとるんよ」

灯子は、すばやく〈蜘蛛〉の子にささやきかけた。

「火穂、この子お願い。ここに隠れとって」

背にくくりつけた風呂敷づつみから鎌をとり出し、無垢紙をとりはらう。目をみはった火穂が、それでも男の子の背中へ手を伸ばすのを目のはしに見て安心し、灯子はさけんだ。

「かなたっ！」

　それが、行けという号令だった。屈強な狩り犬は、駆者台の板を蹴りつけ、身をおどらせて炎魔の群れへ飛びこんでゆく。ひと呼吸のあいだに群れの中心へ到達し、そして、戦いがはじまった。

　明楽の鎌が、黄金の火花を散らしながら炎魔の急所を切り裂く。うしろからおどりかかる一頭に、引きぬいた軌跡のまま鎌をつき立て、弧をえがいてなぎはらう。かなたは炎魔が自分より大きかろうが小さかろうがそんなことは問題とせず食らいつき、爪をかわし、のど笛を咬みちぎって絶命させる。明楽が切り裂いた炎魔からは、金色の火があふれてこぼれたが、いまその恵みは収穫されることなく、灰色のなめらかな岩に溶けてひろがってゆくにまかされた。

　助勢に入った照三は、めったやたらに炎魔の頭をなぐりつけている。重い鉄の工具に頭骨を砕かれては、炎魔も生きて動くことはできなかった。が、早くも呼吸を乱しきっている照三よりも、明楽とかなたのほうが、速く、多く、確実に炎魔をたおしてゆく。

　灯子もまた、駆者台から飛びおりていた。が、かなたのようにつっこんでゆくことはしない。灯子は気配がしないと、明楽は言ったのだ。火狩りである明楽ですら、灯子の気配を察知できなかったと。それなら、真正面から迎えうつのではなく、気づかれずにうしろからまわりこむ。不意打ちをかける。できるかどうかわからないが、そうすると決めた。

金の鎌は、灯子の手にはずしりと重い。それなのに、その重さは、刃物のえがく弧は、灯子の手にしっくりとなじんだ。この鎌がもたらす収穫で、自分たちは生かされてきたのだ。

岩の上にたおれふす死体を避けて通りながら、灯子はまた紅緒のことを思い出していた。紅緒が死んだのは、灯子たちを先に行かせ、最後に車を脱出したせいだ。一瞬で踏みつぶされるそのときまで、紅緒の目から、生きる力は消えてなどいなかった。あんな状況で、最後まで灯子と火穂をたすけようとしてくれた。紅緒と同じにつぶれてしまった、みごとな竹細工たち。働きたいと、あんなに言っていたのに。

また、死体をよける。だれだ。ここに死んでいるのは、どこのだれで、どんな声をしたどんな人だったのだ。どの犬が、どの人を守ろうとしたのだ。

頭の中がはげしい光でいっぱいになる。胸に矢がつき立った焼死体がある。不思議と、怖くはなかった。あなたはだれだと問いながら、灯子は進みつづけた。

月。舞踊のように身を折り、人間ばなれした動きで黄金の火花を散らしながら戦う明楽の背後、海の上に、細い月が浮かんでいた。

火狩りのふるうその鎌と同じ、金色の弧をえがいて。

灯子の手にもいま、あれと同じ月がある。

鎌を手に、灯子は岩の上を駆けた。猿のすがたをした炎魔が、照三におどりかかろうとする瞬間を、目がとらえる。獣の背をねらえと、全身が告げる。自分の中から湧きあ

がった命令に従って、鎌をふるった。

　重たい鎌は、あっさりと灯子の手に弧をえがかせる。こちらに気づいた狐の炎魔が跳躍してくる。猿の背から鎌を引きぬき、狐の胸を切り裂く。火花が散り、炎魔の体からは澄んだ金色の光が、あふれてこぼれた。

「チ、チビすけ、お前……」

　照三が、ありえないはずのものをまのあたりにしたように、目をひんむく。

　そのあいだにかなたは、熊のすがたをした炎魔ののどに食らいつき、どれだけふりまわされてもぜったいに牙をはなさなかった。

「やっぱり、いい犬だ！」

　脱ぎ捨てたマントで猪の炎魔の視界をふさぎ、隆起したその背中に鎌をふるいながら、明楽は汗まみれの顔で笑っていた。

　戦った経験などないのに、灯子はなぜか、怖くなかった。獣たちは、骨も筋肉も大きくうねらせてむかってくる。その速さも、猛々（たけだけ）しさも、灯子にはこの瞬間、とても物悲しく映った。

　灯子の加勢による戦果は、ほとんどなかった。最初の猿と狐に、不意打ちをかけられただけだ。炎魔たちに存在を察知されてしまっては、灯子が戦力になれる見こみはない。それでも、思いがけないところから現れ、ひ弱な体で襲ってくる灯子に、炎魔たちはすくなくとも、わずかな混乱を起こした。

そして、灯子に牙をむくことで、かなたを決定的に怒らせた。

犬はますます猛って、照三をうしろにかばう灯子へむかってゆこうとする炎魔を、すさまじい勢いで追い、確実に息の根を止めた。力の限りに食らいついて骨を砕き、のどを咬み裂いた牙を引きぬいて、べつの炎魔へ追いすがる。追いすがり、食らいつき、さらに襲ってくる炎魔を、灯子の手前で迎えうつ。

明楽は、空にあるのと同じ三日月で、獣たちを狩ってゆく。その血の脈を刈りとってゆく。手甲をはめた自分の腕をわざと狐に咬ませ、そのあいだに鹿のひたいを切りはらう。

炎魔は、あと一頭。狼のすがたをしたそれと、かなたが組みあい、転げまわる二頭の一方が相手の腹を後脚で蹴りあげた一瞬を逃さず、明楽の鎌が切り裂いた。

身をかがめた明楽の荒い息と、舌を出したかなたの呼吸だけが聞こえる。あとは、波の音しかしない。たくさんの死体の上に、さらに炎魔の屍がつらなる。つのや体格で特徴は見わけられるが、それらは一群の、しおれた黒い毛皮にしか見えなくなっていた。

しかし、静けさはほんのひとときでかき消えた。

ギャンギャンギャンギャン、遠くでてまりが吠えたてる。

はっと、明楽が顔をあげる。腕から血を流し、ひどく汗をかいていたが、下腹に力をこめ、いっぺんに呼吸を整えた。

「来い！　海へ急げ！」

ただならないその声に、照三は工具をかなぐり捨てて車へ走り、火穂と〈蜘蛛〉の子を両わきに担ぎあげた。よろけそうになりながら、荷台を飛びおりる。そのうしろを、てまりが転げるように走ってくる。

「おい、チビすけお前、けがしてないか？」

照三に呼びかけられて、灯子はおぼつかない足どりで、海のほうへむかった。鎌が重い。空の細い月に、目がくらみそうだった。

（荷物を……無垢紙を、持っていかんと）

荷車のほうをふりむこうとすると、視界がぶれた。感覚のずれに、灯子はひどくとまどった。二匹の獣を殺した。また、形見の鎌をふるって——傷口からあふれた金色の火の残像が、瞳の奥に残って灯子の目をくらませた。

照三の手をふりほどいてこちらへむかってくる火穂が、灯子の風呂敷づつみを持ってくれていた。そのことにほっとして、灯子の体は動くのをやめそうになる。けれど、耳はてまりの声と明楽のさけびをとらえている。

「急いで、船に乗って。〈蜘蛛〉が来る……！」

〈蜘蛛〉——火が来る。

立ちすくんでいる灯子の手を、火穂がつかんだ。火穂に引かれて、灯子は走った。

海際に裏がえしにして、船は置かれている。その上におおいかぶさっているだれかの死体を、明楽が担いでおろす。いくら人並みはずれた身体能力を持ってはいても、さすがにその足もとはふらついていた。

　船。こんな大きなものを水に入れたら、沈むのではないかと、灯子は思った。川面に浮かべる笹舟でもないのに。

〈蜘蛛〉の子を岩の上におろし、照三が船を起こそうとする明楽を手伝った。海まで、細い竹材をつらねた船の道が敷かれていた。起こした船を、道の上をすべらせて押してゆく。その道の上にも、狩り犬や火狩り、炎魔の体がたおれている。照三が船を押し、明楽と灯子が死体を引っぱって道を空けた。灯子の頭には重いもやがかかって、自分がなにをしているのかはっきりと理解できないままに動きつづけた。

　男の子を抱きあげて船に乗せ、火穂も灯子たちを手伝う。ごめんなさい、ごめんなさいとつぶやきながら、火穂は灯子といっしょになって、死んだ人の体を動かす。あとすこしで、船が水にふれる。

「てまり、かなた！　灯子と火穂も、乗って」

　渾身の力で船を押しながら、明楽がさけぶ。

「あんたも乗れよ、けがしてるじゃねえか！」

　顔をまっ赤にして、照三が眉をつりあげた。

「それがなんだ、あたしはあんたたちの、護衛を買って出たんだ！」

　明楽が腹の底から力をふりしぼり、船は、波に到達した。ぐらりと揺れたが、それは水そのものがうねっているためだった。船はちゃんと浮かんだ。全員が乗りこむと、明楽は船底に固定されていた櫂をぬきとり、岩のへりを押して船を海へやる。大きくぐらつき、灯子はもんどりうって、船の中で横ざまに転んだ。

明楽になにも言われなくとも、照三はべつの櫂を見つけてぬきとり、櫂うけにさして船を漕いだ。煙と血のにおいのこびりついた湾をはなれ、沖へ急ごうとする。

水だ。結界の中を流れる川しか知らない灯子は、こんなにたくさんの水がたゆたっていることに、目を奪われた。水の中にも、十ほどの死体が浮かんで揺れていた。火狩りと犬たちだ。

「──灯子！」

火穂がさけんだ、その声に気づいたときには、灯子の体は、船から持ちあげられていた。大きな手が、首をつかんでいる。戦い疲れて船底に腹ばいになっていたかなたが、ばねのように起きあがる。

なにが起きているのか、灯子の理解がいちばん遅れた。閉じることのできない目が横をむき、状況をとらえる。体を持ちあげられ、灯子は、首を絞められている。あの子と同じ、黒い毛皮の半纏を狩衣の上にまとった人間が、水の中から立ちあがり、灯子を持ちあげていた。黒い毛皮、顔には黒い面をかぶり、口もと以外は隠れている。──〈蜘蛛〉だ。火狩りと戦い、傷をおって、水に浮かんでいたのだろうか。事実、その〈蜘蛛〉の肩には、深々と切られた傷が赤く口を開けていた。

最後にふりしぼっている、とはとても思えない力が、灯子の首を絞めあげてゆく。目の奥でバチバチと光がはじけた。声が出ない。耳も聞こえなかったから、照三がふりあげた櫂を〈蜘蛛〉の傷口にたたきこんだのが、夢の中のできごとに思えた。

体が、船の上に落とされる。空気と音が一時にもどり、肺と頭がはじけ飛びそうになる。

音をとりもどした耳に、張り裂けるような照三の悲鳴が飛びこんでくる。

火穂が悲鳴をあげる。灯子をはなしたその手で、瞬時にそばに浮かぶ火狩りの死体から短刀をぬきとり、〈蜘蛛〉は照三の左肩を斬りつけたのだ。切っ先は肩から頬骨を、そして目をたどり、照三の体を決定的に傷つけた。

血のついた刀を明楽の足が蹴りあげ、刃物は海へ落ちていった。かなたが船べりから飛びかかり、〈蜘蛛〉ののどに食いつく。

船の中へたおれこんだ照三が、痛みにのたうちまわった。血が飛び散る。切られた目を押さえようとするが、赤く泡立つ傷口を見せた左肩から下が、体のわきに投げ出されたまま動かない。

照三を傷つけた〈蜘蛛〉が、かなたの牙で命を絶たれ、今度こそ動かなくなって水に浮く。

「照三さん！」

火穂が傷を押さえようとして、けれど、ためらって指を引っこめた。鮮血があふれる傷口には、白い骨まで見えている。下手にふれると、傷をひろげてしまうかもしれなかった。痛みと混乱で、照三は首のすじを浮き立たせて絶叫している。

〈蜘蛛〉の子は、照三が暴れるために大きく揺れる船のすみっこで、ただ目をぽかんと見開いていた。かなたが、泳いで船までもどってくる。犬が船に乗るのをたすけながら、明楽がさけんだ。

「灯子、そのつつみ貸して！」

声にはじかれ、灯子は火穂が持ってきてくれた風呂敷(ふろしき)づつみの結び目をあわてて解こうとするが、手がふるえてうまくいかない。明楽の手が伸びてきて、結び目をそのままにつつみを灯子の背中からとりあげた。無垢紙(むくし)の束を灯子の懐に押しこむと、明楽は風呂敷を裂き、自分の上衣(うわぎぬ)も脱いで照三の傷口に押しあてる。

「照三さん、照三さん！」

火穂は船底に流れ出た血を照三の体へもどそうとするかのように、がむしゃらに血の中へ手をつきこむ。

「いや、いやだ、死んじゃいやだ！」

「落ちついて！　大丈夫だ、動かないで」

明楽は、切られた傷口のまわりの作業着を破き、布をあてた傷口を強く押さえながら、口を使って片方の手甲をはずす。

「これを噛(か)んでて。舌を噛むといけないから……動かないで、灯子は無事だよ」

低い声で、明楽が話しかけつづける。照三の体が、幾度かびくびくと痙攣(けいれん)した。

「大丈夫。もう海に出たから。首都へむかうよ。すぐに着くから、安心して。あんたの家があるんでしょう？」

話しかけながら、傷口に布をつめ、その上から裂いた布できつく縛る。鋭いうめき声が、手甲を嚙んでいるためにくぐもって聞こえた。明楽は照三の口から手甲をはずすと、帯にさげたブリキの瓶の中身を口にそそいだ。ひどくむせながら、それでも照三は、口に入ってくる薬のいくらかを飲みくだす。

「木々人の痛み止めだ。飲んで。ゆっくり」

「痛えよぉ……」

ひずんだ声が、すじの浮きあがったのどからしぼり出された。

かなたが耳をたおし、険しく目を細めてうなだれていた。てまりも落ちつきなく船底を歩きまわりながら、手のとどかない獲物をにらむように小さくうなっている。

風呂敷が破り裂かれたときに、船底へ落ちてしまった守り石と残りの食料を、灯子は拾いあげて懐へしまった。形見の守り石は、自分の守り石といっしょに袋へ入れた。灯子の守り石と、火狩りの形見である石に彫られた姫神の名前はちがう。名前のちがう神さまはけんかをなさるから、ほんとうは二つ以上の守り石を同じ入れ物に入れてはならないと言われているのだが。

「灯子……灯子」

火穂が、灯子の名を呼んだ。こたえようとしたが、声が出せなかった。灯子はよろめきながら火穂へ近寄り、また血まみれになってしまったその手をにぎった。どちらの手も、ひどくふるえていた。反対の手で、火穂はずっと、照三の傷ついていないほうの手をにぎっていた。大量の血を失い、どんどん呼吸を弱めてゆく照三を、懸命につなぎとめようとしていた。

「行こう。ここから、早くはなれないと」

明楽が櫂をとり、船は三日月の下、入り江をわたっていった。

気分が悪い。揺れているのは、回収車だろうか。いや、車は竜に襲われて、めちゃくちゃに壊れてしまったではないか。鼻腔にからみつくのは、おびただしい気配をふくんだ水のにおいだ。……疲れはてて、いつのまにか眠ってしまっている。眠ったままで、それに気づいた。揺れている。木材のきしむ音。ここは、船の上だ。

灯子ははっと、目をさました。

意識も体も、一気に暗い夜へ連れもどされる。船は湾をはなれ、墨汁を満たしたような海の上を移動してゆく。明楽が、ずっと一人で船を漕いでいるのだった。

見れば、火穂はずっと照三の手をにぎりつづけている。ぐたりと横たわった照三は、意識を失っていたが、ときおりのどの奥から、苦しげなうめき声をもらした。それも、傷をおったばかりのときとはちがい、波音に呑まれそうな弱々しい声だ。座ったままそばをはなれずにいる火穂も、うなだれ、半分意識を閉ざしてしまっていた。

あの〈蜘蛛〉の子は、船首側のすみっこにまるまり、子熊のようになって寝息を立てている。犬たちも、三角の耳以外は眠らせて、体力を回復させようとしていた。

休まずに船を漕いでいるのは、明楽だけだ。

「ごめんね」

かすれそうな低い声で、明楽が言った。

「護衛を買って出たのに、こんなざまだなんて。——まさかあんなに堂々と、〈蜘蛛〉が湾を襲撃するなんて」

照明も火袋も、荷車に置いてきてしまったため、三日月と星の明かりしかない。その弱い明かりのもとでも、明楽の頰がこけ、目の下にくまができているのがわかる。炎魔の群れとの戦いで、体力は使いはたしているはずだった。

「明楽さん、ちょっと休んだほうが……」

声をかけ、しゃべれることにほっとした。ものすごい力でつぶされかけた灯子の首は、動かそうとするとおかしな具合にうずく。

明楽は、目をさました灯子へ顔をむけ、笑みを作って、かぶりをふった。

「ううん。首都までは、漕いでゆかなきゃ。眠ってるあいだに、潮に流されるとたいへんだから」

「……海には、炎魔はいないよね？」

眠っていると思った火穂が、ふいに質問した。うなだれていた顔を、わずかにあげる。

「うん。炎魔はいない。そのかわり、大きな魚を見るかもしれない」

船は、大きく揺れていた。明楽だけで櫂を操りつづけるのには、かなり無理がありそうに思える。船はまるで木っ端のように、どこまでもひろがる漆黒の水の上を漂ってゆく。森のむこうに、まだ、こんなにとほうもないひろがりがあったのだ……水のはての世界のふちまで、星はすがたを見せている。海のおわるところで、星の光はとろけるようににじんで、消えていた。

てまりは明楽のひざの上で、まるくなっている。小さな白い犬は、自分の体温をわけあたえることで、主を力づけようとしているのかもしれない。炎魔に咬まれた傷のある腕で、明楽は重そうな櫂を漕ぎつづける。

かなたが起きあがり、灯子の手をなめた。熱い舌でくりかえし、くりかえし。あんまり熱心になめるものだから、手がひりひりしてくるほどだった。形見の鎌は、からっぽの櫂うけの下に、落ちないようにしまってある。

「……灯子、ごめんね。怖かったろう」

灯子はゆるゆると、かぶりをふった。湾で出会った光景の切れはしが、目の奥にちらついた。

船は波に揺られ、星は空に揺らぎ、だれもが傷をおい疲れはてて、夢とうつつのあわいを、たよりなくさまよっているかのようだった。

船底にむき出しのまま横たわっている鎌を、灯子はそっと拾いあげた。刃こぼれはない。完璧な弧をえがく刃に、汚れは一つとしてついていなかった。

「……勝手に使うて、火狩りさまの家族に叱られるじゃろか」

うわずる声を、明楽がかすかに笑って打ち消した。

「それは、気にすることじゃない。あの荷車もそうだったけど、火狩りは、ものを貸しあってやっていくんだから。火の鎌だって、狩り犬だってそうなんだ。てまりも、ほかの火狩りからゆずってもらった子。大昔に生きていた抱き犬の、おそらく最後の一匹だって。

それにね、あたしの持ってる鎌も、ほんとはあたしのじゃない。これだって、形見の品だよ。あたしの兄の」

潮騒が明楽の言葉に聞き耳を立てている、灯子はそう感じた。

「ごめん、しゃべっていてもかまわない？　じゃないと、眠っちゃいそうなんだ」

明楽が言い、灯子はすなおにうなずいた。明楽は何度か深いまばたきをし、息を吸って、言葉が浮かびあがってくるのを待ちうけた。

「……千年彗星のことを、神宮へ伝えに行ったのは、あたしの兄だったんだ。兄は、若くして腕のいい、首都づきの火狩りで、仲間たちからも信頼されていた。その仲間たちから止められたのに、兄ちゃんは、神族へ上申しに行くことにした。まっすぐすぎるんだ、いつでも。神宮には、いかなる武具も携行してはならない掟があって……丸腰の兄を、口封じと見せしめのために殺したんだ、やつらは」

「明楽さんの、お兄さんを……？」

灯子が目をみはるのを、明楽は見ていない。苦しげでおだやかな頬笑みだけを浮かべて、一心に櫂を漕いでいる。火穂は、明楽の声を聞いているのかいないのか、祈るようにしてうなだれている。

「あたしは、もともと火狩りじゃなかったの。ただの、工員見習いをやってた。でも、兄ちゃんが死んで、首都の火狩りにも見張りがついて――うちにも、遣いの者が取り調べに来る、それと入れちがいだった。兄ちゃんの鎌を持って、首都を逃げ出したんだ。犬はいなかった。兄ちゃんの狩り犬だったいぶきは、たぶん兄ちゃんといっしょに、神族に殺されそうになって。危険を知らせに狂ったように走って帰ってきて、そのままおれて死んだ。埋めてやるひまもなかった。その日から首都をはなれて、流れの火狩りたちに仲間に入れてもらって、火狩りになるための訓練をつけてもらって」

船の左手側では、星は水のふちまでおりては来ずに、黒く横たわる影にさえぎられている。あちらには、森があるのだ。明楽の漕ぐ船は、沖へは出ずに、陸地と距離をたもちつつ波間を進んでいた。

「灯子、無垢紙で手紙を書きたいというのは、ほんとう。無垢紙に書いた文字なら、かならず神族の、手揺姫の目にとまる。兄ちゃんを殺した仇ではあるけれど、星を狩り場に呼ぶ力があるのは、この世界に姫神しかいないんだ。手揺姫しか。〈揺る火〉のことは、神族と反目する〈蜘蛛〉もねらってるはずだ。〈蜘蛛〉が天然の火を使えるようになって、このままじゃ、いよいよ危ないことになる。流れの火狩りの仲間も、あれでは、もうほとんどいなくなってしまった……神族に直訴して、この事態をなんとかしないと。世界は今度こそ、とりかえしのつかないことになる」

「おなか、へった」

ふいに、あどけない声がした。まるくなって眠っていた〈蜘蛛〉の子が、明楽が話すあいだに、むっくりと起きあがっていた。眠りからさめきらないようすで、その頭はくらくらと揺れている。

「……これ、お食べ」

灯子が懐から干しあんずを出してみせると、男の子は横たわっている照三をおそろしげによけながら、四つん這いで船底を移動してきた。灯子の手からとった食べ物を口に入れ、一心に咀嚼する。

「ねえ、名前はなに？」

問いかける灯子を、〈蜘蛛〉の子はあんずを飲みくだしながら、上目遣いに見あげる。小さくてまるい、愛嬌のある目だった。

「クン」

それが、名前らしかった。

「クン、その腕はどうしたん？」

青黒く変色した腕は、動かすには問題ないようだ。クンと名のった〈蜘蛛〉の子は、自分のにおいをたしかめるように、腕や肩に鼻を近づけた。

「……仲間はみんな、虫に体、咬ませたんだ。だから燃えないの。だけどおいらだけ、虫の毒が効かなかったから。虫と気があいすぎるんだろ、って。母ちゃんはおいらのこと、森のもんになれ、って置いてった。おいら、みんなに追いつこうと思って、虫にいっぱい咬ましたんだ。でも、気持ち悪くなって、動けなくなった。そしたら、お姉ちゃんたちが来た」

　自分が生まれるよりも前のことを思い出そうとするかのように、その声にはなんの感情もこもっていない。まだ食べ物が入っているだろうかと、〈蜘蛛〉の子は首をかしげて灯子の懐をじっと見つめた。

「じゃあ、クン。お前の仲間たちがつぎになにをしようとしてるか、知らない？」

　櫂を動かしつづけながら、明楽は必死に声の調子を抑えようとしていた。仲間の火狩りをあんなにむごたらしく殺された怒りを、〈蜘蛛〉の一人にはちがいないこの子にぶつけたい衝動を、全力で抑えこんでいるのがわかる。

　けれど、クンは捨てられたのだ。燃えない体を得るための虫の毒が一人だけ効かず、炎魔の森へ捨てていかれたのだ。案の定、クンは、弱々しくかぶりをふった。知らない、という合図をするなり、〈蜘蛛〉の子は、当て布に血をにじませて横たわる照三を指さした。

「そのおんちゃん、死んじゃう？」

舌打ちが、明楽のくちびるからもれた。表情がはっきりと、険しくなっている。

「死なせるか。あたしが護衛してるんだ。なにがなんでも、死なせてたまるか」

「ザンは死んだよ」

「だれだよ、それ」

明楽の声に、いらだちが混じる。

「このおんちゃん、斬ったやつだよ。お姉ちゃんの首絞めた。おいらの、父ちゃんの、いとこだったよ」

船の上は、ふたたび静まりかえった。

なぜ、こんなことが起こっているのだろう？　千年彗星が手に入れば、世界はいまよりよくなるのだと明楽は言った。火狩りの王と呼ばれる者が、世界を統治するようになるのだと。……それなのに、その星を手に入れるために、いま人が死にすぎている。

ガタンと、一方の櫂が水をとらえそこなって宙に浮いた。てまりが、ぱっと主(あるじ)のひざから飛びおり、うつむいた顔を気づかわしげになめる。

「明楽さん！」

明楽は急にひたいを押さえて、たおれこむように体を折っていた。

「……ごめん。すこしだけ。……めまいがして」

声がふるえている。もう、体が限界なのにちがいなかった。灯子はあわてて、意識のない照三のわきを這ってゆき、明楽の肩に手をふれた。

「明楽さん、ちょっと休んどって。わたし、さっき眠ったから、船が流されんように見張っとる」

明楽の体は、汗だくだった。水を、と思い、灯子は船べりから海へ指の先をさし入れた。ちがう。川の水とはちがうのが、指先へのからみつき方でわかった。指についた水を、試しになめてみる。塩の味がして、灯子をぎょっとさせた。これでは、かわきを癒やすことができない。

明楽が手ばなしてしまった片方の櫂を、流されないようにつかまえ、いったん船の中へ引っぱりあげた。重い。こんなものを二本も、けがをした体で動かしつづけられるわけがない。

明楽は、船底へうずくまった。息が荒い。灯子は、飴の最後の一本を短く折りとり、明楽の口もとへさし出した。

「これ、食べて。そいで、休んで。わたし、ちゃんと見ておくから。かなたもおるから、大丈夫です」

明楽の肩がふるえていた。泣いているのかとぎょっとしたが、火狩りは顔をあげ、青ざめながらも明るい笑顔を浮かべて、灯子を見あげた。

「……ありがとう。じゃ、すこしだけ休む。灯子、一本でいいから、櫂をにぎっててくれる？　船が、陸に近づきすぎないように、沖へ流されすぎないようにしてて。進めるのは、また、あたしがやるから」

そう言うなり明楽は、体をまるめて一瞬のうちに寝入ってしまった。肌着しかまとわないで、寒くないだろうか。言われたとおり、重たい櫂の一本を持ちあげようとする灯子のわきを、かなたがすりぬけていった。てまりに米粒のような牙をむかれながらも、かなたはひるまず、眠った火狩りに体を寄りそわせる。汗と海風に、体温を奪われてしまわないように。

灯子は、どうにか櫂うけにさしなおした櫂を、両手でにぎった。操ろうとする前から、それは動いていた。波の下の水が、櫂を好き勝手に動かしているのだ。足を踏んばり、長く重い櫂をもてあそぼうとする水にあらがう。水の力は、すさまじいものだった。生き物みたいだ。明楽が櫂で水をたぐり、船を動かしていたのが信じられなかった。

クンは、かなたのすがたをおそろしがって、また体をこごめた。

「大丈夫よ。かなたは、賢い犬じゃ。あんたを咬んだりせん」

灯子はクンをなだめようと、懐からもう残りすくない食べ物をとり出し、小さな手に持たせた。

のどがからからだった。船は大きな力によって揺られ、この道行きは、あまりにも絶望的に思われた。もし、首都へたどり着けなかったら……

「灯子。手伝う」

櫂をにぎる手に、火穂の手がそえられた。

「火穂、そいでも……」

「照三さんは、眠ってるから。きっと大丈夫だもの。生き意地が汚いんだって、言ってたもの」

火穂の髪が、風になびく。ばらばらになびく髪の奥で、火穂の目が泣いていた。

「……情けない。自分で、死のうとしたくせに。あたしは、たすけてもらってばっかりだ」

「火穂」

なんとか声をかけようとして、けれど、名前を呼ぶことしかできなかった。

この船で、首都へはどれくらいで着くのだろう？　明楽はそれを言わなかった。言う余裕もなかった。

干した果物を食べおわったクンは、また眠った。かなたは明楽の背中を温め、てまりが灰色の毛を無理やり押しのけてその役割を奪うと、今度は照三のかたわらに寝そべった。傷には決してふれないよう、体温が体からこぼれ出てゆかないように。

星が空を満たし、金色の三日月が高く空をわたってゆく。海も、陸も黒いのっぺらぼうだ。この夜は、もう明けないのではという気がした。このまま、全員が疲れきって、海の上で――

そのとき、おぼろげな光が、灯子たちをふりむかせた。

青白く、はかなげな、しかしなにか莫大な熱量を持った光。〈蜘蛛〉の追跡だとは、はなから思わなかった。そのほのかな、堂々たる光は、殺意を持つ者とはまったくべつの気配をたずさえていた。

「竜神さま……？」

最初に、火穂がささやいた。火穂の村の水晶の竜に、回収車を襲った竜のすがたの守り神に、それは似ていた。

大きな、魚。あるいはそれは、手足を持たない獣にも見えた。青白く発光しながら、巨大な水棲の生き物が、灯子たちの視線の先を、足どりの危うい船と平行に泳いでゆく。うろこのない、なめらかなその皮膚には、すみからすみまで細かな紋様がえがかれていた。その巨体のまわりを、あざやかに発光する魚たちがとりまきながら泳いでいる。小さな魚たちは、長いひれをひらめかせながら、まるで遊ぶように船の下をくぐり、船の腹をくすぐる。

犬たちが起きあがり、つぎに明楽が目をさました。かなたもてまりも、ひと声も吠えなかった。明楽は目をみはり、船よりも大きな魚にむかって、首をふった。

「この人はちがいます。まだそちらへは行かない」

その言葉にはっとして、火穂が櫂をはなし、照三のもとへいざりよった。また手をにぎり、巨大な魚の光る影をにらんだ。

全身を紋様でおおわれた大きな生き物が、ゆっくりと水から頭をもたげたので、灯子はその目を見ることができた。まぶたを持たない魚の目とはちがう。幾重ものやわらかなしわにかこまれた目は、まるですさまじい齢をかさねた人間のそれのようだった。その目が、こちらを見た。村の守り神、童さまの目と、どこか似ている。地面の上を二本足で這いずる自分たちとはちがう、深いなにかとつながった目だ。しかし、その生き物の目は、童さまのさみどりのまなざしよりも、より深く、そして暗く見えた。

「ハカイサナだ……海の、神さまだよ」

「守り神さまとは、ちがうの……？」

視線は、幾匹もの魚を連れて泳ぐ巨体に釘づけにしたまま、火穂が明楽に問うた。明楽は、全身に澄んだ緊張をやどしながら、どこか、憧れに似た色を瞳に浮かべた。

「ハカイサナはね、神族みたいに、生きた人間を治める存在じゃない。死んだ人間を、守ってるって――そう、言い伝えられているそうだ。もうほとんどが滅んでしまった、海辺の人々のあいだで」

耳慣れない名の存在の、ゆうゆうと泳ぐ体に光る模様に目をこらしていた灯子は、その皮膚に無数の人の顔を見つけ、思わずあっと声をあげた。目をこらさなければわからない。いくつも、いくつもの人の顔が、たがいに混じりあうように複雑な模様をなしている。あれはみな、死んだ人間の顔なのだろうか。それなら、父さんと母さんの顔もあるだろうか。紅緒や、煙二や炸六の顔は――あるいは、湾で死んでいた火狩りや狩り犬たちや、〝ザン〟という名だとクンが言った〈蜘蛛〉の顔は。

魚たちがはねては、泳ぎまわる。船をくすぐり、ハカイサナに体をすりよせる。はしゃぎまわる小さな子どもみたいだ。ハカイサナはこの船と同じ長さのあるひれを、注意

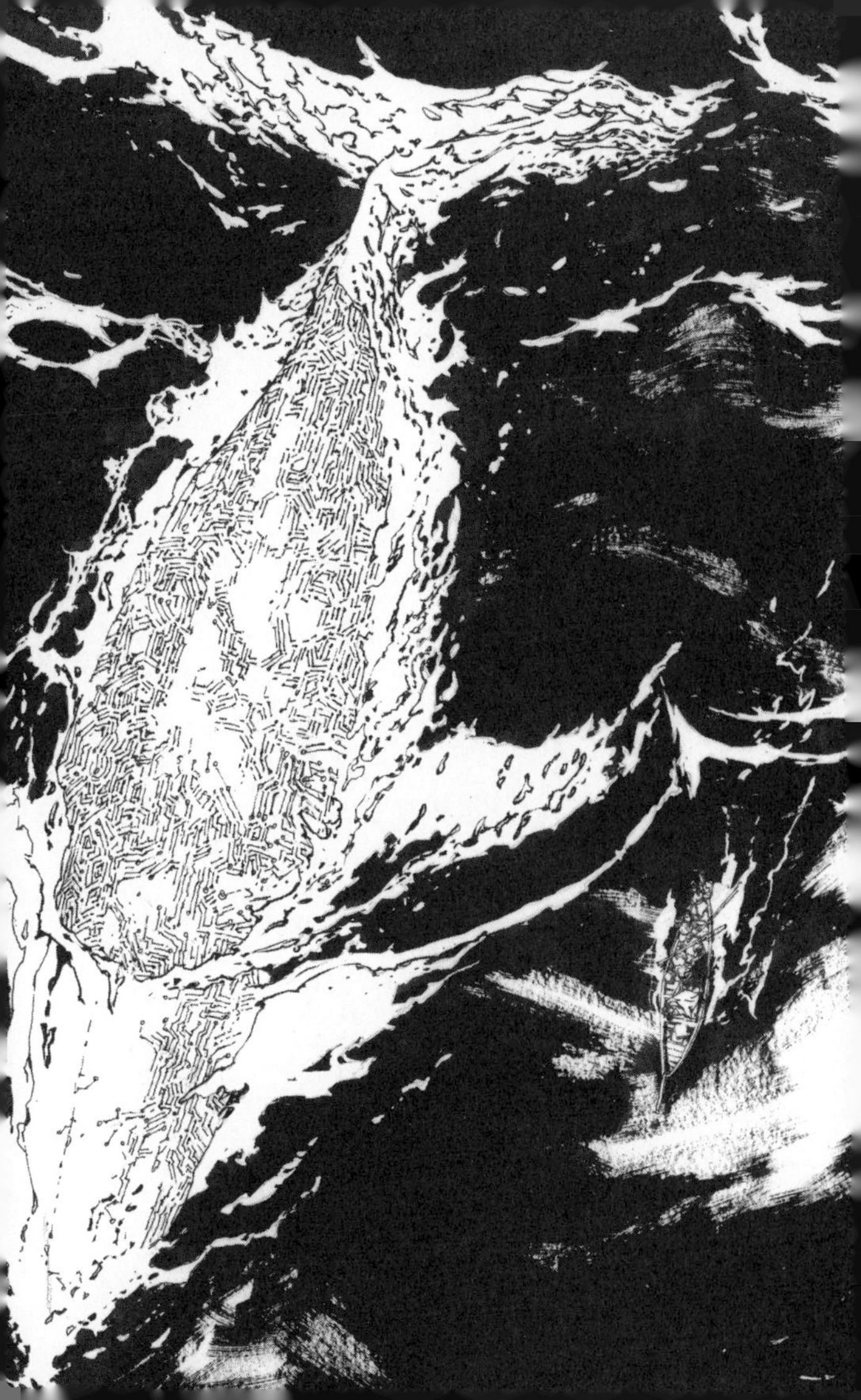

深く揺らし、決して波を立てなかった。

死者たちの守護者は、なんとおだやかで、そしてなつかしげな気配をまとっているのだろう。

ふふ、と、明楽が小さな声で笑った。

「探してしまうよね。自分の知っている死者の顔。あたしも、ハカイサナに会うたび、兄ちゃんの顔を探したんだ。……でも、だれかの顔というのは、きっと見つからないよ。ハカイサナが体に蓄えているのは、無数の死者たちの記憶で、それは時といっしょに混じりあってしまうそうだから」

灯子は、船のそばを泳ぐ巨大な生き物から、目をはなせなかった。

月が、ハカイサナの上をすべって、もう空のうんとむこうへわたっていっている。もうじき、金色の三日月が消えてしまう。

そのときかなたが、立ちあがって遠吠えをした。クンや、照三まで起こしてしまうかもしれない、それでもなにかにつき動かされて、ひたむきに天をあおぎ、かなたは声を響かせた。

全身が、パチパチとはぜる光の粒と一瞬溶けあった、灯子ははっきりとそれを感じた。

「かなた……かなた、見て！」

灯子は櫂（かい）を手ばなし、犬に駆けよってその背中にしがみついた。かなたのとなりで指をさす。ハカイサナの背に、おぼろな人影が乗っていた。まっすぐに立ち、こちらをふりかえっている。

かなたが、いちばん会いたがっている人。灯子の命をたすけた人。

灯子の村のそばで炎魔と戦い、命を落としたあの火狩りが、かすかな影になってぼんやりと発光する巨体の上に立っていた。

かなたのほうを見、その人は、たしかにうなずいた。賢い忠犬を誇るように。道は正しいと、教えるように。

かなたが力強くひと声吠え、痛そうなくらいにしっぽをふりまわした。舌を出し、飼い主に笑いかける。前脚をあげて、自分は元気だとしめす。そして、灯子の頰をなめる。もう死者になってしまった火狩りの、そのたくましい顔が、かすかに笑っていた。なつかしい自分の犬の無事なすがたに、目を細めている。

（無垢紙（むくし）に書いた文字なら、神さまの目にとまる……）

明楽の言った言葉が、灯子の脳裏にはじけた。懐から一枚、紙を出す。書くものがないので、金の鎌の先で人さし指を小さく切った。ぷつりと、血の玉が現れる。

（たすけてください。このままでは、仲間が死んでしまう……首都まで、守ってください。海の神さま。火狩りさま。首都で、世界で、これから起ころうとしとることを、明楽さんはなんとかしようとしとるんです。たくさん人が死にました。わたしは——わたしは、明楽さんをたすけたい）

船は揺れ、青白い光も揺らめいて、まともに字が書けない。それでも、一心に念じながら、灯子は文字を書いた。

大きな変化の渦中に、自分たちがいるのを、灯子は感じていた。村を出たときとは、もうまるでちがう場所へ、来てしまった。けれど、かなたの主（あるじ）が、その影が、うなずいてくれた。

ハカイサナの上にいた影はかき消え、火狩りのすがたはもう見えなかったが、かなたのよろこびは全身におさまりきらないほどあふれかえり、疲れはてていた四肢に新たな力がみなぎっていた。

灯子はかなたを抱きしめ、そして、文字を書いた紙を海に流した。青白く発光する水の中を、純白の無垢紙はすべるように漂ってゆき、深い青の中にもぐって、消えた。

「灯子」

明楽が、おどろきに目をみはっている。

まぶしいほどだった海の光が、ふっと消えた。一瞬のできごとだった。船にじゃれつく魚たちも、船と並行する巨体も、もう波間のどこにもみとめることはできなかった。

「……おどろいたな。ハカイサナに手紙を出すだなんて」

「ご、ごめんなさい。勝手に。じゃけど――」

その先を、言う必要はなかった。海が遠くまでさざめき、潮目が変わった。

「すごいよ、灯子。もう大丈夫だ、きっと」

明楽の目は、負傷した照三を見やっていた。

櫂も動かしていないのに、船がひとりでに走りだす。灯子は、かすかな声をもらした。はるか遠くまで、潮騒がさざめく。もうだれも見えない夜の海にむかって、かなたはもう一度、朗々と遠吠えをした。

解説　世界に触れる指先の

村山早紀（作家）

『火狩りの王』は、おそらくはわたしたちが生きる「いま」の世界が崩壊した後の世界、はるかな未来の、荒廃した地球で、あらがうように生きるひとびとの物語です。

　この世界においては、過去の時代の人類が築き上げてきた文明や、世界や人間を読み解くための様々な論理や思考、積み重ね伝えられてきた、いろんな知識や、豊かで美しい芸術などはどうやらほとんどが受け継がれずに滅び去り、途絶しています。

　地表は人食いの恐ろしい魔物「炎魔」たちの棲む、深く黒い森に覆われ、ひとびとは、守護の結界で守られた町や村から外に出ないように恐れながら暮らしています。おそらくは多くの者が、生まれた場所で生涯を終えるような世界です。頭上の狭い空だけを見上げて暮らし、結婚して子どもを産み育てながらこつこつと働いて、やがて老いてゆく、静かな人生を送るのでしょう。

　ひとびとのその一生に不幸な影がつきまとうのは、住まう土地のそばに常に魔物たちが跳梁跋扈しているから、ということと――どういう呪いなのか、この時代の人間たちは、たやすく燃えてしまうからだを持っているから。そばにわずかな火の粉があれば、たちまちからだの内側で発火して、無残に燃え尽きる死が訪れる。――なので、この世界の人類は、火を扱うことができず、遠い時代に人類の先祖が火から得た、様々な恩恵から切り離されています。いわば新しい文明を築く可能性も失っている人類だといえるでしょう。

ひとびとはかつての繁栄を忘れ、大地だけを見つめて暮らしています。田畑を耕し、布を織り、紙を梳き――どこか民話かお伽話のような日々を、淡々と生きています。

一方で、過去の文明の名残であるところの様々な機械類やそれを操るための技術は細々と伝えられ、多少は開発されてもいるようで、たとえば「回収車」――魔物の棲む森を抜けて、ひとの住む地を巡り、神様の住まうといわれる都、「首都」へと疾走してゆく巨大な装甲車も存在します。

またこの世界には、町や村のひとびとが作り上げたものを原材料として、生きるために必要なさまざまなものを作り上げるための大きな工場があり、その工場群が首都にあるさまは、どうやら、いまの時代の工場夜景の写真で見るような、輝かしく美しい情景ではないかと思われます。――蒸気機関は出てこないですし、文明の進み具合も違うのですが、この車や工場の設定など、どこかスチームパンク風な世界観も感じる物語です。

さて、人間に火が使えない世界で、この車や工場を動かす燃料はというと、これがこの物語世界を構築する大きな謎に繋がる不思議のひとつ――森に住まう魔物、炎魔の血なのです。

この世界には、勇敢で忠実な犬を連れ、手にした専用の武器で炎魔を狩り、その金色に輝く血液を集めることを生業とする狩人——「火狩り」と呼ばれるひとびとがいます。彼らが集める炎魔の血をエネルギーとして、この世界を支える機械たちは動き——そしてまた、その金色の血は、家々に灯りを灯す光となるのでした。炎魔の血がもたらす炎はひとを燃やさない、優しい不思議な火なのです。

遠い日に、炎魔の血を火として使うことをひとびとに教え、炎魔を「刈る」ための武器、金色の鎌を与えたのは、首都を守る姫神だったという伝承が残されています。人間たちに失われた光を与えてくれた、その女神こそが最初の火狩り、火狩りの始祖である存在だと。

この世界にはどうやら、神様と呼ばれる存在がそこここにいて、世界を維持するためのさまざまな仕組みを作り上げ、その不思議な魔法の力で、ひとびとを優しく見守ってくれているようなのです。

神様や魔物が存在し、狩人と犬たちが駆ける、お伽話のような世界で、家族を愛し、自分なりの小さな誇りや、勇気を持ってひたむきに生きている、ひとりの少女と、そして少年がいます。

すでに物語を読み終えた方はご存知のように、『火狩りの王』は、このふたりの子どもたちが、思わぬことから、それぞれの愛すべき日常と切り離され、それをきっかけに世界の隠された真実と出会い、さまざまな謎を解き明かしてゆく、そんな物語です。

子どもたちの生きる、神様に守られた世界は、いま密かに崩壊に向かおうとしています。

まるで巨大な建物が崩落してゆく、その瞬間に立ち会い、巻き込まれたかのように、子どもたちは、生きるために必死で戦います。その途上で出会うひとびとと友情や信頼を育み、ときに救いの手をさしのべられ、あるいは逆に、その命を賭(と)して守ろうとします。

穏やかな日々の暮らしの中では知り得なかった、さまざまな隠された真実を突きつけられ、子どもたちは混乱し、途方に暮れながらも、自らの行くべき道を選び取ってゆきます。

年若く幼いなりに、精一杯の知恵と力、勇気を武器に、その小さな腕で大切な者を守り、傷つき泣きながらも歩みを止めないのです。

彼らが出会うひとびとも、未知のさまざまな事柄も、ときに怪しく恐ろしく、その言葉は信じがたく、子どもたちは迷い、怯(おび)えます。

けれど子どもたちは、うずくまることも立ち止まることもなく、それぞれの心の命じるままに、誇り高く、勇敢に世界へと足を踏み出してゆきます。世界に差し出し、触れようとした手を止めることはなく、ときにその指が恐れに震えることがあっても、何度でも、未知の何かに触れようとしてゆくのです。

お伽話のような世界で、守られて幸せに生きていた、その日々には知り得なかった、残酷な真実から目を背けずに。優しい日々に育まれてきた温かな想いを、心の中で、ひそかに、小さな灯火のように灯して。


未知の世界へ出会う、この物語の冒険の旅は、どこか現実の世界で、小さな子どもたちが成長し、やがて世界と出会ってゆく、その様に似ているかも知れないと思いました。家の中で家族の腕に守られていれば、一歩も外へ出なければ、幼子は怖い思いをすることもなく、世界の中心で幸せでいられる。

けれど、小さな手で扉を開けて、その足で外へ出なければ、世界のほんとうの広さも輝かしさも、さまざまな不思議も知ることはない。出会うべき誰かと出会うこともない。自分のほんとうの姿を知ることも、小さいけれど燃える勇気や、誇りに気づくこともない。

子どもたちは、旅立たなくてはいけないのです。世界と——自分と出会うために。

この解説を書かせていただいていて、ふと、感慨深く思ったのは、わたしはこの日向(ひなた)理恵子(りえこ)さんという才能溢(あふ)れる作家の、少女時代を知っているからです。

鋭敏で繊細な感性を持ちながら、むしろそれ故に、世界を恐れ、怯えることもあった彼女が、時を経て、自らの手で扉を開けて、どこまでも突き進んでゆくような子どもたちの物語を描きあげた――その事実が、ひとつの幸せな物語のようで。

こうして、『火狩りの王』の解説を書かせていただけたことで、いま顔を上げ、勇敢に旅してゆく彼女の背中を見送るような、そんな気持ちを味わっているのでした。

――やっぱりいつか狩り猫の活躍も描いてほしいなあ、と長崎から願いつつ。

本書は、二〇一八年十二月にほるぷ出版より刊行された単行本を加筆修正のうえ、文庫化したものです。

イラスト／山田章博
目次・扉デザイン／原田郁麻

火狩(ひか)りの王(おう)

〈一〉春(はる)ノ火(ひ)

日向理恵子(ひなたりえこ)

令和4年 11月25日 初版発行

発行者●山下直久

発行●株式会社KADOKAWA
〒102-8177 東京都千代田区富士見2-13-3
電話 0570-002-301（ナビダイヤル）

角川文庫 23411

印刷所●株式会社暁印刷
製本所●本間製本株式会社

表紙画●和田三造

ISBN 978-4-04-112888-6 C0193

◇◇◇

角川文庫発刊に際して

角川源義

第二次世界大戦の敗北は、軍事力の敗北であった以上に、私たちの若い文化力の敗退であった。私たちの文化が戦争に対して如何に無力であり、単なるあだ花に過ぎなかったかを、私たちは身を以て体験し痛感した。西洋近代文化の摂取にとって、明治以後八十年の歳月は決して短かすぎたとは言えない。にもかかわらず、近代文化の伝統を確立し、自由な批判と柔軟な良識に富む文化層として自らを形成することに私たちは失敗して来た。そしてこれは、各層への文化の普及滲透を任務とする出版人の責任でもあった。

一九四五年以来、私たちは再び振出しに戻り、第一歩から踏み出すことを余儀なくされた。これは大きな不幸ではあるが、反面、これまでの混沌・未熟・歪曲の中にあった我が国の文化に秩序と確たる基礎を齎らすためには絶好の機会でもある。角川書店は、このような祖国の文化的危機にあたり、微力をも顧みず再建の礎石たるべき抱負と決意とをもって出発したが、ここに創立以来の念願を果すべく角川文庫を発刊する。これまで刊行されたあらゆる全集叢書文庫類の長所と短所とを検討し、古今東西の不朽の典籍を、良心的編集のもとに、廉価に、そして書架にふさわしい美本として、多くのひとびとに提供しようとする。しかし私たちは徒らに百科全書的な知識のジレッタントを作ることを目的とせず、あくまで祖国の文化に秩序と再建への道を示し、この文庫を角川書店の栄ある事業として、今後永久に継続発展せしめ、学芸と教養との殿堂として大成せんことを期したい。多くの読書子の愛情ある忠言と支持とによって、この希望と抱負とを完遂せしめられんことを願う。

一九四九年五月三日